KB009301

DREAMBOOKS★

DREAMBOOKS★

DREAMBOOKS★

DREAMBOOKS★

4

요마전설 4

초판 1쇄 인쇄 / 2015년 1월 20일
초판 1쇄 발행 / 2015년 1월 27일

지은이 / 김남재

발행인 / 오영배
책임편집 / 편집부
펴낸 곳 / (주)삼양출판사 · 드림북스

주소 / 서울특별시 강북구 솔샘로67길 92
대표 전화 / 02-980-2112 팩스 / 02-983-0660
편집부 전화 / 02-980-2116 팩스 / 02-983-8201
블로그 / blog.naver.com/dreambookss

등록번호 / 제9-00046호
등록일자 / 1999년 3월 11일

ⓒ 김남재, 2015

값 8,000원

(주)삼양출판사 · 드림북스의 서면 허락 없이는 어떠한
형태나 수단으로도 이 책의 내용을 이용하지 못합니다.

ISBN 979-11-313-0173-9 (04810) / 979-11-313-0169-2 (세트)

* 지은이와 협의하에 인지는 생략합니다.
* 잘못된 책은 구입한 곳에서 바꾸어 드립니다.

이 도서의 국립중앙도서관 출판시도서목록(CIP)은 서지정보유통지원시스템홈페이지
(http://seoji.nl.go.kr)와 국가자료공동목록시스템(http://www.nl.go.kr/kolisnet)에서
이용하실 수 있습니다. (CIP제어번호: 2015001199)

ORIENTAL FANTASY STORY & ADVENTURE
요도 김남재 신무협 장편소설

요마전설

妖魔傳說

4

dream books
드림북스

목 차

제1장. 계책
— 그놈들을 죽여야 한다

　하북팽가(河北彭家).

　하북의 패자이자 오대세가의 하나로, 도법으로 중원에
이름을 떨치는 문파다.

　하북팽가는 예부터 근골이 뛰어나고 덩치가 큰 이들이
많았다. 그 탓에 그들은 훌륭한 신체를 바탕으로 힘을 이
용한 도법을 발전시켜 지금의 하북팽가를 만들어 냈다.

　그런 하북팽가 가주의 집무실.

　그곳에 두 사람이 마주하고 있었다.

　하북팽가의 가주 팽조윤(彭照潤)과, 일전에 유강과 함께
하고 있던 세가 최고의 고수 팽기준이다. 그 둘은 주변의

모든 사람을 물러나게 한 후 둘만의 대화를 하고 있었다.

이들의 이야기는 다름 아닌 백하궁에 관련해서였다.

가주 팽조윤의 안색이 새빨갛게 변해 있었다.

노년에 들어선 그는 무척이나 거구가 장대한 자였다. 슬쩍 드러난 목은 나이에 어울리지 않게 아직까지도 무척이나 두터웠다.

그런 그가 책상을 내려쳤다.

쾅!

"건방진!"

팽조윤이 이를 부득부득 갈았다.

최근 팽조윤의 심기는 무척이나 불편했다. 이 모든 것이 바로 섬서성에 갑자기 나타난 백하궁이라는 놈들 때문이다.

그들을 감시해야 하는 귀찮은 임무를 맡은 것만으로도 충분히 짜증 나는 상황이었다.

그런데 생각지도 못한 일이 벌어졌다.

자신들의 눈치를 살필 거라 생각했던 백하궁이 오히려 하북팽가를 건드린 것이다.

하북팽가의 주 수입원인 말과 붓. 그 두 가지 품목에 백하궁이 개입했다.

몽골과 붙어 있다는 지리적 이점을 이용해 하북팽가는

말과 붓을 독점하다시피 팔고 있었다. 허나 백하궁이 개입하게 되면 이야기는 달라진다.

하북과 달리 섬서는 중원의 중앙 부분에 위치해 있다. 그러면서 동시에 북쪽으로는 몽골과도 맞닿아 있는 것이 바로 섬서성이다.

당장에야 하북팽가의 힘을 이용해 어떻게든 물건을 팔아넘길 수 있겠으나 지리적 이점 때문에 점점 가격의 차이가 벌어지게 될 것은 자명하다.

그렇게 된다면 결국 이 싸움의 승자는 백하궁이 될 것이다.

말과 붓 모두 하북팽가의 입장에서는 결코 뺏길 수 없는 물건들이다. 그런 중요한 일에 백하궁이 개입했으니 하북팽가의 가주인 팽조윤의 입장에서는 괘씸하고 화가 날 수밖에 없었다.

"하! 꼬리를 말아도 모자랄 판국에 먼저 이를 드러내? 미쳐도 단단히 미친놈들이로구나."

"그렇게만 생각할 순 없을 듯싶습니다."

"그건 무슨 말이냐?"

"전에 말씀드렸지 않습니까. 묵가장의 장주와 함께 백하궁의 궁주를 본 적이 있다고. 비록 나이도 젊고 여인이긴 했지만…… 만만한 자는 아닌 듯싶었습니다."

백하궁을 조사하겠다는 말에도 시선 하나 돌리지 않고 자신을 응시하던 그 아름다웠던 여인이 떠오른다. 좋은 차를 준비해 두겠다며 말하는 그녀의 모습에 내심 감탄까지 하지 않았던가.

　총명함이 느껴졌던 눈빛.

　결코 아무런 대비도 없이 이 같은 일을 벌이지 않았을 터다.

　팽기준이 다시금 입을 열었다.

　"아무래도 준비를 하시는 게 좋을 것 같습니다."

　"하아, 근본도 없는 놈들끼리 뭉쳐서 사람을 귀찮게 하는군."

　팽조윤이 이마를 감싸 쥐며 중얼거렸다.

　이제는 그 기세를 잃어버린 풍월문과, 새로 생긴 신생문파인 백하궁이 손을 잡고 덤벼드는 지금의 상황이 못내 마음에 들지 않았다.

　팽조윤이 팽기준을 향해 시선을 돌렸다.

　"백하궁을 조사하는 일을 조금 앞당길 수는 없더냐? 놈들이 이 일에 개입하기 전에 묵가장의 전대 장주를 살인한 것에 대해 죄를 묻는다면……."

　"아직 제대로 준비가 되지 않아 힘듭니다."

　묵가장 전대 장주 월양준에 대한 살해 용의를 보다 완벽하게 덮어씌우기 위해서는 조금 더 시간이 필요했다. 괜히 섣부르게 이 일을 들추어냈다가는 죽도 밥도 아니게 될 수 있다.

그런 상황을 잘 아는 팽조윤이었기에 그 또한 더는 묵가장과 관련된 이야기를 꺼내지 않았다.

"그럼 어쩐다."

팽조윤의 표정이 심각하게 변했다.

마음 같아서는 하북팽가의 무인들을 이끌고 단숨에 백하궁을 쑥대밭으로 만들어 버리고 싶은 심정이다. 그렇지만 하북팽가는 명문정파다.

아무런 명분도 없이 그저 같은 장사를 시작한다는 이유만으로 그 같은 일을 벌일 수는 없는 입장인 것이다.

팽조윤이 입을 열었다.

"본가의 뛰어난 무인 몇몇을 보내서 슬쩍 위협을 하는 건 어떻겠느냐? 어차피 어중이떠중이들이 모인 곳에 불과하니 우리가 어느 정도 힘만 보여 줘도 쉽사리 움직이지는 못할 게 아니냐."

"저도 그 생각을 해 보긴 했는데…… 안 될 것 같습니다."

"어째서?"

"생각 외의 복병이 하나 있었습니다."

"복병이라니?"

"백호라고 들어 보지 못하셨습니까?"

"백호? 들어 본 것 같긴 한데 그게 누구였지?"

"백하궁 궁주 옆에 붙어 있는 자 말입니다."

"아아, 그 백발 머리를 한 자 말이로군. 그런데 그놈이
왜?"

일전에 들었던 백호라는 이름을 기억해 내고 팽조윤이
되물었을 때였다.

팽기준이 슬며시 입을 열었다.

"그자에게 얼마 전에 천지멸사가 패했답니다."

"십구천존의 천지멸사?"

팽기준이 고개를 끄덕이자 팽조윤이 말도 안 된다는 듯
이 손사래를 치며 말했다.

"그걸 지금 나보고 믿으라고 하는 소리냐? 서른도 안 된
애송이라 하지 않았더냐."

"그렇습니다. 그런데 그자에게 천지멸사가 꺾였답니
다."

"······목격자는?"

"수백 명이 넘는 사람들이 봤다니 확실할 겁니다."

"이런 미친! 믿을 수가 없군."

천지멸사 위지청은 팽조윤 자신조차도 감당할 수 없는

고수다. 그런 그를 꺾었다고 하니 무인 몇 명을 보내서 힘으로 위협한다는 것 또한 불가능한 일이 되어 버렸다.

팽조윤은 곰곰이 생각에 잠겼다.

묵가장의 일로도 압박할 수 없고, 하북팽가의 무력으로도 그들을 내리누를 수 없는 상태다. 이 모든 것들이 불가능하다면 결국 차선책을 선택할 수밖에 없는 노릇.

팽조윤이 눈을 가늘게 떴다.

이번 계획은 결코 바깥으로 새어 나가서는 안 될 일이다.

그가 천천히 입을 열었다.

"아무래도 최후의 수단을 사용해야겠군."

명문정파로서는 해선 안 될 일.

하지만 지금의 팽조윤이 선택할 수 있는 유일한 비책이다.

팽조윤이 팽기준을 향해 입을 열었다.

"백하궁을 감시해. 그리고 사람을 준비해 놓도록 해. 실력 좋고, 절대 꼬리가 잡히지 않을 만한 놈들로. 역시 싹은 제대로 자라나기 전에 짓밟아 두는 편이 좋을 것 같군."

"그리하겠습니다."

팽기준이 자리에서 일어났다.

"흥흥."

달리는 마차에서 바깥을 바라보며 월하린은 자신도 모르게 콧노래를 부르고 있었다.

그런 월하린의 모습을 건너에서 바라보던 아운이 실눈을 뜬 채로 물었다.

"궁주님, 기분이 좋아 보이십니다? 저희가 모르는 좋은 일이라도 있으신 것 같은데."

"네? 별로 특별한 일은 없는데요. 갑자기 왜요?"

"방금 전까지 기분 좋은 것처럼 콧노래 부르시던데요. 안 그러냐?"

아운이 옆에 앉아 있는 전우신을 향해 물었다.

전우신은 자신의 옆구리를 팔꿈치로 툭 치는 아운의 행동에 불쾌한 듯이 손으로 그를 밀쳐 냈다.

아운을 밀쳐 낸 전우신이 슬쩍 입을 열었다.

"잘은 모르겠고 계속 콧노래를 부르시긴 했습니다."

"봐요. 계속 콧노래 부르셨다니까요?"

"제가 그랬어요?"

월하린이 어색한 표정으로 웃었다.

그녀가 자신도 모르게 목 부분에 손을 가져다 댔을 때였다. 왜 그렇게 월하린이 신나 하나 보고 있던 아운이 뭔가를 발견했는지 두 눈을 동그랗게 떴다.

"어? 그 목걸이 못 보던 거 같은데……."

"이거요?"

월하린이 막 입을 열려고 할 때였다.

그때까지 죽은 듯이 누워 있던 백호가 목걸이라는 말에 황급히 눈을 뜨더니 다급히 헛기침을 했다.

"크음!"

백호의 헛기침 소리에 월하린이 슬쩍 옆으로 고개를 돌려 그를 바라봤다. 미간을 잔뜩 찡그린 백호의 얼굴은 입을 열지 않아도 많은 이야기를 하고 있는 듯했다.

월하린이 입가에 미소를 머금은 채로 말했다.

"원래부터 있던 거예요. 종종 했었는데 몰랐던 것 같은데요?"

"엥? 제 눈썰미가 얼마나 좋은데요! 그 목걸이 하신 것 한 번도 못 봤는데……."

"아니라잖아! 그만 좀 물어봐."

백호가 황급히 발로 아운을 툭툭 치며 말했다.

월하린에게 애써 용기를 내서 목걸이를 주긴 했지만 그러한 사실을 이 둘에게까지 알리고 싶지 않은 것이었다.

말을 마친 백호가 그날 일이 생각나서인지 황급히 마차

의 벽 쪽을 향해 몸을 돌려 누웠다.

목걸이에 대해 묻고 있던 아운 또한 중요한 일은 아니었기에 백호의 말대로 그것에 대한 질문을 멈췄다. 아운이 다른 이야기로 화제를 돌렸다.

"그런데 이렇게 저희가 다 백하궁을 비우고 떠나도 될까요?"

"총관님이 계시니까 별문제는 없겠죠. 그리고 결정적으로…… 두 분 중 남으실 분도 안 계셨잖아요."

월하린이 웃으며 대답했다.

그런 월하린의 말에 아운이 고개를 끄덕이며 동조했다.

"그러게 말입니다. 옆에 앉아 있는 이놈이 남아서 백하궁을 지키면 오죽 좋으련만."

"그렇게 지키고 싶으면 네가 남지 그랬냐?"

"그럴 순 없지. 난 너와 달리 백호님의 충직한 수하 아니냐? 당연히 따라가야지."

"웃기고 있군."

전우신이 기가 차다는 듯이 받아쳤다.

지금 백호 일행이 향하고 있는 곳은 다름 아닌 유림이라는 마을이었다. 유림은 합양에서 마차를 타고도 일주일은 족히 걸릴 정도로 먼 거리에 위치한 곳이다. 그리고 그런 곳까지 이들이 향하는 건 이유가 있어서였다.

말과 붓을 거래하기 위해 몽골에 있는 한 유목민족과 약속을 잡은 것이다.

그들과의 만남을 위해 월하린은 움직여야 했고, 그런 일에 전우신이나 아운이 빠질 리가 없었다. 둘 모두 함께 가려고 했기에 결국 백하궁에는 총관인 진가문만이 남은 채로 이동해야만 했다.

마차 뒤쪽으로는 수십 필의 말과 함께 백하궁의 무인들 또한 동행하고 있었다.

대략 오십 명이 넘는 인원이 움직이는 이번 여정은 백하궁이 생긴 이래 최초의 대외적인 활동이기도 했다.

진가문만 남겨 둔 것에 대해 이야기하는 아운을 향해 월하린이 걱정 말라는 듯이 말했다.

"백하궁은 안전할 거예요. 위험한 건 오히려 이쪽이죠."

월하린이 자신을 가리키며 가볍게 웃어 보이자 아운은 이해가 간다는 듯 고개를 끄덕였다.

애초부터 많은 이들이 백하궁을 노렸던 이유는 간단했다. 바로 월하린 때문이 아니었던가. 월하린이 없는 이상 오히려 백하궁에는 별다른 일이 일어나지 않을 것이다.

월하린이 슬쩍 창밖을 바라봤다.

마차를 호위하듯 둘러싸고 있는 수많은 무인들의 모습이 눈에 들어온다. 얼마 전까지 숨어서 도망만 다니던 때와는 달라도 너무 달라졌다.

그녀가 자신을 지키는 백하궁의 무인들을 바라보고 있을 때였다.

월하린의 옆자리에 자리하고 있던 백호가 품에 넣어 두었던 당과 주머니를 꺼내어 들며 물었다.

"그런데 이번 일정은 얼마나 걸리는 거냐?"

"왕복이니까 얼추 보름 정도는 생각해야 될 거예요."

"보름? 근데 겨우 이거 가지고 온 거야?"

백호가 조그마한 당과 주머니를 든 채로 불만스레 말했고, 그런 그를 보며 월하린이 품속에서 전낭 하나를 꺼내며 환하게 웃었다.

"짠. 여기도 있죠."

"너 이제 제법이다?"

백호가 히죽 웃었다.

그런 둘의 모습을 보며 전우신과 아운이 말없이 고개를 저을 때였다. 그들로부터 멀리 떨어진 곳에서 수상쩍은 움직임이 시작되고 있었다.

백하궁의 움직임을 살펴보고 있던 정체 모를 사내 하나가 손에 들린 자그마한 종이를 전서구(傳書鳩:편지를 보낼 때 쓰는 비둘기)의 발목에 묶었다.

그가 손에 들린 전서구를 휙 하니 위로 집어던졌다. 그러자 곧바로 전서구가 날개를 펴고 어딘가로 날아올랐다.

푸드득!

전서구의 모습이 순식간에 사내의 시야에서 사라졌다. 그리고 전서구가 사라지는 것과 마찬가지로 백하궁의 일행들을 감시하던 사내 또한 천천히 모습을 감췄다.

백호 일행보다 더 빠르게 다른 이들이 움직이고 있었다.

*   *   *

후라크 부족은 몽골에서 가장 커다란 평원을 기반으로 활동하는 이들이다. 그 덕분에 그들은 몽골에서도 알아주는 명마를 만들어 내는 이들로 유명했다.

그런 후라크 부족의 사람 스무 명가량이 섬서성으로 넘어들어 어딘가로 향해 가고 있었다. 바로 그들이 월하린과 유림에서 만나기로 약조를 한 자들이었다.

그들은 하나같이 날래고 잘 훈련된 무인 같은 느낌을 풍겼다.

중원인들에 비해 아주 조금 더 화려한 복색을 하고는 있었지만 근본적인 외형은 크게 다를 게 없어 보였다.

그런 스무 명가량의 몽골인들의 선두에 선 이는 놀랍게도 아직 나이가 그리 되어 보이지 않는 소년이었다. 허나 그 소년의 얼굴에는 쉬이 범접하기 힘들어 보이는 강인한 기운이 넘실거렸다.

두 눈동자는 강단이 있어 보였고, 아직은 어리다고는 하지만 잘 훈련된 신체는 무척이나 단단해 보였다.

이 소년의 정체는 후라크 족장의 아들로, 다음 대 후라크 부족의 우두머리가 될 이었다.

해가 졌지만 목적지인 유림이 얼마 남지 않았다.

늦은 밤까지 쉼 없이 움직이던 그들이 잠시 휴식을 취하기 위해 발을 멈추어 섰다. 후라크 부족을 이끌고 있는 소년 나려타 또한 허리에 차고 있던 수통을 풀었다.

양가죽으로 된 물통 내부에 있는 물을 벌컥벌컥 들이마신 나려타가 주변을 천천히 둘러봤다.

뜨거웠던 대낮의 열기도 밤이 되면서 한층 사그라진 느낌이다. 그가 땀을 닦아 내며 옆에 있는 수하에게 물었다.

"유림까지는 얼마나 남았습니까?"

"한 시진이면 충분할 겁니다."

"그래요? 정말 거의 다 왔군요."

약속한 날에 비해 빠르긴 했으나 나려타 또한 중원이라는 곳을 구경하고 싶었다. 그랬기에 한시라도 빨리 유림에 도착해서 한 번도 보지 못했던 새로운 세상을 구경하고자 한 것이다.

나려타는 물이 들어 있는 수통을 다시금 허리춤에 찼다. 그러고는 재빠르게 다시금 말 위로 뛰어올랐다. 어린 나이에 어울리지 않는 뛰어난 기마술이다.

말과 함께 살아가는 후라크 부족이었기에 어린아이라 할지라도 기마술은 무척이나 뛰어난 편이었다.

말에 올라탄 나려타가 뒤편에 있는 수하들을 독려했다.

"얼마 남지 않았습니다. 갑시다."

나려타의 말에 수하들은 크게 고개를 끄덕이며 다시금 움직이기 시작했다. 그들을 태운 말이 빠르게 유림으로 달려 나가고 있었다.

다가닥다가닥.

자욱하게 깔리는 흙먼지 속에서도 그들의 움직임은 민첩하기 그지없었다. 그렇게 후라크의 사내들이 움직이고 있을 때였다.

피잉!

한 줄기의 빛살이 갑작스럽게 나려타를 향해 날아들었다. 어둠을 가르고 날아드는 그 빛은 무척이나 은밀하고 빨랐다. 그 정체 모를 빛살이 나려타의 미간에 닿으려는 찰나였다.

"도련님!"

바로 옆에 달리던 수하 하나가 황급히 나려타의 옷을 잡아당겼다. 그 탓에 나려타는 수하의 손에 잡힌 채 말 아래로 떨어져 내려야 했지만 그의 뒤에서는 그보다 더 큰일이 벌어지고 있었다.

나려타를 지나쳐 간 빛살이 바로 뒤편에서 쫓아오던 이에게 가서 틀어박혔다.

퍽!

"크억!"

목젖에 암기가 틀어박힌 사내는 그대로 말에서 곤두박질쳐 버렸다. 놀라는 것은 순간이었다. 나려타를 구해 낸 수하가 재빠르게 침착함을 되찾으며 소리쳤다.

"기습이다! 전원 대열을 정비하라!"

사내의 고함으로 혼란에 빠졌던 부족인들은 단번에 정신을 찾았다. 그들은 나려타를 호위하듯 에워싸며 곧 있을 공격에 대비했다.

어둠 속에서 정체를 알 수 없는 괴한들이 천천히 모습을 드러냈다.

"웬 놈들이냐!"

사내가 버럭 소리쳤다. 하지만 모습을 드러낸 괴한들은 별다른 말없이 무기들을 꺼내어 들었다.

스르릉.

주변에 아무런 것도 없는 곳에서 마주 선 두 패거리. 그들의 손에 들린 무기에서는 스산한 기운이 풍겨져 나왔다.

침묵으로 일관하던 괴한 중 하나가 입을 열었다.

"전부 죽여."

이곳에 있는 놈들 중 단 한 놈도 살려 보내선 안 된다.

*　　　*　　　*

백호 일행이 탄 마차는 한시도 조용할 날이 없어 보였다. 아까부터 시작된 전우신과 아운의 말싸움이 끝이 날기미를 보이지 않는 탓이다.

"진짜 말귀가 안 통하는 놈이네. 차라리 지금이라도 돌아가 주는 게 어떠냐? 아, 그래. 넌 돌아가서 해야 할 일도 많잖아. 꽃에 물도 줘야 되고 가지도 쳐 줘야 되는 거 아냐?"

"이미 다른 사람한테 다 부탁해 뒀으니 걱정 안 해 줘도된다. 아운. 그리고 전부터 말했던 것 같은데. 남의 취미가지고 다시 시비 걸면 죽을 각오 하라고 말이야."

"어이고, 무서워 죽겠네. 꽃꽂이하던 손으로 날 때려죽이겠다고?"

이죽거리는 아운과 그런 그의 말을 받아치는 전우신의싸움은 끝날 줄을 몰랐다. 그 와중에 같은 마차를 타고 있는 백호와 월하린은 두 사람을 신기한 듯이 바라봤다.

백호가 계속해서 싸워 대는 둘을 보며 중얼거렸다.

"저놈들도 참 대단해. 어떻게 종일 보기만 하면 싸우지?"

"그러게요. 슬슬 지칠 법도 한데 말이에요."

월하린 또한 동조한다는 듯이 고개를 끄덕였다.

말을 마친 그녀가 둘이 들으면 기분 나쁠 거라 생각했는지 백호의 귓가에 대고 조그맣게 속삭였다.

"저러다가 정들겠어요."

"저 둘이? 퍽이나."

백호가 픽 하고 웃었다.

둘의 모습에서 정들 기미라고는 눈곱만큼도 보이지 않는데 대체 무엇을 보고 그리 생각하는 것일까?

그리고 백호의 입장에서는 저들이 정이 들고 말고가 문제가 아니라 하도 시끄럽게 떠드는 통에 머리가 아파 오는 것이 더 중요한 문제였다.

백호가 발로 의자를 탁 하고 찼다.

"조용히들 안 하냐? 더 싸우면 마차에서 내려서 걸어오게 한다?"

백호의 그 말에 둘의 입이 거짓말처럼 멈췄다.

다른 자의 말이라면 설마 하는 마음이 먼저 들었을지도

모르겠다. 하지만 지금 저 같은 말을 내뱉은 것이 다름 아닌 백호라는 게 문제였다.

그는 자신이 내뱉은 말은 무조건 지키는 사내였다.

정말로 더 떠들어 댔다가는 백호가 두 사람 모두 마차 바깥으로 쫓아낼 거라는 걸 전우신이나 아운 또한 알고 있었다.

마차 안이 조용해지자 그제야 백호가 흡족한 미소를 머금었다. 두 사람이 떠들어 대는 통에 영 잠을 자기 힘들었는데 이제야 좀 편안하게 숙면을 취할 수 있을 것만 같았다.

백호가 조용해진 마차 분위기에 기분 좋게 눈을 감을 때였다.

"궁주님."

마차 옆으로 다가온 백하궁의 수하 하나가 조심스럽게 입을 열었다. 백호가 짜증스럽게 눈을 뜨며 말을 타고 있는 수하를 흘겨볼 때였다.

"무슨 일이에요?"

"연락이 하나 왔습니다. 급한 일이라고 서둘러 궁주님께 이 서찰을 전해 달라고 하더군요."

"급한 일이요?"

월하린이 눈을 동그랗게 떴고, 말을 타고 함께 움직이던 수하가 건네받은 서찰 한 장을 황급히 월하린에게 전했다.

월하린에게 서찰을 건넨 수하가 곧바로 마차에서 멀어졌다. 월하린이 내용을 살피기 위해 접힌 서찰을 펼쳤다.

옆에 반쯤 누워 있던 백호가 슬쩍 서찰을 훔쳐보았고, 둘의 표정이 동시에 변하는 것을 아운은 놓치지 않았다.

"뭔 일 벌어졌어요?"

"……예. 벌어진 것 같네요."

아운의 질문에 월하린은 애써 침착하게 대답했다.

이 서찰 안에는 하오문이 알아낸 정보가 담겨져 있었고, 그건 다름 아닌 이번 유림에서 만나기로 했던 후라크 부족과 관련된 일이었다.

서찰의 내용을 모르는 두 사람을 위해 월하린이 떨떠름한 목소리로 말을 이었다.

"후라크 부족이 어젯밤에 유림 인근에서 정체 모를 자들에게 공격을 당했나 봐요."

"그게 정말입니까?"

"하오문의 정보망이니…… 틀릴 것 같지는 않아요."

놀란 듯이 되묻는 전우신을 향해 월하린이 착잡한 목소리로 대꾸했다.

전우신이 재차 물었다.

"다 죽었답니까?"

"네. 하오문이 파악한 바로는 후라크 부족 중에 생존자는 없다고 하네요. 아직 정확한 상황이 파악되지 않아 더 조사 중이긴 한데…… 아무래도 서둘러 가서 이번 사건에 대해 알아봐야 할 것 같아요."

그때 가만히 있던 백호가 물었다.

"유림까지 가는 데 얼마나 걸려?"

"다섯 시진 정도는 걸리지 않을까 싶은데."

제아무리 마차를 빨리 몬다 해도 아직까지 유림과의 거리가 제법 남아 있는 상태다. 월하린에게서 남은 시간을 듣자 백호가 고개를 저었다.

"너무 늦어. 차라리 내려서 이동해."

"그럴까요?"

"응, 어차피 다른 놈들은 못 쫓아올 테니 원래 계획대로 유림으로 오라 하고 여기 있는 넷이 먼저 움직이자."

백호의 말에 앉아 있던 아운이 질린 표정을 지어 보이며 물었다.

"그곳까지 또 달려가실 생각입니까?"

"싫으면 이거 타고 오든지."

백호가 말을 마치고는 창밖으로 손을 내밀었다.

그러자 달리고 있던 다른 무인들도, 마차도 동시에 그 움직임을 멈췄다.

말에서 내린 백호가 마차 안에 앉아 있는 전우신과 아운을 바라봤다. 그들은 일전에 북련까지 달렸던 것이 기억나는지 애매한 표정을 지은 채로 백호를 바라보고 있었다.

아운이 조심스레 물었다.

"이번에는 또 얼마 안에 가야 합니까?"

"마음 같아서는 반 시진 안에 가고 싶은데 너희들이 워낙 굼뜨니…… 한 시진까지는 봐줄게."

"하아. 한 시진이요?"

아운이 길게 한숨을 내쉬었다.

말보다 몇 배는 빠르게 달려도 간신히 될까 말까한 시간. 그날처럼 죽어라 달릴 생각에 전우신과 아운은 백호 몰래 긴 한숨을 내쉬었다.

목적지였던 유림에서 북쪽으로 어느 정도 떨어진 인적 없는 길목. 그곳은 원래부터 사람들의 발길이 쉬이 닿지 않는 곳이었다.

잔인한 살육의 현장이 있었던 이곳의 시체는 모두 치워져 있는 상태였지만, 밤에 있었던 싸움의 흔적들은 곳곳에 남아 있었다. 부서진 나무하며, 돌들. 그리고 사방에 흩뿌려져 있는 피는 어젯밤 이곳에서 어떠한 일이 있었는지 잘 설명해 주고 있는 듯했다.

"헉헉."

가쁜 숨을 몰아쉬고 있는 전우신과 아운과는 달리 백호
는 천천히 주변을 둘러보고 있었다.

시체를 처리한 지 시간이 어느 정도 지났음에도 불구하
고 아직까지도 주변에 피 냄새가 진동을 하는 느낌이다.
물론 이건 후각이 극도로 예민한 백호였기에 보다 더 자극
적으로 느끼고 있는 것이긴 했지만.

백호가 슬쩍 표정을 구기며 중얼거렸다.

"지독하군."

백호 옆에 바짝 붙어 있는 월하린 또한 어둡게 가라앉은
표정으로 주변을 둘러봤다. 이번 일은 백하궁의 입장에서
무척이나 중요했다.

더군다나 이번 거래에 나오기로 한 이는 다름 아닌 후
라크 족장의 아들이다. 그런 그까지 죽었다면 이것은 보통
일이 아니게 된다.

몽골족인 그들이 이곳에서 당한 게 과연 우연일까? 마치
기다렸다는 듯이 자신들과 만날 유림 근처에서 이 같은 일
이 벌어진 것은 결코 우연이라 생각할 수 없었다.

월하린이 가라앉은 목소리로 말했다.

"누군가 개입한 것 같아요."

"개입?"

백호가 되물을 때였다.

숨을 헐떡이던 아운이 슬쩍 고개를 치켜들며 들으라는 듯이 중얼거렸다.

"하북팽가겠죠."

아운의 그 말에 마찬가지로 숨을 몰아쉬던 전우신이 말도 안 된다는 듯 고개를 저었다.

"팽가는 그래도 명문 정파다. 제아무리 그들의 입지에 문제가 될 일이라고 해도 이런 짓을 벌일 리가 없어."

"그건 네 생각이고."

"정파는 무조건 고깝게 보는 네놈의 시선이 문제인 것 같은데."

"멍청하긴. 제아무리 같은 정파 패거리라 해도 그렇지, 앞뒤 분간이 안 되냐? 지금 이 상황을 하북팽가가 아니면 누가 만든단 말야."

"증거가 없잖아."

"그놈들이 머저리도 아니고 증거를 남겼겠냐?"

아운이 퉁명스레 쏘아붙였고, 전우신은 여전히 불신 가득한 표정을 짓고 있었지만 별다른 말은 하지 않았다. 지금 이런 소모성 있는 대화가 중요하지 않다는 것을 잘 알기 때문이다.

둘이 입을 닫았을 무렵이었다.

주변을 살펴보던 백호와 월하린은 슬쩍 서로의 얼굴을 바라봤다. 무엇인가 찾은 것이 있냐는 듯한 표정, 하지만 둘 모두 이곳에서 별다른 뭔가를 발견해 낼 수 없었다.

월하린이 가볍게 입술을 깨물었다.

'어떻게 해야 하지?'

많은 생각들이 스쳐 가며 월하린의 머리는 복잡해졌다. 이번 거래가 깨어지며 벌어질 일들도 고민이었고, 또 자식과 부족의 사내들을 잃은 후라크 부족에게 이 일에 대해 어찌 이야기해야 할지 난감하여 마음 한편이 답답해 왔다.

월하린은 그런 복잡한 마음을 안은 채로 주변을 가볍게 둘러봤다.

지금 이 근방을 살펴보긴 했지만 그 어떠한 특이한 점도 보이지 않는다. 어차피 이곳을 조금 더 뒤진다 하여 특별한 것은 찾기 어려울 것 같았다.

그렇다면 차라리 유림으로 돌아가 하오문의 연락을 기다리는 게 오히려 나은 선택일지도 모르겠다.

그들이라면 혹시 도움이 될 만한 다른 정보를 구해올 수도 있으니.

월하린이 이내 마음을 정리하고는 애써 침착한 목소리로 말했다.

"우선은 유림으로 가서 대기해요. 어차피 백하궁 무인들과도 합류해야 하고요."

"저도 그게 좋을 것 같습니다."

전우신이 가볍게 고개를 끄덕이며 대꾸했다.

후라크 부족이 당했던 곳에서 아무런 단서도 찾지 못한 채 그렇게 네 사람은 유림 쪽으로 발걸음을 돌려야만 했다.

애초의 목적지로 향한 지 얼마 시간이 지나지 않아 마침내 그들은 유림에 도착할 수 있었다.

유림은 몽골과 그리 멀지 않은 곳에 위치한 커다란 마을답게, 무척이나 많은 사람들로 붐볐다. 여행객들이 묵을 수 있는 많은 객잔들과 기루들.

그리고 노점상들과 먹거리들이 일행을 반겼다.

평소였다면 신이 나서 근방을 돌아다녔을 백호였지만 지금은 그럴 분위기가 아니었다.

백호는 그런 지금의 상황이 못내 아쉬운지 품 안에서 당과 하나를 꺼내어 물었다.

갖가지 음식들의 향이 백호의 코끝을 자극했다.

쿵쿵거리며 고기로 만든 음식들을 아련한 눈빛으로 바라보던 백호가 갑자기 발을 멈췄다.

백호가 걸음을 멈추자, 함께 움직이고 있던 세 사람의 발길 또한 자연스레 멈추어 버리고 말았다.

"왜 그래요?"

"잠깐?"

월하린의 물음에 백호가 손을 들어 조용히 하라는 신호를 주고는 이내 주변으로 고개를 돌리며 킁킁거리기 시작했다. 그런 백호의 모습에 전우신과 아운이 무슨 짓을 하는 건가 하는 눈으로 바라볼 때였다.

백호가 중얼거렸다.

"냄새가 나는데……."

"무슨 냄새요?"

"피 냄새. 약하긴 한데 피 냄새가 난다. 그것도 동물이 아닌 인간의 피 냄샌데."

백호의 뜬금없는 말에 전우신과 아운 또한 주변을 둘러보며 냄새를 맡기 위해 깊게 숨을 들이마셨다. 하지만 그들의 코에는 전혀 그런 게 느껴지지 않았다.

아운이 숨을 들이마시고는 말했다.

"전 안 나는데요?"

잘못 맡은 게 아니냐는 듯이 전우신과 아운이 바라보고 있었지만 월하린만은 달랐다. 백호의 정체가 요괴라는 걸 아는 월하린은 그의 남다른 후각에 대해 너무나 잘 알았다.

월하린이 다급하게 물었다.

"혹시 근방이에요?"

"응. 그리 먼 것 같지는 않은데. 어떻게 할까? 가 봐?"

백호의 물음에 월하린이 고개를 끄덕였다.

이 근방에서 벌어졌던 살인 사건이다. 그리고 만약 인간의 피 냄새가 난다면 그곳에 이번 일과 연관된 자객들이 있을지도 모른다.

그들의 정체만 알 수 있다면 이번 일의 배후에 대해 어느 정도 짐작도 가능하다.

월하린의 의사를 확인한 백호가 선두에 서며 재빠르게 말했다.

"따라와."

말을 마친 백호의 발걸음이 다소 빨라졌다.

빠른 속도로 사람들 사이를 비집고 들어가는 백호를 보며 다른 셋 또한 쫓을 수밖에 없었다.

휙휙.

바람 소리가 날 정도로 빠르게 사람들 가득한 대로를 달린 백호의 발이 향한 곳은 다름 아닌 어느 객잔의 뒤편이었다.

객잔에 도착했을 때까지만 해도 안으로 들어갈 거라 생각했는데, 백호의 발길이 뒤편에 있는 공터로 향하자 월하린은 의아해했다.

이번 살인 사건과 관계된 자들이 객잔에 있으면 모를까 객잔 뒤쪽에 있는 이런 조그마한 공터에 있을 거라고는 생각이 되지 않아서였다.

그리고 예상대로 객잔의 뒤편 공터에는 사람의 그림자조차 보이지 않았다. 조그마한 공간에는 야채가 잔뜩 들어가 있는 바구니와 술통으로 보이는 것 몇 개만이 줄지어 서 있을 뿐이었다.

월하린이 가볍게 한숨을 내쉬었다.

'잘못 짚은 건가?'

그런 그녀와 마찬가지로 주변을 확인한 아운이 백호를 향해 실실 웃으며 말했다.

"백호님, 헛다리 짚으신 것 같은데요?"

"헛다리는."

백호가 짧게 말을 내뱉고는 갑자기 그 공터 안으로 걸음을 옮겼다. 갑작스러운 백호의 움직임에 나머지 셋 또한 왜 그러냐는 듯이 그의 뒤를 따를 수밖에 없었다.

그렇게 걸음을 옮기던 백호가 갑자기 술통 앞에서 발걸음을 멈췄다.

그리고 그 모습을 본 월하린이 두 눈을 크게 치켜떴다.

"설마……."

"맞아. 냄새가 난다고 한 곳은 바로 여기거든."

말을 마친 백호가 그대로 술통을 덮고 있는 뚜껑을 획하니 들어 올렸다. 그리고 동시에 혹시 있을지 모를 공격에 대비했지만……

"헐."

아운이 술통 안을 보며 짧게 탄성을 내뱉었다.

놀랍게도 그 안에 있는 것은 혼절해 있는 소년이었다. 처음 보는 아이였으나 중원인과는 다른 옷차림에서 단번에 소년의 정체를 알 수 있었다.

후라크 부족의 생존자다.

전우신이 놀란 듯이 백호를 보며 중얼거렸다.

"어떻게 이렇게나 멀리 떨어진 곳에 있는 피 냄새를……"

굳이 말은 하지 않았지만 놀란 것은 아운 또한 마찬가지였다. 그런 둘의 시선을 한눈에 받으며 백호는 별로 놀랄 것도 없다는 듯이 어깨를 으쓱하며 말했다.

"원래 내 코가 십 리 바깥의 음식 냄새도 맡을 정도거든."

"우와, 정말 개코시군요."

"뭐? 개코? 어딜 날 개 따위랑 비교하는 거야!"

백호가 아운을 향해 버럭 소리치고는 그의 뒤통수를 손바닥으로 후려쳤다.

제2장. 백호난무
― 절대 용서하지 않는다

妖魔傳說

햇살이 창을 통해 쏟아져 들어왔다.

중천까지 뜬 해 때문에 침상에 누워 있는 몽골의 소년 나려타의 표정이 일그러졌다. 굳게 닫고 있던 눈꺼풀 너머로 햇살이 들어오자 정신을 잃은 듯이 쓰러져 있던 그가 화들짝 놀라며 눈을 치켜떴다.

번쩍!

눈을 뜨는 것과 동시에 나려타는 황급히 어깨를 움켜쥐며 신음 소리를 토해 냈다.

"으으……."

도망치는 도중에 입었던 부상 때문에 어깨가 아른거린

다. 하지만 이내 그의 머리에 지금 이곳이 어디인가 하는 생각이 스쳐 지나갔다.

분명 괴한들을 피해 술통에 몸을 감춘 것까지는 기억이 난다. 그리고 그곳에서 몸을 움츠린 채로 어떻게든 숨어 있었는데……

잠시 눈을 크게 뜬 채로 상황을 정리하려는 그때였다.

불쑥.

갑자기 눈에 들어온 한 사내의 얼굴에 나려타는 소스라 치게 놀랐다. 새하얀 머리카락을 한 잘생긴 사내의 얼굴에 기겁하고야 만 것이다.

"으앗!"

깜짝 놀라 비명과 함께 몸을 뒤로 밀던 그가 벽에 머리 를 들이받았다.

쿵.

"아야."

"일어났네."

순간 신비해 보이는 백발 사내의 모습에 이곳이 이승이 아닌 사후 세계인가 하는 생각이 들었었지만 이내 나려타 는 퍼뜩 정신을 차렸다.

머리의 얼얼함도 그렇고 주변의 광경도 그렇고 이곳은 결코 사후 세계가 아니다. 이곳은 다름 아닌 나려타가 쓰러져 있던 곳과 바로 붙어 있던 객잔이었다.

백발 사내 백호의 뒤편에서 자리를 지키고 있던 다른 자들이 다가오고 있었다.

나려타가 일어났다는 말에 가장 먼저 다가온 이는 다름 아닌 월하린이었다. 그녀가 침상 옆에 놓여 있는 의자에 황급히 걸터앉아 나려타와 눈높이를 어느 정도 맞추고는 물었다.

"후라크 부족 맞으시죠?"

"누, 누구십니까."

나려타가 떨리는 목소리로 되물었다.

괴한들과의 싸움으로 인해 그는 무척이나 혼란스러운 상태였다. 그럼에도 불구하고 나려타는 최대한 침착하고자 노력했다.

어린 나이지만 한 부락을 이끄는 족장의 아들.

그 또한 나이에 맞지 않는 강인한 마음을 지닌 아이였다.

나려타는 후라크 부족이냐 묻는 질문에 아니라는 말을 하지 않았다. 쫓기는 와중이라면 잡아떼야 맞는 것일지도 모르겠지만 나려타는 그러지 않았다.

이유는 간단했다.

그들은 모두를 죽이려 했다.

그렇다면 자신을 죽이지 않은 이들은 결코 그때 나타난 괴한과 한패거리는 아니라는 소리였다.

나려타의 물음은 월하린에게 많은 것을 대답해 주었다.

"부정하지 않는 걸 보니…… 맞으신 것 같네요."

옷차림에서 얼추 예상은 하고 있었던 일, 하지만 직접 입으로 확인하자 월하린의 표정이 한결 밝아졌다.

후라크 부족의 생존자를 만났으니 그날의 일에 대해 조금이나마 단서를 얻을 수 있지 않겠는가. 안도의 한숨을 내쉬는 월하린을 보며 나려타가 입을 열었다.

"그러시는 그쪽은 누구십니까?"

"아, 저는 월하린이라고 해요."

"……백하궁 궁주님이십니까?"

"네. 뒤늦게 소식을 듣고 급히 기습이 있었던 장소로 갔고, 흔적을 찾다가 술통에 숨어 혼절해 있는 소협을 발견했어요."

월하린의 정체를 알아차리자 나려타는 힘겹게 자리에서 일어났다. 자리에서 일어난 그는 엉망이 된 옷매무새를 어루만지더니 포권을 취했다.

"후라크 부족의 나려타라고 합니다."

"성함이 나려타라고요? 실례지만 족장님과는 어떤 사이신지 물어도 될까요?"

"족장님이 제 아버지 되십니다."

"설마 이번 거래의 총책임자이신가요?"

"예, 어쩌다 보니 이런 꼴이 되긴 했지만…… 제가 이번 거래를 하러 온 책임자였습니다."

말을 하는 나려타의 안색이 급격하게 어두워졌다.

예상치도 못했던 괴한들의 기습에 자신을 제외한 모두가 죽어 버렸다. 나려타가 산 것 또한 다른 이들이 목숨을 걸고 시간을 벌어 준 덕분이지, 만약 그렇지 않았다면 나려타 또한 죽음을 면하기 힘들었을 게다.

표정을 구기는 나려타를 보며 월하린은 그가 무슨 생각을 하고 있는지 알아차렸다. 그녀가 안쓰럽다는 듯 나려타를 보고 있을 때였다.

"어이, 꼬마야."

백호가 나려타를 향해 말을 걸어왔다.

꼬마라는 말에 나려타가 당황한 듯 그런 그를 바라봤다. 비록 나이가 어리긴 했으나 이렇게 불려 보긴 또 처음이다.

평소였다면 기분 나빴을지도 모르는 일.

허나 지금은 아니었다.

상대인 백호는 뭔가 알 수 없는 분위기를 풍기는 사내였다. 그의 새하얀 머리카락을 보고 있노라면 왠지 모르게 이것이 현실이 아닌 것 같은 착각까지 일게 할 만큼.

백호가 말을 이었다.

"딴소리는 우선들 집어치우고, 어제 너희를 기습한 놈들 얼굴 봤냐?"

"아뇨, 못 봤습니다."

"뭐 단서가 될 만한 건 없고?"

"말씀드릴 만한 거라곤 그들이 우리를 기다렸다는 것뿐입니다. 그놈들은 우리가 올 길을 미리 알고 기다리고 있었습니다. 그들은 흡사 우리가 유림에 들어가는 걸 막으려는 것처럼 보였습니다."

당시의 상황이 나려타의 머릿속에 주마등처럼 스치고 지나갔다.

그들은 빠르고 강했다.

전문적으로 훈련된 자들인지 일사불란하게 후라크 부족의 무인들을 죽여 나갔다. 하나하나 죽어 나가던 그 모습이 머리에 아른거린 탓인지 나려타가 눈을 꾹 감았다.

분한 감정을 감추기 힘들었는지 나려타는 가볍게 주먹을 움켜쥔 채로 천천히 입을 열었다.

"강한 자들이었습니다. 그리고 가장 중요한 건 그들이 제가 살아 있다는 걸 안다는 겁니다."

말을 마친 나려타가 황급히 옆에 놓여 있는 모자를 챙겨

쓰며 말했다.

"지금도 이럴 시간이 없습니다. 어서 도망을……."

"걱정 안 해도 됩니다."

실눈을 한 채로 실실 웃고 있는 아운이 나섰다.

그런 그를 나려타가 멍하니 바라볼 때였다. 아운이 말을 이었다.

"아, 제 표정은 원래 이러니 너무 신경 쓰지 마시죠. 어쨌든 걱정은 안 하셔도 된다는 겁니다. 놈들은 결코 당신을 건드리지 못할걸요. 최소한 당신이 이곳에 있는 한은 말이죠."

"그들은 저희 무인들을 단번에 제압한 이들입니다. 그 무공 실력이 무척이나 뛰어났고……."

말을 내뱉는 나려타의 어투에는 분노와 두려움이 공존하고 있었다. 하지만 그런 나려타를 향해 안심하라는 듯이 아운이 말했다.

"제 입으로 이런 말하긴 뭐하지만 여기 있는 사람들이 제법 빵빵하거든요. 천하제일인의 여식, 그리고 제가 또 사파 쪽에서는 최고의 후기지수 중 하나로 불렸죠. 인정하기 싫지만 저 화산파 놈도 자기 문파에선 최고의 기재고. 그리고 무엇보다…… 저기 계신 백호님은 십구천존을 꺾을 정도의 실력자시니까요."

아운의 말에 나려타가 놀란 듯이 이곳에 있는 일행의 얼굴을 면면히 살폈다.

모두 다 한창때인 젊은 자들.

그런 이들이 모두 그 같이 이름 있는 무인들이라는 말에 놀라지 않을 수 없었다.

특히나 백호에 대한 이야기에 나려타는 무척이나 놀란 기색이었다. 몽골에도 십구천존이라는 이름은 널리 알려져 있기 때문이다.

말을 내뱉은 아운 또한 신기한 듯이 웃으며 중얼거렸다.

"어라? 말하고 보니 저희 모두 제법입니다?"

"확실한 건 여기서 네가 제일 별 볼 일 없다는 거지."

"또 끼어든다."

전우신의 한마디에 아운이 이를 갈았다.

둘의 가벼운 말다툼을 미리 막으려는 듯이 월하린이 불쑥 말했다.

"어쨌든 너무 걱정하지 않으셔도 돼요. 이 객잔은 이미 저희 백하궁의 무인들이 모두 호위하고 있어요. 우선은 몸의 안정을 취하세요. 이후의 일은 그때 정하셔도 되니까요."

"이렇게 챙겨 주셔서 감사합니다."

이들에 대해 알자 어느 정도 마음에 안심이 됐는지 나려타는 머리에 썼던 모자를 벗어 옆에 두며 다시금 침상에 걸 터앉았다.

억지로 일어나 있긴 했지만 하루 동안 술통 안에 쪼그려 있던 탓인지 온몸에 안 아픈 곳이 없다.

월하린은 동료들을 잃은 나려타를 배려하고 있었지만 백호는 아니었다. 그가 무심하게 말했다.

"그보다 이번 거래는 어떻게 할 생각이야?"

"백호, 그 이야기는 나중에 하는 게 좋을 것 같아요. 아직 혼란스러우실 텐데……."

"아뇨. 이번 여정의 목적이 그거 아닙니까. 저 또한 갑작스러운 일이 닥친 통에 잠시 망각하고 있었습니다."

침상에 앉아 있던 나려타가 고개를 저으며 말했다.

나이 어린 소년인 그가 걱정스러웠는지 월하린이 재차 물었다.

"괜찮으시겠어요?"

"물론입니다. 만약 이 거래를 성사시키지 못하고 간다면 제 동료들은 개죽음을 당한 것이나 다름없게 됩니다. 저를 지키다 죽은 그들을 생각해서라도 이번 거래를 끝마치고 가고 싶습니다."

이번 거래는 백하궁과 마찬가지로 후라크 부족에게도 무척이나 중요한 일이었다.

나려타가 재차 말했다.

"그리고 저희를 기습한 그놈들. 놈들의 목적은 저희 두 세력이 힘을 합치지 못하게 하는 것 아닙니까. 놈들이 원하는 대로 해 줄 생각은 눈곱만큼도 없습니다."

어린 나이에 어울리지 않게 담담하니 말하는 나려타를 보며 백호가 히죽 웃으며 말했다.

"꼬맹이. 너 제법이다."

"꼬맹이가 아닙니다. 후라크 부족의 나려타입니다."

"작잖아? 그럼 꼬맹이지."

똑바로 자신의 이름을 말하는 나려타를 보며 백호가 여전히 웃는 얼굴로 대꾸했다. 그것이 마음에 안 드는지 뭔가를 더 말하려는 나려타를 향해 아운이 대신 이야기를 꺼냈다.

"포기하셔야 할걸요. 전 명색이 백호님의 수하인데도 두건이라 불리거든요. 이놈은 매화고. 백호님이 이름을 불러 주는 건 궁주님뿐이라 말이죠."

아운이 월하린을 가리키며 가볍게 어깨를 으쓱했다.

이름으로 불리는 건 포기한 지 오래다. 그리고 조심하라는 듯 아운이 나려타를 향해 장난스레 말했다.

"그리고 요새 들어 툭하면 제 뒤통수를 때리시는데 나 소협도 자꾸 말대답하다가는 저처럼……."

탁.

말이 채 끝나기도 전에 백호가 손바닥으로 가볍게 아운의 뒤통수를 때렸다. 그리고 자신의 머리를 어루만지며 억울하다는 듯 돌아보는 아운을 향해 전우신이 짧게 말했다.

"맞을 짓을 하니까 맞지."

"내가 언제?"

"그 나불거리는 입이 문제라는 걸 정말 모르는 거냐?"

아옹다옹하는 두 사람의 모습이 이제는 너무나 익숙하다. 월하린은 그런 둘을 신경도 쓰지 않는 것처럼 말을 이어 나갔다.

"거래를 진행하실 생각이시라면 저희 쪽의 조건부터 말씀드릴게요."

월하린은 준비해 두었던 서찰 하나를 꺼내 나려타에게 내밀었다. 나려타는 월하린에게서 건네받은 서찰을 펼치며 안의 내용을 살폈다.

그곳에는 우선적으로 필요한 말과 붓의 숫자. 그리고 그것의 가격까지 적혀 있었다. 가만히 서찰을 살펴보는 나려타를 향해 월하린이 말을 이어 나갔다.

"몽골과 맞닿아 있는 부분에 저희 쪽 지점을 만들 생각이에요. 그곳에서 말과 붓을 인계받아 백하궁으로 옮기는 건 이쪽이 맡을게요. 괜찮으시죠?"

"괜찮다마다요. 오히려 쌍수를 들고 환영할 일입니다."

이번과도 같은 괴한의 습격이 있을 수도 있는 상황.

그런 식으로 거래를 하는 것이 후라크 부족의 입장에서는 훨씬 나은 일이다. 운반비도 적지 않게 줄어들 테고, 혹여 모를 인명의 피해도 없을 것이다.

서찰에 적힌 물품의 개수를 보며 나려타가 말했다.

"생각보다 양이 많습니다. 말은 당장에 준비가 되겠지만 붓은 열흘 정도 시간이 걸릴 것 같습니다."

"그 정도야 상관없어요. 가격도 당장엔 판매할 장소가 정확히 정해지지 않아 그 정도로 책정했지만, 후에 제대로 자리가 잡히면 조금 더 후하게 쳐 드릴게요."

"그래 주신다면야 더 바랄 것이 없지요. 연락은 어떻게 하실 생각이십니까?"

"저희 쪽에서 매달 초와 보름. 이렇게 두 번 정도 필요한 수량을 정해서 연락을 넣도록 할게요."

"알겠습니다. 그럼 저희 쪽에서는 연락을 받는 대로 그에 맞는 수량을 챙겨서 말씀하신 지점으로 보내도록 하겠습니다."

월하린과 나려타의 대화는 일사천리로 이루어졌다.

나려타가 품에 감추어 두었던 서찰 한 장을 꺼내 월하린에게 전했다.

"저희 쪽과 거래를 맺었다는 확약서입니다."

나려타에게서 계약서를 전해 받은 월하린이 희미하게 웃으며 말했다.

"앞으로의 거래 잘 부탁드릴게요."

"그럼 이렇게 계약은 끝난 것입니까?"

"네, 혹시 뭐 다른 하실 말씀이라도 있으신가요?"

"그게……."

꼬르륵.

나려타의 배에서 자그마한 소리가 나왔다.

혼절한 시간까지 해서 거의 이틀 가까이를 굶었다. 그 탓에 그는 무척이나 허기진 상태였다. 배에서 나는 소리에 나려타는 당황한 듯이 슬쩍 얼굴을 붉혔다.

백호가 말했다.

"배고픈가 본데? 두건. 내려가서 고기 좀 가져와."

"고기는 안 되죠. 제대로 식사도 못 하셨고, 심적으로도 놀란 상태인데 갑자기 고기같이 부담되는 걸 먹으면 체해요. 죽으로 좀 부탁할게요."

"쳇, 죽 같은 걸로 배가 차나."

백호가 월하린을 향해 이해가 안 간다는 듯 가볍게 고개를 저었다. 그러고는 이내 방을 빠져나가려는 아운을 향해 백호가 소리쳤다.

"나가는 김에 내가 먹을 고기도 좀 챙겨와!"

"그리하죠."

백호의 명을 받은 아운이 고개를 끄덕이고는 바깥으로 걸어 나갔다. 그가 나가고 나자 백호는 품에서 당과 주머니를 꺼내어 들었다. 아무렇지 않게 당과 하나를 꺼내어 무는 백호를 나려타는 멍하니 바라보고 있었다.

신비해 보이는 백호라는 사내에게 당과는 너무도 어울리지 않는 느낌이 든다.

뭐가 그리도 좋은지 당과를 입에 넣기 무섭게 백호는 히죽히죽 웃고 있었다.

"그거…… 당과 아닙니까?"

나려타의 질문에 백호가 고개를 끄덕이더니 재빠르게 전낭 주머니를 품 안에 넣었다. 그러고는 웃음을 거두며 사나운 목소리로 말했다.

"왜? 너도 꼬맹이라 이런 거 좋아하냐? 이건 내 거라 절대 못 준다."

"괘, 괜찮습니다."

마치 자기 물건을 빼앗기기 싫어하는 어린애 같은 모습에 나려타는 당황한 듯이 말을 더듬었다.

괜찮다는 말에 다시금 백호가 편안하니 당과를 먹고 있을 때였다.

죽을 기다리고 있던 나려타가 월하린을 향해 말을 걸었다.

"궁주님, 하나 부탁이 있습니다."

"부탁이요?"

"예. 아시겠지만 제가 지금 안전한 상태가 아닙니다. 혼자서 움직이기 시작한다면 곧바로 놈들의 정보망에 걸려들 겁니다."

자신의 부족민들을 죽인 자들이다.

그런 자들에게서 도망만 쳐야 한다는 것이 못내 분했지만 냉철하게 상황을 판단해야 했다. 나려타의 힘으로는 그들을 어찌할 수 없었다.

지금 가장 중요한 건 살아서 후라크 부락으로 돌아가는 것이다.

나려타가 말했다.

"분하지만 전 그들에게서 도망칠 능력이 없습니다. 아마도 반나절도 지나지 않아 잡혀서 죽겠지요. 그러니 궁주님께서 저를 몽골 인근까지만 지켜주시면 안 되겠습니까?"

조심스럽게 말을 꺼낸 나려타를 향해 월하린이 말했다.

"말씀 안 하셨어도 당연히 그리 해 드리려 했어요. 우선 오늘 하루는 이곳에서 푹 쉬시고 내일 출발하도록 해요."

"그렇게까지 배려해 주시니 감사드립니다."

둘의 대화를 가만히 듣고만 있던 백호가 나섰다.

"뭐야? 우리 또 어디 가는 거냐?"

귀찮다는 듯한 백호의 말투에 월하린이 달래듯이 말했다.

"그렇게 멀지 않으니까 너무 걱정 말아요."

"에이, 빨리 돌아가고 싶은데."

백호는 입맛을 다시면서도 어쩔 수 없는 걸 알았는지 더이상 별다른 말은 하지 않았다. 그렇게 대화가 끝나 갈 무렵 문이 열리며 아래로 내려갔던 아운이 돌아왔다.

그는 한 손에는 죽을, 다른 한 손에는 백호가 먹을 고기가 수북이 담긴 접시를 들고는 방 안으로 걸어 들어왔다.

아운이 죽과 고기를 내려놓자 백호는 빼앗듯이 접시를 잡아채고는 안에 든 음식을 먹기 시작했다.

죽을 받아 든 나려타 또한 주린 배를 채우기 위해 억지로 한두 숟가락을 뜨고 있었지만 그의 시선은 백호에게 향해 있었다.

고기를 씹어 먹고 있던 백호는 그런 나려타의 시선을 눈치챘는지 슬쩍 고개를 돌려 그를 바라봤다.

"뭐야?"

"아, 그게……."

백호가 두 눈을 크게 부릅떴다.

"꼬맹이, 네 것은 그 허여멀건 죽이고 이 고기는 내 거다. 난 내 것은 절대로 남한테 안 주거든."

백호의 경고 아닌 경고에 나려타는 어색한 표정을 지으며 고개를 끄덕였다.

*　　　*　　　*

백하궁이라 적힌 깃발을 휘날리며 백호 일행이 움직이고 있었다. 그들은 나려타를 몽골로 안전하게 돌아갈 수 있게 하기 위해 그를 호위한 상태였다.

마차에 다섯이 타기엔 다소 불편했는지, 전우신과 아운은 바깥에서 말을 타고 쫓아오고 있었다.

마차에는 백호와 월하린, 그리고 나려타 이렇게 셋이 자리했다. 그리고 그 양쪽으로 전우신과 아운이 호위하듯이 섰고, 주변으로 백하궁의 다른 무인들이 넓게 포진해 있었다.

마차는 유림을 벗어나 순식간에 몽골이 있는 북쪽으로 움직였다.

이틀 정도 걸리는 멀지 않은 거리.

백하궁의 무인들은 날이 잔뜩 선 표정으로 주변을 경계하며 나아가고 있었다. 나려타를 습격했던 괴한들이 다시금 모습을 드러낼 수도 있는 탓이다.

그리고 그런 백하궁 무인들과 아주 멀리 떨어진 곳.

나무들이 무성한 그곳에 평범해 보이는 한 사내가 달리고 있었다.

그 정체 모를 사내는 이내 대나무가 가득한 곳에 멈추어섰다. 주변에 아무도 없음에도 불구하고 사내가 입을 열었다.

"지금 막 삼 관문을 통과했습니다."

그 말이 떨어지는 순간이었다.

아무도 없다 느껴졌던 대나무 숲에서 하나둘씩 정체 모를 자들이 모습을 드러냈다. 흑의를 입고 복면으로 얼굴을 감춘 이들.

이들은 바로 며칠 전 후라크 부족의 무인들을 죽음으로 몰아간 자들이다.

개중에 가장 덩치가 작아 보이는 자가 입을 열었다.

"살주, 어떻게 하실 생각이십니까?"

"……."

"이대로 두었다가는 놈이 살아서 도망치게 됩니다. 그렇게 되면 약속된 청부금도 받지 못합니다."

"그래서?"

"그래서라뇨. 지금에라도 기회를 엿보다가 놈을 죽여야

지요. 호위하는 놈들이 있긴 하지만 숫자도 많지 않습니다. 그깟 어린놈 하나 죽이는 거라면⋯⋯."

"어린놈 하나 죽이는 게 뭐가 문제겠느냐. 다만 그 어린놈 옆에 있는 자가 누군지를 잊었느냐?"

살주의 말에 덩치 작은 사내가 일순 입을 닫았다.

그러자 살주가 말을 이었다.

"천지멸사를 이긴 놈이 그 안에 있다. 그런 놈을 상대로 목표물을 죽이고 도망칠 수 있느냐?"

"그, 그건⋯⋯."

덩치 작은 사내가 말을 더듬거렸다.

솔직히 자신 없다.

하지만 살주라면 가능하지 않을까? 사내가 가만히 살주라 불리는 존재를 바라봤다. 그런 사내의 시선에서 생각을 읽은 살주가 대답했다.

"목표물을 죽일 확률 이 할. 그리고 그 상태에서 살아서 도망쳐 나올 가능성은 없다."

"그렇다면 이대로 포기하실 생각입니까?"

사내의 질문에 복면으로 감춰진 얼굴 너머로 살주가 가볍게 웃었다.

목표를 죽여야 할 때 꼭 정면 승부를 해야 할 필요가 있겠는가. 더 확률 높은 방법이 있다면 그걸 택하면 그만이다.

더군다나 그것이 훨씬 안전한 방법이라면.

살주가 입을 열었다.

"분혼산(焚魂散)을 준비해."

"부, 분혼산을 말입니까?"

"그래. 그 어린놈은 절대 살지 못할 테고 만약 운이 좋다면야…… 대어를 물겠지."

말을 마친 살주가 손을 들며 소리쳤다.

"지도!"

그 말에 수하 하나가 둘둘 말린 지도 하나를 그에게 건넸다. 지도를 펼친 그의 시선이 서둘러 백하궁이 움직이는 길목을 바라봤다.

그러고는 이내 어느 부분에 이르러 시선을 멈췄다.

그가 손가락으로 지도의 한 부분을 가리키며 말했다.

"이곳. 이곳이 좋겠군."

"하지만 이곳에 놈들이 온다는 보장이 없지 않습니까."

"없으면…… 만들면 되지 않겠느냐."

살주가 뜻 모를 미소를 입에 머금었다.

*　　　*　　　*

해가 뉘엿뉘엿 진 지 꽤나 긴 시간이 지났다.

하루 종일 쉬지도 않고 움직인 탓인지 말도 사람들도 무척이나 지쳐 보였다. 마차의 창을 통해 백하궁 무인들의 얼굴을 살피던 월하린이 걱정스럽게 말했다.

"다들 많이 지쳐 보이는데 인근에 쉴 만한 곳은 어디 없나요?"

적어도 세 시진가량은 눈을 붙이고 움직여야지 이대로 강행군은 무리였다. 월하린의 질문에 전우신이 짧게 대답했다.

"잠시만 기다리시지요."

말을 마친 전우신이 뒤편에서 백하궁 무인 하나를 데리고 왔다. 월하린에게 다가온 무인이 짧게 예를 갖췄다.

전우신이 입을 열었다.

"이 근방에서 살았다는 자입니다. 지리를 잘 안다기에 데리고 왔습니다."

"아. 그럼 근방에서 쉴 만한 곳을 알고 계신가요?"

월하린의 질문에 백하궁 무인이 잠시 생각하는 듯하더니 이내 뭔가를 기억해 낸 것처럼 고개를 끄덕였다.

"그리 멀지 않은 곳에 조그마한 마을 하나가 있습니다. 정말 조그마한 곳이라 지도에도 나와 있지 않은 마을인데 하루 정도 쉬고 가기엔 무리 없을 겁니다."

"그래요? 혹시 안내해 주실 수 있을까요?"

"물론이죠. 제가 그리로 안내해 드리겠습니다."

"부탁드릴게요."

말을 마친 월하린이 창 안으로 다시금 머리를 집어넣었다. 늘어진 듯이 누워 있는 백호와, 꼿꼿이 허리를 편 채로 앉아 있는 나려타의 모습은 무척이나 대조적이었다.

백호가 혀를 길게 내민 채 중얼거렸다.

"뭐 이렇게 덥냐."

밤인데도 불구하고 아직도 더위가 가시지 않는지 백호가 불만스레 중얼거렸다. 그런 백호의 모습에 월하린이 가볍게 웃으며 그를 달랬다.

"근방에 쉴 만한 곳이 있다잖아요. 거기 가서 좀 쉬어요."

"챙겨온 물도 미적지근하고. 거기 가면 시원한 물 좀 마실 수 있으려나?"

백호가 물통에 든 물을 입가에 넣더니 이내 표정을 구겼다. 지독한 더위 탓인지 하루밖에 지나지 않았음에도 불구하고 물이 완전히 미지근하게 변해 버렸다.

백호는 창밖으로 입에 머금은 물을 뱉어 내고 나려타를 향해 손을 뻗었다.

"꼬맹이. 네 물 좀 줘 봐."

말을 타고 이동이 잦은 몽골족의 특성상 그들의 물통은 백호의 것과는 많이 달랐다. 양가죽으로 된 물통은 오히려 주위에 열을 빼앗기지 않는 탓에 그 시원함이 오래 지속됐다.

백호의 말에 나려타가 빈 물통을 들어 올리며 말했다.

"이미 다 드시지 않았습니까."

"끄응."

이미 그의 물통에 든 물은 백호가 다 마셔 버린 지 오래였다. 백호는 빈 나려타의 물통을 쥔 채로 괴로운 표정을 짓고 있었다.

그렇게 나려타를 호위하는 백하궁의 인원들은 인근에 있다는 마을을 향해 움직였다.

선두에서 움직이기 시작한 지 반 시진 정도 지났을 무렵이었다.

마침내 목적지인 마을이 눈에 들어왔다.

선두에서 이들을 안내하던 무인이 황급히 말했다.

"저기입니다."

목적지에 도착했다는 말에 백호가 창밖으로 상체를 확 끄집어내고는 바깥을 살폈다. 방금 전까지 마차 안에서 죽은 듯이 늘어져 있던 것과는 달리 생기 넘치는 모습이다.

백호가 버럭 소리쳤다.

"뭣들 하는 거야? 빨리들 달리자고!"

갑작스레 돌변한 백호의 모습에 마차 안에 있는 나려타가 당황한 듯이 그를 바라보고 있을 때였다. 그런 나려타를 향해 월하린이 웃으며 말했다.

"원래 이래요."

"……그렇군요. 정말 신기한 분이신 것 같습니다."

신비한 백발, 당과를 입에서 떼지 않는 알 수 없는 행동. 그리고 사람의 이름을 제멋대로 바꾸어 버리는 막무가내에 가까운 모습까지.

하루 종일 백호를 보며 느낀 것은 그가 정말 예측 불가능한 사내라는 점이었다.

백호의 재촉과 함께 백하궁의 인원들은 그 마을로 들어섰다. 마을은 무인이 말했던 것처럼 정말 조그마했다.

열대여섯 가구 정도로 이루어진 이곳에 객잔 같은 게 있을 리가 없었다. 그리고 없는 것은 객잔뿐만이 아니었다.

사람의 모습이 보이지 않았다.

비록 시간이 늦긴 했지만 인기척조차 없는 것이 이상했다.

백호가 중얼거렸다.

"뭐 이렇게 조용해?"

"그러게요. 사람들이 별로 없는 마을이라고는 들었지만

이건 아예 텅텅 빈 것 같은데요."

월하린이 가볍게 선두에 있던 사내를 향해 손짓하자 그가 다가왔다. 월하린이 사내에게 물었다.

"사람의 기척이 느껴지지 않는데요?"

"그게 저도 잘 모르겠습니다. 제가 백하궁에 들어가기 전까지만 해도 분명 사람이 살던 마을인데…… 죄송합니다."

"아뇨. 애초에 작은 마을이라 저희 인원이 묵을 만한 곳도 없는데요, 뭘."

먹을거리라도 구해 보려 했는데 그게 되지 않아 아쉽긴 했지만 어쩔 수 없는 일이다. 다만 적어도 잘 정리된 마을 이었기에 야영을 하기에는 큰 무리가 없어 보였다.

사내가 황급히 말을 이었다.

"마을 중앙 부분에 공터가 있습니다. 그곳에서 자리를 펴면 될 것 같습니다."

"그렇게 하죠."

말을 마친 월하린이 옆에 앉아 있는 백호를 향해 시선을 돌렸다. 월하린은 안쓰러운 표정을 지어 보이며 백호를 향해 말했다.

"어쩌죠? 식사는 대충 해야 할 것 같은데."

"끄응."

"그래도 마을이니까 마실 물은 있을 거예요."

월하린의 말에 백호는 고개를 끄덕였다.

그나마 물이라도 있는 것이 어디인가.

선두에서 나아가던 이가 멈추어 서자 그 뒤를 따르던 자들도 모두 걸음을 멈췄다.

백하궁의 인원들은 능숙하게 말들을 주변에 있는 곳에 묶기 시작했다. 그리고 그 틈에 마차에 타고 있던 세 사람 또한 문을 열고 바깥으로 걸어 나왔다.

백호가 마차에서 내리는 찰나였다.

옆쪽에 있던 전우신이 이 마을로 안내한 사내와 함께 어딘가로 걸어가고 있었다. 그런 전우신의 모습을 보며 백호가 물었다.

"매화 저놈 어디 가는 거야?"

백호의 물음에 옆으로 다가온 아운이 답했다.

"혹시나 먹을거리가 있나 찾아보겠다며 가던데요?"

"그래?"

백호가 대수롭지 않게 대답했다.

그렇게 백호가 가볍게 주변을 두리번거리는 동안 백하궁의 무인들은 빠르게 야영 준비를 하기 시작했다. 백호는 손 하나 까딱하지 않은 채로 그들이 준비하는 것을 구경만 하고 있었다.

백호가 갈증이 난다는 듯이 물통을 흔들며 말했다.

"시원한 물 좀 마시고 싶은데 어디 우물 없냐?"

"저쪽에 있는 것 같은데요?"

아운이 야영을 하기 위해 자리를 잡는 일행들 가운데를 가리켰다. 그리 멀지 않은 곳에 위치한 우물을 보며 백호가 눈을 빛냈을 때였다.

"백호님!"

자신을 부르는 목소리에 백호가 발을 멈추고 고개를 돌렸다. 뒤편에서 다가온 이는 전우신과 함께 음식을 찾겠다며 사라졌던 자였다.

백호는 귀찮은 표정으로 물었다.

"왜?"

"전우신님께서 백호님을 찾으십니다."

"매화가?"

"예."

"무슨 일인데?"

"저도 잘 모르겠고 급히 찾으시는 통에 제가 달려왔습니다. 저 집 뒤편에 있으니 서둘러 와 주셨으면 하신답니다."

"건방진 자식이 누구보고 오라 가라야?"

백호가 표정을 찡그리며 말할 때였다.

옆에 있던 아운이 동조한다는 듯 고개를 끄덕이며 백호

를 거들었다.

"그러게 말입니다. 부하 주제에 어딜 감히 백호님을 오라 가라 한답니까? 자기가 달려와야지!"

"오랜만에 옳은 소리 하는데?"

"헤헤, 이번 기회에 제가 혼쭐 한번 내줄까요?"

백호의 칭찬에 아운이 좋다고 웃었다.

귀찮긴 했지만 어쩔 수 없다 생각했는지 백호가 입을 열었다.

"두건 네가 잠깐 여기에 있어. 내가 다녀올 테니까."

"그러시지요."

백호가 시선을 돌려 사내를 바라보며 물었다.

"어디라고?"

"저쪽에 있는 집 뒤편입니다."

"그래?"

말을 마친 백호가 몇 걸음 걸어가다 갑자기 발을 멈추고 사내를 바라봤다. 백호의 시선에 사내가 움찔하고 굳어 있을 때였다.

"네 몸에서 이상한 냄새가 나는데……."

"예? 내, 냄새라뇨?"

백호가 사내를 향해 킁킁거렸다. 그런 백호의 모습에 아운 또한 냄새를 맡으려는 듯이 사내에게 다가갔지만 별다른 특이한 점은 찾지 못했다.

이내 백호는 뭔지 알아차렸는지 손바닥을 마주치며 소리쳤다.

"대나무 냄새! 그래 맞아, 대나무 냄새였어."

냄새의 정체를 알아차린 게 마음에 들었는지 백호가 히죽 웃었다. 백호의 말에 마주하고 있던 사내의 입 끝이 미묘하게 떨렸다.

아운이 신기하다는 듯이 말했다.

"전 도통 아무 냄새도 안 나는데요. 그런데 저희가 대나무 숲을 지난 적이 있던가요? 제 기억엔 대나무는 구경도 못 했는데……."

아운이 이상하다는 듯이 말하다 문득 생각났는지 양손을 마주쳤다.

"아하, 너 이 자식…… 대나무로 담근 술을 마신 모양이로군."

아운의 그 말에 가만히 서 있던 사내가 황급히 고개를 끄덕였다.

"죄송합니다. 워낙 술을 좋아하는지라……."

사내가 죄송하다는 듯 고개를 조아릴 때였다.

이런 상황에 전혀 관심 없다는 듯 백호가 발을 옮기며 말했다.

"하여튼 난 매화 그놈을 잠깐 보고 오지."

"예, 백호님. 가서 놈을 혼쭐을 내주고 오셔야 합니다."

힘내라는 듯 소리치는 아운의 목소리를 뒤로한 채 백호는 터덜터덜 전우신이 있다는 쪽으로 걸어갔다.

건물 뒤편에 이르렀지만 전우신의 모습이 보이지 않았기에 백호는 조금 더 주변을 두리번거렸다. 그러고는 이내 얼마 떨어지지 않은 뒤뜰 쪽에서 전우신의 모습을 발견했다.

백호가 전우신이 있는 곳으로 다가가며 입을 열었다.

"건방진 자식이. 그래, 나 왔다 왜!"

"……?"

백호의 목소리에 짚더미 앞에 서 있던 전우신이 고개를 돌렸다. 그는 자신을 찾아온 백호의 모습을 보고는 의아한 듯 입을 열었다.

"여기는 어쩐 일이십니까?"

"뭔 소리야? 네가 날 불렀다며?"

"예? 제가 말입니까?"

전우신이 두 눈을 동그랗게 뜨며 되묻자 백호가 짜증 섞인 목소리로 말했다.

"방금 너랑 같이 여기 왔던 놈한테 나 좀 불러 달라고 했다며."

백호가 잔뜩 역정을 내고 있을 때였다.

전우신이 고개를 저으며 입을 열었다.

"전 그런 이야기한 적이 없습니다."

"그럼 아까 그놈이 한 말은 뭐야?"

"글쎄요. 전 여기 감자가 좀 있기에 옮길 사람을 불러 달라고 했습니다만…… 아마 그자가 뭔가 착각을 한 모양입니다."

"하아, 가뜩이나 목말라 죽겠는데 별의별 것들이 다 귀찮게 하네. 내 당장에 그놈을 확!"

성이 난 백호가 몸을 휙 하니 돌리고 걷기 시작했다. 그러자 그런 백호를 전우신 또한 쫓아서 움직였다.

차마 백호한테 다른 사람들 좀 이곳으로 불러 달라는 말을 할 수가 없는 탓이다. 차라리 자신이 가서 직접 감자를 옮길 만한 이들을 데리고 오는 게 낫다는 판단에서였다.

백호는 그대로 백하궁 인원들이 모여 있는 곳으로 향했다. 모두가 오늘의 무더운 날씨 탓인지 우물 앞에 모여 물을 마시길 기다리고 있었다.

우물가에 도착한 백호가 버럭 소리쳤다.

"아까 그놈 어디 있냐!"

"왜 그래요?"

흥분한 백호의 모습에 월하린이 당황한 듯이 물었다.

"매화 놈이 감자 옮길 사람을 찾았다던데 그놈이 날 불렀던 거라네?"

"허어."

아운이 당황한 듯이 헛웃음을 흘렸다.

백호의 성격이라면 분명 난리를 치고도 남을 상황.

씩씩거리며 주변을 두리번거리는 백호의 시선에 아운의 손에 들린 두레박이 들어왔다.

두레박에 담긴 물을 보며 백호가 눈을 동그랗게 떴다. 그 모습을 본 아운이 두레박을 내밀며 말했다.

"막 우물에서 퍼 온 물인데, 백호님 먼저 드시게 하려고 아무도 못 마시게 했습니다."

"그래?"

그제야 백호는 주변에 모여 있는 이들이 왜 자신을 그토록 바라보고 있는지 알아차렸다. 자신이 물을 마셔야 그다음에 자신들에게 순서가 돌아온다는 걸 알고 있기 때문이다.

백호가 기분 좋게 두레박을 건네받았다.

그러고는 그대로 목을 축이기 위해 물을 들이켜려는 순간이었다. 막 두레박을 들어 올려 입을 가져다 대려던 백호의 움직임이 멈췄다.

백호의 표정이 돌변했다.

"왜 그러시는지요?"

백호가 물을 마시는 걸 옆에서 기다리고 있던 아운이 물었을 때다. 백호가 손에 들린 두레박을 땅에다가 놓아 버렸다.

투욱.

떨어진 두레박에서 물이 바깥으로 쏟아져 나왔다.

갑작스러운 백호의 행동에 모두가 놀란 듯이 바라볼 때였다.

백호가 입을 열었다.

"다들 물에 손대지 마."

"예?"

"정확히는 모르겠는데 그냥 물이 아니야. 물에 뭔가가 타져 있는 것 같은데?"

두레박에 코를 가져다 댔을 때 아주 미세하게 느껴진 향은 백호의 신경을 거슬렀다. 그것이 무엇인지는 아직 잘 모르겠지만 백호는 본능적으로 뭔가 위험함을 감지한 것이다.

백호가 옆에 서 있는 아운을 향해 말했다.

"혹시 모르니 마시지 말라고 다시들 상기시켜. 그나마 다행이네. 내가 마시기 전에 아무도 안 마셨다고 하니."

백호의 말이 떨어졌을 때다.

아운이 딱딱하게 굳은 얼굴로 천천히 입을 열었다.

"저…… 이미 한 명이 이 물을 마셨는데요."

"이미 마신 사람이 있다고? 나 먼저 마시게 하려고 입도 못 대게 했다면서! 누군데? 나보다 먼저 물 마신 게 누구냐고."

아운이 당황한 얼굴로 대답했다.

"구, 궁주님이십니다."

"……월하린?"

아운이 고개를 끄덕였고, 백호가 놀란 듯이 고개를 돌렸다. 바로 뒤편에 서 있던 월하린 또한 이 이야기를 모두 들은 탓인지 멍하니 서 있었다.

월하린은 빠르게 내공을 움직여 몸 안에 독이 침입했는지 살폈다. 허나 몸에서 독기 따위는 전혀 느껴지지 않았다.

월하린이 걱정 말라는 듯이 양손을 들어 올리며 말했다.

"별 이상은 없는 것 같은데요?"

쌩쌩해 보이는 월하린의 모습에 백호가 안도의 한숨을 내쉬려는 찰나였다.

주르륵.

월하린의 입가를 타고 핏줄기가 흘러내렸다. 순식간에 월하린의 안색이 새하얗게 변하면서 동시에 입에서 피가 터져 나왔다.

독이다.

그리고 그 모습을 보는 순간 백호의 표정이 굳어졌다.

"월하린!"

월하린의 몸이 급작스럽게 쓰러졌고, 그런 그녀를 백호가 황급히 받아 냈다. 백호에게 안긴 월하린이 부들부들 떨고 있었다.

그녀의 얼굴을 바라보는 백호의 안색 또한 급격하게 굳어가기 시작했다.

"이거 어떻게 된 거야!"

"독에 당하신 것 같습니다."

백호가 버럭 소리치자 전우신이 황급히 답했다.

독에는 여러 가지가 있다.

먹는 즉시 사람을 죽음으로 몰고 가는 것, 시간을 두고 천천히 몸을 잠식해 나가는 것. 월하린이 중독된 것은 이 두 가지 모두 아니었다.

그녀가 당한 독은 평소에는 잠잠히 있다가 내공을 움직이는 순간 그 독성을 뿜어낸다. 그 탓에 월하린은 자신이 혹시 독에 중독된 것이 아닌가 확인을 하기 위해 내공을 움직였다가 이 같은 상황이 된 것이다.

백호의 시선이 놀란 듯 엉거주춤 서 있는 아운에게로 향했다. 아운을 바라보는 백호의 표정이 분노로 일그러졌다.

"이 새끼야!"

백호가 월하린을 품에 꼭 안은 채로 아운의 목을 향해 한 손을 뻗었다.

콰앙!

백호의 힘은 무지막지했다.

아운의 목을 움켜쥔 채로 백호는 그대로 옆에 있던 건물 벽에 그를 박아 넣다시피 해 버렸다. 백호에게 목을 잡힌 그의 몸이 허공으로 들어 올려졌다.

아운의 목을 움켜잡은 백호의 두 눈이 분노로 이글거렸다.

"커억!"

아운의 고통에 찬 신음 소리.

하지만 백호는 손을 거둘 생각이 없었다. 아운을 벽에 처박은 채 백호가 살기 가득한 목소리로 말했다.

"옆에 있었잖아. 옆에 있어 놓고도 월하린을 지키지 못해? 지켰어야지. 네놈이 죽어서라도 지켰어야지!"

"백호님, 정말 죽겠습니다. 그 손은 좀……."

생각지도 못한 백호의 분노에 전우신이 황급히 그를 말리려 들었다. 아운의 부주의가 없던 것은 아니었지만 그렇다고 한들 그에게 모든 책임이 있는 건 아니라는 생각이 들어서다.

이대로 두다가는 아운이 정말 죽을지도 모른다 생각하여 말리려 든 전우신이었지만 백호는 오히려 그에게 이를 드러냈다.

"매화, 너도 죽고 싶어?"

"……."

그 한마디에 전우신은 입을 열 수가 없었다.

숨이 막혀 왔다.

정말 믿을 수 없을 정도로 강인한 살기다. 태어나서 이 정도로 진득한 살기는 느껴 본 적이 없을 지경이다. 백호의 몸에서 풍겨져 나오는 기운에 모든 사람들이 숨조차 제대로 쉴 수 없었다.

백호도 모르는 사이 풍겨져 나온 요력이 순식간에 주변을 뒤덮어 갔다. 동시에 귀에 걸린 흑련석에서도 아무도 눈치채지 못할 정도로 은밀하게 검은 기운이 흘러나오기 시작했다.

백호의 이빨이 점점 뾰족하게 변해가고 있었다.

요력을 자제하지 못하면서 점점 백호가 원래의 모습으로 돌아가려 하고 있었던 것이다.

"컥컥."

아운은 연신 거친 숨을 토해 냈다.

허나 백호는 손을 풀지 않았다.

누구도 백호의 분노를 감당할 수 없을 것만 같았다. 그 순간 자그마한 목소리가 백호의 귓가로 스며들었다.

"백호, 그만해요. 전 괜찮아요."

놀랍게도 그 조그마한 소리에 누그러지지 않을 것만 같던 백호의 분노가 순식간에 사그라졌다.

쿵.

백호는 그대로 아운의 목을 움켜잡았던 손을 놓아 버렸고, 그는 바닥에 떨어진 채로 거칠게 숨을 몰아쉬었다.

"월하린, 괜찮아?"

"하악, 하악."

월하린이 가슴을 움켜쥔 채로 고개를 끄덕였다.

괜찮다는 듯 고개는 끄덕였지만 그건 거짓말이다. 굳이 말하지 않아도 알 수 있을 정도로 그녀의 상태는 좋지 않았다. 억지로 입을 열긴 했지만 안색은 이미 죽은 사람처럼 창백하다.

백호가 소리쳤다.

"다 죽어 가는 얼굴로 괜찮긴 뭐가 괜찮다는 거야!"

"백호님, 잠시만 제가 살펴보겠습니다."

옆에 있던 전우신의 말에 백호가 황급히 옆으로 물러섰다. 전우신은 그대로 월하린의 맥을 짚어 보았다.

'……최악이군.'

전우신은 입술을 깨물었다.

맥박은 당장이라도 끊어질 것처럼 미약하게 뛰고 있었고, 독 기운이 빠른 속도로 신체 곳곳을 잠식해 들어가고 있다.

전우신의 표정을 살피던 백호가 다급히 물었다.

"왜 그래? 뭔데?"

"상태가 좋지 않습니다. 궁주님 정도의 무인을 이렇게 단번에 무너트릴 정도의 독이라면…… 해독약 없이는 치료가 불가능합니다."

"해독약이 있으면 되는 거야? 의원을 데려오면 되지?"

"……그런 평범한 의원들로는 힘들 것 같습니다."

그리 쉽사리 해독할 수 있는 독이었다면 애초부터 문제도 아니었을 게다.

의원들로도 힘들다는 말에 백호가 다시금 폭발했다.

"그럼 어쩌라고! 지금 네 눈에 안 보여? 숨도 못 쉬고 저렇게 당장이라도 죽을 것처럼 허덕이고 있잖아! 방법을 생각해 내!"

"궁주님에게 제가 내력을 주입해 어느 정도 독이 퍼지는 시간은 늦출 수 있지만 그 안에 해독약을 구하지 못한다면……."

"못한다면?"

"독기가 신체의 모든 장기를 녹여 버려 결국 죽게 됩니다."

으드득.

백호가 이를 갈았다.

요력을 폭발시킨 탓인지 그의 몸 주변으로 점점 검은 기운이 퍼져 가고 있었다. 그런 백호를 향해 월하린이 가슴을 꽉 움켜쥔 채로 중얼거렸다.

"헉헉, 안 돼요. 여기엔 보는 눈이 너무 많아요."

점점 요괴로 변해 가는 모습을 눈치챈 월하린의 목소리에는 걱정스러운 감정이 가득했다. 그런 그녀의 말투에 백호가 다시금 폭발했다.

"지금…… 그딴 게 문제냐?"

월하린이 희미하게 웃었다.

"저 안 죽어요. 그러니까…… 진정해요."

월하린의 그 말에 백호는 주먹을 꽉 움켜쥐었다.

자기가 죽어 가는 와중에도 백호 자신이 요괴의 모습을 보이고, 그로 인해 무엇인가 안 좋은 일을 당할까 걱정하는 월하린의 모습에 화가 난다.

모르겠다.

고작 인간 하나가 죽는 것뿐인데 뭐가 이렇게 화가 나는 것일까. 수백, 수천 명의 사람들이 죽어가는 것 또한 아무렇지 않게 바라보던 자신이다.

그런 자신이 왜…… 고작 한 인간의 죽어 가는 모습에 이렇게 가슴이 먹먹하고 분노가 치미는지 모르겠다. 살면서 단 한 번도 느껴 보지 못했던 감정.

그랬기에 백호는 혼란스러웠다.

백호가 말했다.

"넌…… 내가 살린다. 그러니 죽지 마. 아직 넌 나에게 줘야 할 것도 있잖아."

"알고 있어요. 절대, 절대 죽지 않을게요."

백호의 말에 최대한 힘을 내서 대답했지만 이미 월하린의 목소리는 집중하지 않으면 들을 수 없을 정도로 작아져 있었다. 그만큼 지금 그녀의 몸 상태는 점점 최악으로 치달았다.

백호가 그런 월하린을 애타는 표정으로 바라볼 때였다. 갑작스러운 상황에 멍하니 상황을 보고만 있던 나려타가 조심스레 말을 꺼냈다.

"해독약이라면 그들에게 있지 않을까요?"

"그들?"

"이 독을 푼 놈들 말입니다. 십 할 자신할 순 없지만 일반적으로 독과 해독약은 같이 가지고 다니는 경우가 제법 많으니…….”

“매화!”

백호가 버럭 전우신을 불러 세웠다. 그의 부름에 전우신이 황급히 답했다.

“네?”

“저 말, 가능성 있는 말이냐?”

아주 잠시 멈칫했던 전우신이 이내 고개를 끄덕이며 입을 열었다.

“네, 있습니다. 하지만 문제는 저 독을 푼 놈들이 어디에 있을지…….”

“그건 내가 해결해! 넌 월하린의 몸 안에 있는 독기를 얼마나 누를 수 있겠어?”

“일각 이상은 힘들 것 같습니다.”

“이각. 이각은 버텨.”

“백호님! 그건 무리…….”

“말했다. 이각이야. 어떻게든 버텨. 만약 그 시간을 버티지 못한다면 넌 나한테 죽어. 이건 부탁하는 게 아니야. 명령이지. 살고 싶지? 그러면 내가 올 때까지 월하린을 살려 놔.”

“……알겠습니다.”

전우신이 황급히 월하린을 자리에 똑바로 앉히고는 그녀

의 뒤편에 가서 자리했다. 그리고 월하린의 몸 안에 있는 독기를 잠재우려고 할 때였다.

백호가 천천히 주변을 둘러봤다.

그는 누군가를 찾고 있었다. 그건 다름 아닌 전우신이 자신을 부른다고 했던 무인이었다. 예상대로 놈의 모습이 보이지 않는다.

'놈이로군.'

그놈이다.

독을 푼 것이 그놈일지는 모르겠으나 적어도 그자가 이 일과 연관이 있는 것은 분명하다. 백호가 눈을 감았다.

그러고는 크게 숨을 몰아쉬었다.

백호의 이해할 수 없는 행동에 전우신도, 바닥에 널브러진 채로 백호를 바라보던 아운 또한 이상하다는 눈으로 바라보고 있을 때였다.

눈을 감은 채로 서 있던 백호가 눈을 부릅떴다.

백호가 나지막이 중얼거렸다.

"……찾았다, 대나무 냄새."

그 말을 마지막으로 백호의 모습이 순식간에 사라졌다.

백호가 사라지자 멍하니 쓰러져 있던 아운이 중얼거렸다.

"설마 냄새로 찾은 거야?"

"……."

전우신은 말도 안 된다고 하려다 이내 입을 닫았다. 그 말도 안 되는 것이 이상하게 백호에게는 불가능할 것 같지 않다는 생각이 들어서다.

전우신은 천천히 호흡을 골랐다.

지금부터 월하린의 몸을 지켜야 하는 임무를 맡은 것이다.

아까 전에 백호가 한 말은 결코 가볍지 않았다. 월하린을 지켜내지 못한다면 그는 정말로 자신들을 죽이려 들 거라는 알 수 없는 예감이 들었다.

백호가 사라지기가 무섭게 힘겹게 버티고 있던 월하린은 이미 혼절해 버렸다. 그녀의 숨이 아직 붙어 있을 때 손을 써야만 했다.

전우신이 빠르게 내공을 양손으로 집중시켰다.

전우신이 몸 안의 내공을 움직이며 황급히 말했다.

"아운, 내가 궁주님의 몸 안에 스며든 독기를 막고 있을 테니 네가 다른 이들과 함께 이곳을 지켜."

"그러지. 그리고…… 신세 졌네."

"뭔 소리야?"

"내가 죽을까 봐 걱정해 줬잖아. 백호님을 막아 주려고도 했고 말이야."

아운이 평소의 웃는 얼굴로 돌아와서 말했다.

그런 아운을 향해 전우신이 퉁명스레 대꾸했다.

"아깝네. 죽일 수 있는 기회였는데."

"그러게. 아마 넌 오늘을 평생 후회할걸."

아운이 장난스럽게 받아쳤지만 그의 얼굴에 걸린 미소는 그리 가볍지 않았다. 아운 또한 지금 상황의 심각성을 잘 알고 있는 탓이다.

아운이 거칠게 소리쳤다.

"무인들은 모두 나 소협과 함께 궁주님을 호위한다! 이상한 움직임이 보이는 즉시 보고하도록."

아운의 외침에 혼란스럽던 백하궁의 무인들이 황급히 자리를 잡으며 월하린 주변을 호위했다. 만약의 사태에 대비한 명령을 내린 아운이 전우신을 향해 입을 열었다.

"그런데 혹시 너…… 못 봤냐?"

"갑자기 뭘?"

월하린의 등 뒤로 천천히 내공을 불어넣으며 전우신이 답했다.

아운이 머리를 긁적이며 어렵사리 입을 열었다.

"그 뭐라고 해야 할지 모르겠는데……. 날 죽이려고 할 때 백호님 말이야."

"그때 뭐?"

"이상하단 말이야. 분명히 이빨도 길어지고, 얼굴에 뭔가 문양이 생겨나는 것 같았는데⋯⋯."

"이빨이 길어지다니 무슨 헛소리야? 이제부터 집중해야하니 넌 주변에나 신경 써."

"끄응. 그러지."

아운이 고개를 끄덕이며 손으로 턱을 어루만졌다.

뭔가 생사가 오가는 그 찰나에 변해 가는 백호의 모습을 본 것 같다는 생각이 든다. 허나 스스로 생각하면서도 말이 안 된다 생각했는지 아운은 고개를 젓고는 백호에게 잡혔던 목을 꾹꾹 눌렀다.

아직까지도 목에 얼얼한 감각이 느껴질 정도다.

'쯧, 꼴이 우습게 됐네. 헛것이나 보고 있고.'

당장이라도 숨이 넘어갈 것 같이 쓰러져 있는 월하린을 바라보는 아운의 마음 또한 그리 편하지만은 않았다.

휙휙!

백호는 달리고 있었다.

주변의 경치들이 흡사 거짓말처럼 스치듯 지나간다. 얼마나 빠르게 달리고 있는지 불어오는 바람이 칼날처럼 살갗을 따갑게 베고 지나간다.

허나 놀랍게도 그런 백호의 속도는 점점 더 빨라지고 있었다.

미친 듯이 달리고 있는 백호의 몸에서 기괴한 소리가 흘러나왔다.

우두둑.

소름 돋는 소리와 함께 백호의 귀걸이에서 흘러넘치기 시작한 검은 기운이 천천히 그의 몸을 잠식해 들어갔다.

백호의 신체가 변화하고 있었던 것이다.

투두둑.

그의 손톱이 호랑이처럼 길게 자라나기 시작했다. 그리고 입술 사이로 날카로운 송곳니가 점점 도드라지게 모습을 드러냈다.

동시에 백호의 전신을 새카만 갈기 같은 검은 문양이 뒤덮었다.

변하기 시작한 백호의 몸이 마침내 완전히 요괴의 모습으로 변했다.

타앙!

요괴의 모습을 찾은 백호의 발이 보다 빨라졌다.

달리고 있는 그의 머릿속에는 방금 전 그곳에 두고 떠나야만 했던 월하린의 모습만이 가득했다. 당장이라도 끊어질 것만 같았던 얇은 숨소리가, 거리가 멀어진 지금도 바로 귓가에서 들리는 것처럼 선명하다.

'살아야 해. 살아야 한다. 내가 갈 때까지만 버텨.'

백호는 속으로 계속해서 주문이라도 외우는 것처럼 중얼거렸다.

쉬지 않고 달리는 백호의 코는 계속해서 하나의 향기를 쫓았다.

대나무 향.

당시 그놈에게서 풍겼던 대나무 향을 쫓아 무작정 달리고 있다. 알아차리기 힘들 정도로 미세한 향이었지만 모든 신경을 집중한 백호의 코에는 그 냄새가 똑똑히 느껴졌다.

그리고…… 그 냄새가 코앞까지 다다랐다.

화가 난 백호가 울음을 토해 냈다.

"크아아앙!"

*   *   *

검은 복면의 괴한들이 한곳에 몸을 감춘 채로 누군가를 기다리고 있었다. 얼마나 시간이 지났을까?

사내 한 명이 헐레벌떡 모습을 드러냈다.

그 사내의 정체는 다름 아닌 백하궁 내부에 숨어들었던 자였다. 방금 전까지 백호 일행과 함께 있던 그자가 이곳에 도착한 것이다.

"왔느냐?"

중저음의 목소리, 이들의 우두머리인 살주였다.

살주를 발견한 그가 황급히 무릎을 꿇었을 때였다. 사내에게 다가온 살주가 물었다.

"일은?"

"마을까지 안내했고, 우물에 분혼산도 완벽하게 뿌려 두었습니다. 그들이 우물에서 물을 푸려고 하는 것까지 확인하고 돌아왔습니다."

"그 백호라는 놈은 어떻게 됐지?"

"말씀하신 대로 만약의 사태를 대비해 잠시 외딴곳으로 유인한 후에 일을 진행했습니다. 아마 알아차린다 해도 때는 늦었을 겁니다."

"좋아, 수고했다."

복면 사이로 드러난 그의 눈동자가 만족스럽게 웃음을 머금었다.

살주의 가장 가까운 수하인 덩치 작은 사내가 옆으로 다가오며 말했다.

"그런데 과연 성공했을까요?"

"아마도."

분혼산은 무색, 무취에 가까운 독이다.

물에 푼다고 해도 별다른 시각적 변화가 일어나지도, 의심스러운 냄새가 나지도 않는다. 제아무리 뛰어난 무인이라 해도 알아내는 건 불가능에 가깝다.

최고의 상황은 그곳에 있는 모든 주요 인물들이 죽는 것이다. 그리고 설령 그렇지 않더라도 목표인 나려타가 죽었다면 이 계획은 성공한 것이다.

살주가 짧게 명령을 내렸다.

"잠시 시간을 두고 살펴보다가 어찌 되었나 확인해 보도록 하지."

아직 죽은 걸 눈으로 확인한 것은 아니지만 어느 정도 확신이 있는 탓인지 살주의 말투는 한결 가벼웠다. 살주가 천천히 한 걸음 내디뎠을 때였다.

쒜에엑.

밀려드는 바람 소리에 살주가 슬쩍 옆으로 고개를 돌린 순간.

"크아아앙!"

수풀 사이에서 무엇인가 정체를 알 수 없는 맹수가 불쑥 모습을 드러냈다. 그 정체 모를 존재는 곧바로 근방에 있던 수하를 향해 몸을 던지고 있었다.

번쩍! 쾅!

놀랍게도 그 정체 모를 맹수의 일격에 가만히 서 있던 수하 한 명이 그대로 고개가 꺾이며 바닥으로 나동그라졌다.

소리를 지를 틈도, 방어를 할 아주 찰나의 순간조차 허용되지 않았다.

맹수는 마치 폭풍처럼 휘몰아쳤다.

그자는 양손을 뻗어 그대로 수하들의 머리통을 움켜잡아 버렸다. 그 힘이 얼마나 강했는지 그들은 그대로 얼굴에 있는 구멍이란 구멍으로 피를 쏟아 내며 그대로 죽어 버렸다.

"뭐, 뭐야?"

새하얀 머리카락을 나풀거리며 모습을 드러낸 정체 모를 맹수는 몸을 낮춘 채로 이를 드러내고 있었다.

"크르릉."

맹수라고 생각했던 놈과 눈이 마주치는 순간 살주의 표정이 굳었다. 맹수가 아니다. 이빨이 있고, 손톱 또한 맹수처럼 날카로웠지만 저것은 인간의 형상이 아니던가.

두 발로 버티고 선 채로 그 맹수와 같아 보이는 인간은 양손에 피범벅이 된 수하들을 하나씩 움켜쥔 채로 자신들을 바라보고 있었다.

그자가 손에 들린 수하들을 바닥에 내팽개쳤다.

방금 전까지 백하궁의 무리에 숨어 있던 사내의 안색이 창백하게 변했다.

"너, 너는⋯⋯."

"쥐새끼 같은 놈. 고작 도망친 곳이 여기냐?"

인간과 맹수를 섞어 놓은 듯한 괴이한 자의 입에서 말이 터져 나오자 살주는 확신을 가질 수 있었다. 기괴한 모습을 하고 있지만 이놈은 인간이다.

더군다나 백하궁으로 떠났던 자신의 수하가 저자를 아는 기색을 보이자 서둘러 물었다.

"저 괴물은 뭐야?"

"그, 그게."

믿을 수 없다는 표정으로 수하는 말을 더듬거렸다.

그런 그를 바라보며 백발의 맹수가 입을 열었다.

"백호다."

"백호? 설마 내가 아는 그 백호?"

살주가 기억 한편에 있는 백호의 이름을 기억해 내고 되물었다. 그런 살주를 바라보며 수하인 사내가 황급히 고개를 끄덕였다.

백호가 긴 어금니를 드러냈다.

"스물둘."

"스물둘이라니?"

"이곳에 살아 있는 놈들의 숫자, 그리고 내가 죽여 버릴 놈들의 숫자기도 하지."

백호의 목소리는 냉랭했다.

요괴화된 백호를 마주하게 된 살주는 실로 당황스러웠지만 이내 침착함을 되찾았다. 엄청난 고수라는 건 알고 있다. 하지만 이렇게 단신으로 이곳으로 찾아와 주었으니 이것은 오히려 기회일지도 모른다.

살주가 백호를 향해 말했다.

"멍청하게 혼자 찾아오다니. 죽으려고 환장을 했구나."

"네가 대장이냐?"

"그래. 내가 이들을 이끌고 있지."

"그렇다면 그 독을 퍼트린 것도 네 계획이겠군."

"우물에 분혼산을 퍼트린 것 말인가? 맞아, 내 계획이었지."

그것이면 충분했다.

이들이 그 독을 풀었다는 말은 곧 해독약을 지니고 있을 수도 있다는 것. 백호의 시선이 무리를 슬쩍 훑어봤다.

살주가 입을 열었다.

"그런데 여긴 어떻게 찾았지? 꼬리를 잡고 따라온 것 같지는 않은데……."

살주가 말을 내뱉고 있을 때였다.

백호의 몸이 갑작스럽게 시야에서 사라졌다. 그의 몸이 백호의 기습에 천천히 모여들기 시작한 살주의 수하들 사이로 파고들었다.

그의 양손이 빠르게 그들의 가슴팍을 훑고 지나갔다.

푸슈욱!

피가 하늘을 향해 솟구쳐 오르며 몇 명의 사내들이 동시에 뒤로 나자빠졌다. 백호의 몸은 흡사 성난 바람처럼 휘몰아쳤다.

"마, 막앗!"

살주가 놀라 황급히 소리쳤다.

빠르다. 빨라도 너무 빠르다. 눈으로 좇을 수조차 없는 놈의 움직임에 당황한 살주의 목소리가 떨렸다.

퍽퍽!

두 명의 수하의 머리에서 부서지는 소리가 울려 퍼지더니 그들은 곧바로 피를 토하며 바닥에 틀어박혔다. 백호의 손이 빠르게 움직였다.

턱.

한 명의 머리통을 잡은 백호는 그대로 그자의 머리를 땅에 박아 넣어 버렸다. 백호의 움직임은 군더더기 없이 깔끔하면서도, 또 치명적이었다.

그가 몸을 한 번 움직일 때마다 주변에 있던 자들은 피를 뿌리며 사방으로 나자빠졌다. 그런 상황에 살주는 정신을 차리기조차 힘들었다. 순식간에 그의 주변을 지키고 있던 수하들이 모두 죽어 나갔다.

길게 자란 백호의 손톱이 주변에 있는 자들을 쓸어버렸다. 그들은 가슴이 터져 나갔고, 목이 꿰뚫렸으며 머리통이 부서졌다.

이제 살아서 서 있는 것은 살주 자신과, 백하궁에 숨어들었던 수하 하나뿐.

고작 눈 몇 번 깜빡할 사이에 스무 명 가까운 수하들이 목숨을 잃고 쓰러지자 살주는 지금 자신이 꿈을 꾸는 것이 아닌가 하는 착각이 들었다.

잠시 움직임을 멈춘 백호가 슬며시 고개를 들어 살주를 바라봤다.

백호의 눈빛을 마주하는 순간 살주의 몸은 딱딱하게 굳어 버렸다. 터져 나오는 안광을 보자 절로 전신에 소름이 돋았다.

바로 그 순간이었다.

쉬익.

바람 가르는 소리와 함께 다가온 백호의 손이 살주의 목을 틀어잡았다.

"커억!"

피하려 했다.

하지만 피하기에 백호의 움직임은 너무나 빨랐다.

요사스러운 모습을 한 백호가 살주의 목을 움켜쥔 채로 그를 들어 올렸다. 길게 뻗은 손톱이 천천히 살주의 목을 파고들었다.

살주가 백호에게서 벗어나려고 아등바등할 때였다.

"……두 놈을 살려 둘 필요는 없지."

그 말을 끝으로 백호가 손에 힘을 주었다. 그러자 허공에 들려 있던 살주의 목에서 피가 주르륵 흘러나오며 그가 축 늘어졌다.

제법 알아주는 고수인 살주가 반항조차 한 번 하지 못하고 죽어 버린 것이다. 상황이 이렇게 되자 유일하게 살아남은 사내가 주춤거리며 뒤로 물러섰다.

살주를 바닥에 던진 백호가 그를 향해 다가왔다.

백호가 입을 열자 날카로운 송곳니가 모습을 드러냈다.

"흐, 흐익!"

놀란 그가 자신도 모르게 기괴한 비명을 토해 냈다.

터벅터벅.

백호의 발걸음 소리가 머리를 울린다. 사내는 그만큼 겁을 집어먹은 채로 백호의 움직임을 바라보고만 있었다.

순식간에 스무 명이 넘는 무인들을 도륙한 백호는 전신이 피에 젖어 있었다. 그런 그의 모습을 보고 있자니 오금이 저려 두 다리가 덜덜 떨려 왔다.

사내에게 다가온 백호가 손을 뻗었다.

백호의 손이 사내의 얼굴로 향했다. 그러고는 손가락으로 양 볼을 꽉 눌러 억지로 입이 벌어지게 만들었다. 백호의 그런 행동에 사내가 놀란 듯 눈을 크게 치켜떴을 때였다.

백호의 다른 손이 사내의 옷 안에 감춰진 조그마한 나무통으로 향했다. 그리고 백호는 이내 그 통을 열었다. 안에는 정체를 모를 가루가 반 정도 차 있었다.

"이게 그 분혼산이냐?"

사내가 아무런 말이 없자 백호가 손톱을 세웠다. 단번에 손톱이 볼을 파고들자 그가 깜짝 놀라 황급히 고개를 끄덕였다.

그에게서 이 가루의 정체를 확인한 순간이었다.

백호는 그 통에 든 가루를 곧바로 사내의 입에 털어 넣어 버렸다. 놀란 그가 재빨리 토해내려 했지만 그건 불가능했다. 양 볼을 꽉 눌러 억지로 입을 벌렸던 백호가 그대로 입을 막아 버렸다.

그리고 사내가 반항하지 못하도록 얼굴을 들이밀며 백호가 차가운 목소리로 말했다.

"먹어. 죽고 싶지 않으면."

"으으."

굳이 백호가 그 말을 하지 않았어도 이미 분혼산의 대부분을 삼켜 버린 그였다. 분혼산을 삼킨 그가 거칠게 기침을 토해 냈다.

"켁켁."

분혼산을 먹기는 했으나 사내는 아직 멀쩡했다.

분혼산이 독성을 뿜어내려면 내공을 움직여야 한다. 내공만 움직이지 않는다면 분혼산에 당할 위험은 없다. 그랬기에 그는 내공을 전혀 움직이지 않고 있었다.

그 순간 입가를 움켜잡고 있던 백호의 손으로 뜨거운 기운이 몰려들었다.

"으악!"

백호는 비명을 지르는 그자의 모습에도 전혀 아랑곳하지 않고 계속해서 내력을 쏘아 보냈다. 얼굴에 있는 털들이 순식간에 타 버릴 정도로 뜨거운 기운이 전신으로 퍼져 간다.

사내는 그 고통을 이기지 못하고 침까지 흘리며 부들부들 떨었다.

하지만 백호는 손을 거둘 생각이 없었다.

백호의 내력이 사내의 몸 안으로 파고들며 속을 진탕으로 뒤집어 놓기 시작했다. 그 고통은 이루 말로 형용할 수 없을 정도로 끔찍했다.

백호가 나지막이 중얼거렸다.

"난 네놈을 편안하게 죽게 할 생각은 없다. 죽지 않게 조절하면서 계속 네 몸 안에 기운을 흘려보낼 거야. 죽고 싶지 않으면…… 내공을 사용해."

덜덜덜.

백호에게 얼굴을 부여잡힌 채로 사내는 벌벌 떨었다. 인간으로서 느껴 보지 못한 고통이 전신을 파고들었다. 억지로 버티고 있던 그는 더는 못 참겠는지 마침내 내공을 사용하고야 말았다.

파고든 열기를 내공으로 어떻게 막아 내는 순간이었다.

푸욱.

내공을 사용하는 것과 거의 동시에 사내의 입가에서 피가 터져 나왔다. 백호는 자신의 손에 피를 토하자 기분 나쁘다는 듯 그를 밀쳐 냈다.

바닥으로 쓰러진 사내는 몇 번이고 피를 토해 냈다.

"컥컥."

분혼산의 독기가 몸을 잠식하기 시작한 것이다.

독기가 퍼져 나가며 아까와는 다른 종류의 고통이 전신을 마비시켰다. 그의 몸이 사시나무 떨듯이 떨려 왔다.

백호는 바닥에 널브러져 있는 그를 아무렇지 않게 물끄러미 내려다보고 있다가 모두 끝났다는 듯이 돌연 몸을 감쳤다.

백호가 사라지자 몇 번이고 피를 토해 내던 사내는 곧
정신을 추슬렀다.

'이대로 있다가는 죽는다.'

백호의 기운에 죽지 않기 위해 내공을 사용했지만 그 탓
에 이번에는 분혼산 때문에 죽을 위기에 처해 버렸다. 그
는 어떻게든 살기 위해 바닥을 기며 어딘가로 향했다.

사내가 향한 곳은 다름 아닌 죽어 있는 동료 중 하나의
시신이었다. 그는 동료의 허리춤에 달려 있는 물통을 떼어
내고는 황급히 뚜껑을 열었다.

그가 그 안에 든 뭔가를 마시려고 할 때였다.

모습을 감췄던 백호가 소리 없이 나타나 사내의 손에 들
린 물통을 가로챘다.

"도, 돌려……."

애초에 이자를 빠르게 죽이지 않고 번거롭게 분혼산을
먹인 것 또한 이러한 이유에서였다. 처음부터 백호는 분혼
산을 먹이고 그가 직접 해독약을 찾기를 숨어서 기다렸던
것이다.

그리고 계획대로 그는 스스로 분혼산의 해독약이 어디
있는지를 몸소 말해 줬다.

백호는 물통의 뚜껑을 닫으며 말했다.

"걱정하지 마. 내가 죽이지는 않을 테니까. 독을 푼 건 네놈이니 역시 분혼산에 당하는 고통을 느끼면서 죽는 게 가장 어울리겠지."

물통을 품에 챙긴 백호가 자신의 발목을 잡으려는 그의 손을 피하며 살기 가득한 목소리로 말했다.

"하지만 기억해. 만약 다른 해독약이 있어서 네가 산다 해도…… 내가 반드시 찾아서 죽인다."

피를 뒤집어쓰다시피 한 백호는 그 말을 남기고 그대로 몸을 돌렸다.

이곳에서 낭비하고 있을 시간이 없다.

백호는 물통을 손에 꽉 쥔 채로 내달렸다.

얼마나 걸렸을까?

이곳까지 달려오는 시간, 그리고 이들을 처리하는 데도 얼마의 시간이 소모됐다. 마지막으로 월하린이 있는 곳으로 돌아가는 시간까지.

최대로 잡은 것이 이각. 그보다 조금 일찍 도착할 것 같긴 했지만 백호는 마음을 놓을 수 없었다.

애초부터 전우신이 말한 시간은 일각에 불과했다.

그걸 억지로 이각까지 버티라고 한 것은 백호 자신이었다. 과연 전우신이 월하린의 생명을 잡아 두고 있을 수 있을까?

불길한 생각을 하던 백호는 고개를 저었다.

믿어야 했다.

전우신이 어떻게든 월하린의 몸 안에 스며든 독기를 제압하고 있을 거라 그렇게 믿고만 싶었다.

왔던 길을 거슬러 가는 백호의 발걸음이 점점 빨라졌다. 살면서 이렇게 빨리 달려본 적이 있을까 싶을 정도로 백호의 마음은 조급했다.

'월하린, 내가 가고 있다. 조금만 더 버티고 있어. 죽으면…… 정말 용서 안 한다.'

싸움을 벌였던 장소에서 월하린이 있는 조그마한 마을까지는 거리가 제법 됐지만 백호의 경공 덕분에 도착하는 것은 순식간이었다.

백하궁 무인들의 모습이 보이자 백호는 등에 걸린 장포를 풀어 머리에 뒤집어썼다.

요괴로 변한 자신의 얼굴을 감추기 위해서였다.

얼굴과 상체 부분을 가린 백호는 그대로 백하궁 무인들이 호위하고 있는 쪽으로 달려갔다. 장포를 뒤집어쓴 자가 달려오자 백하궁 무인들이 황급히 방어 태세에 들어갈 때였다.

백호가 소리쳤다.

"비켜!"

목소리에서 장포를 뒤집어쓴 자가 백호임을 알아챈 아운이 황급히 명령을 내렸다.

"비켜서라! 백호님이다."

명이 떨어지는 순간 길을 막아서던 무인들이 양옆으로 빠르게 물러서려고 했다. 하지만 그보다 먼저 백호가 도약했다.

타악!

땅을 박찬 백호의 몸이 수십 명이 지키고 선 기나긴 거리를 단숨에 좁혀 버렸다. 그들의 위로 날듯이 지나간 백호의 몸이 단번에 월하린의 옆에 착지했다.

백호는 장포에 얼굴을 가린 채로 물통을 휙 하니 던지고는 곧바로 손을 감췄다. 길어진 손톱을 감추기 위해서였다.

백호가 던진 물통을 아운이 받아냈을 때였다.

"해독약이다! 서둘러!"

"알겠습니다."

아운이 황급히 물통의 뚜껑을 열고는 월하린에게 다가갔다. 아운과 함께 월하린에게 다가간 백호의 표정이 묘하게 변했다.

새하얀 얼굴로 죽은 듯이 앉아 있는 월하린의 모습을 보자 백호는 가슴 한편이 미어지는 듯한 감정을 느꼈다. 백호는 가슴을 손바닥으로 쓸어내렸다.

'대체 왜 이러지? 여기가 아파.'

백호가 슬픈 표정으로 월하린을 내려다볼 때였다.

여태까지 내공으로 독기를 억제하고 있던 전우신이 아운과 함께 월하린이 약을 먹기 쉽도록 그녀를 바닥에 눕혔다. 그러고는 살짝 벌려진 입으로 물통을 가져다 댔다.

액체가 그녀의 입을 통해 스며들어 갔다.

물통에 든 액체를 어느 정도 먹이자 전우신이 곧바로 맥을 짚었다. 백호가 그런 그를 향해 황급히 물었다.

"어때?"

"맥이 느껴집니다. 위험한 고비는 넘기신 것 같습니다."

전우신의 그 한마디에 주변에 있던 백하궁 무인들도 환호성을 토해 냈다.

그리고 전우신에게서 그 말을 듣는 순간 백호는 자리에 털썩 주저앉았다. 이상하게 고비를 넘겼다는 말에 전신의 힘이 쭉 빠지는 느낌이다.

월하린의 옆에 주저앉은 백호는 상체를 가린 장포 사이로 그녀의 얼굴을 바라봤다.

핏기 없던 얼굴에 살며시 홍조가 돌고 있었다.

그 모습을 보고 있자니 자신도 모르는 틈에 백호는 웃음이 났다.

전우신은 계속해서 막대한 내공을 운기한 탓에 온몸이 땀으로 범벅이었다. 그런 그가 말을 꺼냈다.

"대체 해독약은 어떻게 구하신 겁니까?"

"찾긴 어떻게 찾았겠어. 그놈들을 잡아서 구한 거지."

"혹시나 했는데…… 대단하시군요."

"너도 수고했다."

"어떻게든 버티라 하셨기에 그랬을 뿐입니다."

전우신은 최대한 담담하게 말하긴 했으나 사실 무척이나 급박한 순간들이었다. 아운이 옆에서 돕지 않았다면 어쩌면 여태까지 버티는 것은 불가능했을지도 모른다.

전우신이 다시금 말을 이었다.

"그런데 왜 장포를 그렇게 뒤집어쓰고 계십니까?"

"……피 때문에."

백호가 말을 둘러댔다.

요괴의 상태가 돼야 더 빠르게 달릴 수 있었기에 백호는 이 모습 그대로 이곳으로 와야만 했다. 인간의 모습으로 변할 시간적 여유가 없을 정도로 상황이 급박했던 탓이다.

백호의 말에도 전우신과 아운이 이해가 안 간다는 듯이 바라볼 때였다.

"……백호."

자그마한 목소리의 주인공은 월하린이었다.

그녀의 목소리가 들리자 백호가 다급하게 고개를 들이밀었다. 월하린을 내려다보며 백호가 입을 열었다.

"일어났냐?"

"……."

다른 이들은 볼 수 없었겠지만 월하린은 자신을 내려다보는 백호의 얼굴을 똑바로 확인할 수 있었다. 요괴로 변해 있는 백호의 얼굴, 그리고 드러나 있는 모든 곳이 피로 범벅이 되어 있다.

월하린은 마음이 아팠다.

백호가 왜 이런 모습을 하고 있을지 굳이 듣지 않는다 해도 너무나 잘 알았기에.

월하린이 천천히 손을 뻗어 장포 안에 있는 백호의 얼굴에 가져다 댔다.

그런 그녀의 움직임에 백호는 움찔했으나, 그 손을 피하지 않았다. 월하린의 손이 백호의 얼굴에 묻은 피를 닦아주었다. 백호는 그런 그녀의 손길에 가만히 몸을 맡기고 있을 뿐이었다.

"괜찮아요? 다친 건 아니죠?"

월하린의 목소리에는 걱정이 듬뿍 묻어났다.

이런 상황에서도 본인이 아닌 백호 자신부터 걱정해 주는 월하린의 모습에 그는 두 눈을 감고야 말았다.

많은 말들이 머릿속을 헤집고 다닌다.

하고 싶은 말들이 참으로 많았는데, 이상하게 그 어떠한 말도 할 수가 없다.

들끓는 감정을 억누르며 백호가 힘겹게 입을 열었다.

"⋯⋯너부터 걱정해, 멍청아."

백호의 그 말에 월하린은 힘없는 얼굴로 배시시 웃었다.

제3장. 화산대협
— 잘 지냈더냐

　월하린이 독에 중독된 사건 이후, 백하궁의 경비는 삼엄해졌다. 그들은 후라크 부족의 나려타를 약속대로 몽골 국경 인근까지 안내하고는 곧바로 본래의 거점인 백하궁으로 빠르게 말머리를 돌렸다.

　삼엄한 경비 속에 그들은 별다른 사건 없이 목적지인 백하궁에 돌아올 수 있었다.

　분혼산에 당했던 월하린이었지만 해독약을 먹고, 며칠의 안정을 취하자 어느 정도 몸 상태가 회복된 그녀다. 하지만 그럼에도 불구하고 백호는 뭐가 그리도 불안한지 걱정이 이만저만이 아니었다.

그는 하루 종일 월하린의 곁에 붙어 몸에 좋다는 건 이 것저것 가리지 않고 구해서 먹여 대고 있었다.

오늘도 어딘가를 나갔던 백호가 헐레벌떡 월하린의 거처로 뛰어들어 왔다. 침상에 앉아 있던 월하린이 다급히 들어오는 백호를 향해 시선을 돌렸을 때다.

백호가 손에 들려 있는 커다란 사발 하나를 월하린에게 불쑥 들이밀었다.

"이것도 좀 먹어."

월하린은 백호가 들이미는 약사발을 보며 어색한 미소를 지어 보였다. 한눈에 봐도 몸에 좋아 보이는 약이 독한 냄새를 풀풀 풍기고 있었다.

처음엔 주는 대로 받아먹던 월하린이었지만 오늘만 해도 벌써 여섯 번째다. 계속해서 가져다주는 약에 월하린은 입에서 한약 냄새가 날 지경이었다.

옆에 있던 전우신이 조심스럽게 말했다.

"백호님. 약도 과하면 독이 됩니다."

"뭐? 이게 독이라는 소리야?"

"그게 아니라 아무리 몸에 좋은 거라도 너무 이것저것 먹다 보면 오히려 안 좋을 수도 있다는 말입니다."

"그래?"

그 말을 듣기가 무섭게 백호는 망설임 없이 사발 안에

든 약을 창문 바깥으로 휙 하니 뿌려 버렸다.

백호가 뿌려 버린 한약이 전우신이 가꾸는 화단 위로 쏟아지자, 전우신은 살짝 표정을 구겼다. 다른 이었다면 분명 불만을 토로할 전우신이었거늘 상대가 백호다 보니 참을 수밖에 없었다.

전우신의 표정을 본 아운이 키득거리며 웃음을 흘렸다.

"너 갑자기 왜 죽상이냐?"

알면서 묻는 아운을 향해 전우신의 화살이 돌아갔다.

"안 닥치냐?"

"허얼. 무서워."

아운이 무섭다는 시늉을 하며 몸을 바르르 떨었고, 그런 그를 전우신은 그저 눈을 가늘게 뜨고 쏘아보았다. 하지만 아운의 장난은 길어지지 않았다.

백호가 슬쩍 자신을 바라보자 아운이 슬며시 입을 닫았다. 월하린이 독에 당하게 됐던 그날 이후 아운은 백호의 눈치를 살폈다.

크게 분노하며 자신을 죽이려 했던 백호의 모습이 자꾸 떠올라 왠지 모르게 불편한 감정을 감추기 어려웠다. 그날의 사건 이후 아운은 백호와 한마디 말조차 나누지 못했다.

백호는 그에 대해 별 내색을 하지 않으며 아운을 무시했지만, 아운은 그런 그가 이상하게 불편했다. 평소 유들거리는 그의 성격과는 어울리지 않을 어색함이 둘 사이에 맴돌았다.

월하린이 덮고 있는 이불을 거두며 말했다.

"이제 좀 일어나면 안 될까요?"

"얼마 전까지 죽을상이었던 게 뭘 벌써 일어난다고 그래?"

"그게 언제적 이야긴데요."

자신을 걱정해 주는 백호의 마음이 절절히 느껴졌기에 월하린은 썩 기분이 나쁘지 않았다. 그녀가 웃으며 대꾸하고는 자리에서 일어나 몸을 이리저리 움직여 보았다. 그러고는 이내 백호를 웃음 가득한 얼굴로 마주하며 입을 열었다.

"봐요. 괜찮죠?"

"아니, 아직 무리니까 다시 누워."

"제대로 본 거 맞아요?"

월하린이 기가 차다는 듯이 물었지만 백호는 강하게 고개를 저었다.

"아냐. 아직 뭔가 다 안 나은 것 같아."

백호의 강한 어투에 월하린은 결국 다시금 이불 속으로 기어들어 가야만 했다. 좀이 쑤시는지 침상에 누운 채로 월하린은 계속해서 입을 열었다.

"원래 조금씩 움직여 주고 그래야 빨리 낫는 대요."

"진짜로?"

"당연하죠."

월하린의 말에 백호가 슬쩍 전우신을 바라봤다.

저 말이 맞는 소리냐는 듯한 표정에 전우신은 월하린을 향해 곁눈질을 보냈다. 별다른 말은 하고 있지 않았지만 월하린이 도와 달라는 듯이 애처로운 눈빛으로 전우신을 바라보고 있었다.

전우신이 헛기침을 했다.

"흠흠, 맞는 말이긴 합니다. 궁주님 같은 경우에는 어느 정도 회복이 되셨으니 적당히 움직여 주시는 것이 훨씬 더 좋을 거라 생각됩니다."

"흐음."

백호가 고개를 갸웃했다. 그 말이 틀려서라기보다는 전우신의 어색한 표정이 뭔가 미심쩍게 느껴지는 탓이다.

백호가 수상하다는 표정으로 물었다.

"둘이 서로 짠 것 같은데."

"그럴 리가요. 내 말이 틀리냐, 아운?"

전우신이 서둘러 아운에게 물었을 때다. 가만히 서 있던 아운이 자신에게 이야기가 돌아오자 놀란 듯 백호와 전우신을 번갈아 바라보더니 이내 슬며시 고개를 끄덕였다.

아운까지 동조하자 개운치 않은 표정으로 백호가 말했다.

"그래? 정 그렇다면야 뭐."

백호의 허락이 떨어지자 월하린이 다시금 침상에서 후다닥 내려왔다. 그리고 그런 그녀의 옆에 서 있던 백호가 당과를 꺼내어 물며 가볍게 눈살을 찌푸렸다.

"조심 안 하냐?"

백호의 핀잔을 들은 월하린은 그래도 좋다는 듯 가볍게 웃었다. 그런 둘을 바라보던 전우신이 슬며시 인사를 건넸다.

"그럼 저와 아운은 우선 가 보겠습니다."

백호가 귀찮다는 듯 손을 휘휘 젓자 전우신이 아운의 옷깃을 가볍게 잡아당기며 고갯짓을 했다. 가만히 서 있던 아운은 그런 전우신의 옆에서 엉거주춤 함께 따라 나와야만 했다.

월하린의 거처에서 빠져나온 두 사람이 걸음을 옮기고 있을 때였다.

"언제까지 그럴 거냐?"

"뭘?"

"벌써 그 일이 벌어진 지도 열흘은 흘렀어. 언제까지 그렇게 어색하게 있을 거냐고."

"……"

전우신의 말에 아운은 아무런 대꾸도 하지 못했다.

잠시 침묵하던 아운이 이내 퉁명스러운 목소리로 대꾸했다.

"내가 백호님하고 그러고 있으면 너야 좋은 일 아냐? 웬 오지랖이야."

아운의 말은 하나도 틀리지 않았다.

백호를 어색해하면서 아운은 뭔가 일행과 붙어 있는 게 조금 불편해졌다. 그렇게 그들과 거리가 멀어지게 되면 정 파인 전우신의 입장에서 그것은 결코 나쁜 일이 아니다.

오히려 쌍수를 들고 환영해야 할 수도 있는 일이 아니던가.

그런 아운의 말에 전우신이 답했다.

"맞아. 네 말대로 그분들과 네 사이가 틀어지면 나야 좋지. 다만……."

"다만 뭐?"

"모르겠다. 눈치나 보고 있는 네놈 꼬락서니를 보고 있자니 그냥 화가 난다. 그래서 하는 말이다."

전우신의 목소리는 시비조에 가깝게 들렸지만 아운은 이상하게 화가 나지 않았다. 그는 자신의 뒷머리를 긁적거렸다.

백호와의 관계가 어색해진 것은 사실이었으니까.

자신을 죽이려 했다고 해서 화가 난 건 아니다. 차라리 그랬다면 자신의 실실 웃는 얼굴 뒤에 그런 감정 따위 어렵지 않게 감췄을 것이다. 화가 나거나 죽여야 할 상대 앞에서 웃는 건 그리 어렵지 않았으니까.

안다.

자신이 왜 그렇게 백호를 불편하게 느끼고 있는지. 하지만 알면서도 아운은 차마 그 감정을 드러낼 수가 없었다. 무인으로서 그것은 쉽사리 용납할 수 없는 것이었기 때문이다.

둘 사이를 어색하게 만든 감정.

그건 다름 아닌 두려움이었다.

백호를 마주할 때마다 당시에 느꼈던 공포감이 밀려든다.

무인으로 살면서 몇 차례 죽을 고비도 넘겼던 아운이다. 그럴 때조차 느끼지 못했던 두려움이 백호와 마주했던 그 짧은 순간 뇌리에 각인되어 버렸다.

그 탓에 아운은 백호의 시선을 피하게 되었고, 덩달아 그와 말을 섞는 것조차 힘들었다.

인정하고 싶지 않았다. 무인으로서 누군가에게 공포를

느꼈다는 것은 어찌 보면 크나큰 수치에 가까웠다.

축 처져 있는 아운을 보며 전우신은 알 수 없는 짜증이 치밀었다.

차라리 이죽거리며 까불어 대는 꼴을 보는 것이 낫지, 이렇게 처져 있는 꼬락서니는 딱 질색이다.

전우신이 작게 중얼거렸다.

"하아, 한 대 쥐어박아 주고 싶네."

"뭐, 임마?"

"처져 있는 모습이 한 대 때려 주고 싶게 생겼다고. 어떻게 넌 기운이 넘쳐도, 그 반대여도 이렇게 때려 주고 싶냐?"

전우신과 아운이 그렇게 투덕거리며 함께 백하궁 내부를 가로지르고 있을 때였다. 멀리에서 누군가가 전우신의 이름을 부르며 달려오고 있었다.

"전우신님!"

자신을 부르는 목소리에 전우신이 발을 멈추고 옆을 바라봤다. 전우신의 이름을 부른 건 다름 아닌 백하궁의 젊은 무인이었다.

"무슨 일인가?"

전우신이 자신에게 달려온 젊은 무인에게 물었다.

그의 바로 옆에 도달한 무인이 손가락으로 백하궁의 입

구 쪽을 가리키며 말했다.

"손님이 찾아오셨습니다."

"날 찾는 손님이 왔다고?"

전우신이 두 눈을 동그랗게 뜨며 되물었다.

아무리 생각해 봐도 이곳 백하궁에 자신을 찾으러 올 만한 이가 없는 탓이다. 그런 전우신을 향해 젊은 무인이 바깥에 도착한 이의 인상착의에 대해 설명하기 시작했다.

"나이가 꽤나 있으신 분이신데 화산파에서 오셨다고 합니다. 스승이 왔다고 전한다면 바로 아실 거라고……."

사내의 말을 듣고 있던 전우신이 놀란 듯 눈을 치켜떴다. 굳이 상대방의 인상착의에 대해 더 듣지 않아도 찾아온 이가 누구인지 알 수 있었다.

옆에서 듣고만 있던 아운이 끼어들었다.

"스승? 네 스승이 왔나 본데?"

"……."

잠시 멍하니 서 있던 전우신이 이내 정신을 차리고는 황급히 몸을 돌려 옷자락이 휘날릴 정도로 빠르게 걸음을 옮겼다.

갑작스럽게 달려가는 전우신을 보며 아운이 놀란 듯이 중얼거렸다.

"뭐야, 저 녀석."

언제나 차분한 전우신의 다급한 발걸음이 못내 궁금했는지 잠시 어물거리던 아운이 씩 웃었다. 그러고는 가볍게 뒷짐을 진 채로 전우신이 사라진 쪽으로 따라 움직였다.

먼저 백하궁의 입구로 달려갔던 전우신은 이내 목적지에 도달할 수 있었다. 살짝 열린 문틈으로 너무나 익숙한 한 노인의 모습이 들어왔다.

새하얀 백발 머리와 수염을 한 노인은 다부진 체격을 하고 있었다. 그리고 굳게 다물어진 입은 그의 강직한 성품을 보여 주는 듯했고, 두 눈동자는 강인하게 빛났다.

늙은 노인임에도 불구하고 젊은이를 연상케 하는 뜨거운 눈빛을 지닌 그를 향해 달려 나간 전우신이 황급히 예를 갖췄다.

"스승님을 뵙습니다."

전우신은 망설임 없이 무릎을 꿇으며 예를 취했고, 그런 그를 바라보던 노인의 얼굴에 천천히 미소가 번져갔다.

"녀석. 건강하구나."

인자한 미소를 머금고 있는 그의 정체는 바로 전우신의 스승이자, 화산파에서도 가장 명망이 높기로 소문이 자자한 화산대협(華山大俠) 전세극(專世克)이었다.

화산파의 장문인인 주기진과 견줄 수 있는 문파 내 최고의 고수 중 하나가 바로 그다. 그리고 그 전세극은 전우신에게는 스승이자, 아비와도 같은 인물이었다.

전우신이 전세극의 등장에 감격하고 있을 때였다.

"사제, 우리도 왔네."

낮익은 목소리였지만, 전우신의 표정이 전세극이 등장했을 때와 달리 딱딱하게 굳어졌다. 그리고 그제야 전우신의 눈에는 전세극의 뒤편에 서 있던 다른 이들의 모습이 들어왔다.

네 명의 남녀들로 이루어진 그들은 다름 아닌 화산파의 무인들이었다.

자리에서 일어난 전우신이 개중 가장 앞에 있는 사내를 향해 포권을 취해 보였다.

"사형, 오랜만입니다."

"그러게. 이게 얼마 만이지?"

전우신보다 대여섯 살 정도 많아 보이는 그는 화산파에서도 나름 알아주는 젊은 고수 중 하나였다.

금검비룡(金劍飛龍) 위종우(魏鐘憂).

그뿐만이 아니다. 그와 함께 있는 다른 셋의 얼굴을 하나하나 확인하며 전우신은 마음 한편이 무척이나 불편해졌다.

이들과는 보고 싶지 않았다.

전우신과는 화산파 내에서도 지독한 악연으로 얽혀 있는

이들이 스승인 전세극과 함께 모습을 드러낸 것이다.

마지막으로 만났을 때는 모욕에 가까운 폭언 말고는 말조차 걸지 않았던 위종우였거늘 지금 그의 표정은 그때와는 달리 부드러워져 있었다. 얼굴에 미소를 가득 머금은 그를 향해 전우신이 짧게 대꾸했다.

"일 년 정도 된 것 같습니다."

"화산파에 돌아왔다는 말을 듣고 황급히 본문으로 돌아가 사제를 찾아갔는데 또 이곳으로 갔다더군. 얼굴 한 번 보기가 이렇게 어려워서야 원."

언제부터 위종우가 자신의 얼굴을 보지 못한 것이 이토록 섭섭했는지 모르겠으나, 친절하게 다가오는 그의 어조에 전우신은 지금 상황이 선뜻 이해가 가지 않았다.

그렇게 어정쩡하니 서 있을 때였다.

"얌마!"

어느새 다가온 아운이 전우신의 등을 턱 하고 밀었다. 갑작스러운 그의 행동에 전우신이 표정을 구기며 고개를 돌렸다.

"무슨 짓이야."

"멍하니 있기에 장난 한번 쳐 봤다."

"진짜 죽을래?"

실실 웃으며 말을 내뱉은 아운은 이내 전우신의 앞에 서 있는 이들을 한 번 스윽 살펴봤다. 노인 하나와 젊은 무인 넷.

시큰.

아운은 두건으로 가리고 있는 이마가 갑자기 시큰거려 오는 것만 같은 감각을 느꼈다. 아운이 두건에 쌓인 이마를 천천히 어루만졌다.

'다섯. 아니, 전우신 이놈까지 치면 여섯인가.'

정파 놈들과 같이 자리하고 있자니 자신도 모르게 기분이 밑도 끝도 없이 불쾌해진다. 그리고 동시에 이마는 계속해서 시큰거린다. 그럼에도 불구하고 아운은 미소를 잃지 않았다.

전우신에게 장난을 거는 아운의 모습을 전세극은 묘한 눈으로 바라봤다.

'저 녀석에게도 저런 면이 있었나.'

언제나 예의 바른 전우신이 주먹을 들어 올리며 때리는 시늉까지 하자 전세극은 내심 놀란 눈치였다. 그랬기에 전세극은 아운을 궁금하다는 듯이 바라볼 수밖에 없었다.

전세극이 아운을 향해 말을 걸었다.

"둘이 무척이나 친해 보이는데 내 제자와는 어떠한 사이인가?"

"치, 친해 보인다뇨?"

아운이 말도 안 된다는 듯 손사래를 쳤다. 하지만 그런 와중에도 전세극은 흔들림 없는 눈으로 아운을 바라보고 있었다. 그런 전세극의 시선에 아운의 행동에서 장난기가 서서히 사라졌다.

보통 인물이 아니라는 걸 직감한 탓이다.

아운이 두건으로 가린 이마를 손가락으로 가볍게 긁적거렸다. 그가 둘 사이를 어떻게 설명해야 할지 잠시 고민하는 찰나였다.

전우신이 대답했다.

"그냥 절대 안 친한 사이입니다."

그 말에 아운 또한 동조한다는 듯 크게 고개를 끄덕였다.

갑작스럽게 찾아온 이들로 인해 백하궁은 예정에 없던 손님을 맞아야만 했다. 화산대협 전세극은 화산파 내에서도 높은 배분과 덕망으로 손꼽히는 인물이다.

그런 그의 방문에 방에만 갇혀 있다시피 했던 월하린 또한 오랜만에 외부 사람과 만나게 되었다.

월하린의 집무실에 한동안 맡을 수 없었던 차향이 은은하게 퍼졌다.

전우신의 안내로 이곳으로 온 전세극이 자리에 미리 앉

아 있던 월하린을 발견하고는 포권을 취해 보였다. 그런 그를 향해 월하린 또한 자리에서 일어나 예를 갖췄다.

"화산대협을 봬요."

"허허, 이거 소문으로만 듣던 백하궁의 궁주님을 다 뵙게 되고 영광이오."

짧게 인사를 마친 전세극의 시선이 이내 월하린의 옆에 서 있는 백호에게로 향했다.

백호의 하얀 머리를 보며 신기하다는 듯 전세극은 가만히 고개를 끄덕였다. 이미 저 백호라는 사내에 대해서도 화산파 문주인 주기진에게 많은 것을 전해 들었다.

"이름이 백호라고? 내 문주께 자네 이야기도 많이 들었네. 수상쩍은 게 매력인 재미있는 친구라고 하더군."

"수상쩍은 건 나보다 그 영감이 더하죠."

백호가 가볍게 어깨를 으쓱하며 대꾸했다.

월하린에게서 미리 존댓말을 부탁받은 백호였기에 평소와 달리 그는 공손한 어투로 답했다. 물론 그 내용은 그렇지 않았지만 말이다.

"영감? 하하하! 그렇지. 그 녀석이 영감이긴 하지."

전세극이 재미있다는 듯이 너털웃음을 터뜨렸다.

세상 그 누가 화산파의 장문인에게 영감이라 칭할 수 있단 말인가.

비록 화산파의 문주는 주기진이었으나, 전세극은 그런 그의 사형이기도 했다. 그랬기에 공적인 자리가 아닌 지금 같은 사적인 공간에서는 이토록 편하게 그를 녀석이라 호명할 수 있는 것이었다.

월하린이 가볍게 백호에게 눈치를 주고는 전세극에게 말했다.

"우선 자리에 앉으세요."

전세극이 자리에 앉자, 그 외의 사람들 또한 기다렸다는 듯이 의자에 앉았다. 백호는 자기 앞에 놓인 찻잔에는 손도 대지 않고 당과를 하나 꺼내 물었다.

월하린은 보고받은 바와는 다르게 전세극 혼자 오자 의아한 표정으로 말했다.

"몇 분이서 같이 오셨다 들었는데, 아닌가요?"

"맞소. 그들은 거처에서 쉬고 있으라 하고 이곳에 나 혼자 온 것뿐이오. 녀석들이 같이할 자리는 아니라서 말이오."

가볍게 차를 한 모금 마시는 전세극을 바라보던 월하린이 조심스럽게 이야기를 꺼냈다.

"그런데 화산대협께서 이곳 백하궁에는 어쩐 일로 오셨나요?"

"허허, 내가 이곳을 찾은 건 공적인 이유가 아니라 지극히 개인적인 일 때문이오. 바로 이 녀석 때문이지."

말을 마친 전세극이 전우신의 어깨를 가볍게 두드렸다.
그런 전세극의 행동에 전우신이 슬쩍 고개를 숙이며 송구
하다는 뜻을 내비쳤다.

월하린이 그게 무슨 말이냐는 듯이 전세극을 바라보자
그가 이곳에 온 이유를 꺼냈다.

"그저 이 녀석을 보러 온 것이오. 괜히 궁주를 번거롭게
하는 것 같아 미안한 마음이오만 이 녀석이 물가에 내놓은
아이처럼 자꾸 신경이 쓰여서 말이지. 걱정이 되어 찾아왔
소. 아실지 모르겠으나 이 녀석이 나의 하나뿐인 제자요."

"전 소협이 화산대협의 제자였군요."

월하린이 눈을 동그랗게 떴다. 그런 그녀를 향해 전세극
이 말을 이었다.

"그렇소. 내 하나뿐인 제자고, 또…… 이 녀석은 내 아
들이기도 하오."

"에엑?"

차를 마시던 아운이 경악하여 뜨거운 찻물을 뿜었다. 놀
란 건 아운뿐만이 아니었다. 이 자리에 함께하고 있는 월
하린 또한 무척이나 놀란 듯 두 사람을 번갈아 바라봤다.

오직 백호만이 별 생각 없다는 표정으로 앉아 있을 뿐이
었다.

입가에 묻은 차를 닦아 내며 아운이 중얼거렸다.

"그래서 성이 똑같았었나 보네."

"그런데 두 분 전혀 안 닮으셨어요. 전 소협이 어머니를 닮으신 모양이에요."

월하린의 말에 전세극이 손사래를 치며 짐짓 섭섭하다는 듯이 말했다.

"어허! 내 비록 나이가 팔십 줄을 넘어섰지만 이래 봬도 아직 미혼이오."

"네? 하지만 전 소협의 아버지시라고……."

놀란 듯 말하는 월하린을 향해 전세극이 찻잔을 내려놓으며 대꾸했다.

"양아들이오."

"아……."

월하린이 짧게 탄성을 토해 냈다.

전세극은 그 와중에 옆에 있는 전우신을 향해 불만 가득한 목소리로 말했다.

"네 녀석 때문에 졸지에 유부남이 되어 버렸구나. 이걸 어쩔 생각이냐."

"죄송합니다."

"나참, 웃자고 하는 말인데 매사에 진지한 건 여전하구나. 허허, 말수도 없고 무척이나 재미없는 녀석 아니오?"

"말수가 없진…… 않은 것 같은데요."

월하린이 어색하게 웃으며 중얼거렸다.

그런 그녀의 말에 재미있다는 듯 전세극이 물었다.

"무슨 말이오?"

"거 옆에 있는 두건 놈이랑 붙여 놓으면 하루 종일 떠들어 댑니다."

백호가 당과를 문 채 심드렁한 목소리로 말했다.

백호의 말에 전세극이 갸웃하며 되물었다.

"두건 놈? 아아. 이 젊은 청년을 말하는 것이군."

전세극은 전우신의 옆쪽에 앉아 있는 아운을 보며 이해가 간다는 듯 고개를 끄덕였다. 방금 전 만났을 때의 모습이 떠오른 탓이다.

다른 이들에게는 어떨지 모르겠지만 갓난아이 때부터 전우신을 옆에서 봐 왔던 전세극으로서는 참으로 충격적인 첫 만남이 아닐 수 없었다.

전우신이 그토록 감정을 내비치며 장난질에 반응하는 건 분명 놀랍고 신비한 일이었다.

전세극의 시선을 느낀 탓인지 전우신이 슬쩍 붉어진 얼굴로 고개를 숙이고는, 이내 자그마한 목소리로 변명했다.

"이놈이 워낙 사람을 화나게 잘하는 터라……."

"하하! 내심 내게 말도 없이 이곳으로 떠난 게 섭섭했는데, 이런 재미있는 일도 다 있구려."

전세극은 정말로 즐겁다는 듯 크게 웃었다.

항상 감정을 감추고 살아가는 전우신을 보며 내심 안타까웠던 그다. 그런 전우신이 이곳에 와서 어느 정도 감정을 드러낸다는 사실이 전세극은 무척이나 기뻤다.

전세극이 전우신의 머리를 마구 헝클어트렸다.

"녀석, 부끄러운 게냐?"

"부, 부끄러울 일이 어디 있습니까."

"됐으니 너는 네 사형제들에게 가서 짐 정리가 끝났으면 내가 백하궁 궁주님께 드리려고 챙겨 온 찻잎이라도 받아 오너라."

"제가 말입니까?"

"왜? 싫더냐?"

"……아닙니다."

살짝 불편한 표정을 지어 보이던 전우신이었지만 이내 그는 자리에서 일어났다. 그러고는 잠시 자리를 비우겠다는 듯 월하린과 백호를 향해 눈짓을 하고는 방을 빠져나갔다.

전우신이 방을 나가자 전세극이 내려놓았던 찻잔을 들어 올렸다.

전세극이 찻잔에 비친 자신의 얼굴을 바라보며 입을 열

었다.

"저 녀석…… 이곳에서 잘하고 있소?"

"물론이죠. 워낙 꼼꼼하시고 성실하셔서 꽤나 많이 도움 받고 있어요. 의지할 만한 성격이니 어디에 가셔도 잘하실 것 같은걸요?"

"허허, 그렇소?"

말을 마친 전세극이 잠시 뜸을 들였다.

찻잔을 어루만지던 전세극의 입이 슬며시 열렸다.

"제자 놈의 이름이 왜 우신인지 아시오?"

"아뇨."

"내가 비 오는 날 처마 아래에서 주웠거든. 그래서 그리 지었소. 비 우(雨)에, 처마 신(宸)이라고 해서. 허허, 지금 생각하니 참으로 생각도 없이 지었다 싶소."

전세극이 웃으며 내뱉는 말이었지만 그 말을 듣는 순간 월하린과 아운의 얼굴은 어색하게 변했다.

너무나 의외의 말이었다.

명문 정파의 무인다운 올곧은 성격과 예의 바른 태도를 지닌 전우신이었기에 그가 좋은 집안에서 순탄하게 자란 줄로만 알았다.

둘의 당황하는 모습에도 아랑곳하지 않고 전세극이 말을 이어 나갔다.

"한 요만했었나? 내 주먹 두 개 정도 딱 붙여 놓으면 될 정도로 조그마한 아이었소. 젖도 못 뗀 갓난아이를 아주 우연히도 비를 피하러 숨은 처마 아래에서 보게 됐지. 내가 데려가지 않으면 당장이라도 죽을 것 같아 임시로 거두었던 것이…… 이제는 내 자식이 되어 버렸소. 저 녀석을 보면 정말 인연이라는 것이 있긴 있나 보다 생각하게 되는구려."

"……몰랐어요. 전 소협은 좋은 가문의 자제일 거라고만 생각했는데. 그런데 이런 이야기를 저희에게 하셔도 되는 건가요?"

월하린이 조심스럽게 물었다.

불우한 과거의 이야기를 당사자가 없는 자리에서 말한다는 것이 썩 유쾌하지 않을 수 있는 탓이다. 허나 전세극이 염려 말라는 듯이 말했다.

"비밀도 아니고 이미 알 사람들은 다 아는 이야기요. 그리고 그 녀석도 이런 자신의 과거를 굳이 숨기지도 않소."

잠시 숨을 돌린 전세극이 말을 이었다.

"아까도 말했지만 이곳에 온 것은 녀석이 걱정돼서요. 차갑고 강해 보이는 겉모습과 달리 속은 무척이나 온화한 녀석이거든. 그런 녀석이 마음에 큰 짐을 지고 있으니 내 걱정을 하지 않을 수 있겠소."

"짐이라면 어떤 걸 말씀하시는 건가요?"

"이 년이 조금 더 지난 이야기요."

전우신에겐 어릴 때부터 같이 자라며 형제와도 같았던 벗이 하나 있었다.

둘은 사이는 무척이나 가까웠고, 또한 호적수라 불러도 될 정도로 무공 실력 또한 엇비슷했다. 그러던 어느 날 하나의 임무에 나섰던 전우신과 벗.

허나 그 임무를 수행하던 도중 전우신의 벗이자, 매화검수의 수장 자리를 놓고 겨루던 그가 죽고야 말았다. 그리고 전우신은 혼자 살아서 돌아왔다.

원래부터 미소가 없던 전우신이 더욱 싸늘하게 변한 것은 그날부터였다.

전우신은 웃지 않았다.

매화검수의 수장 자리가 탐이 나 절친한 벗을 사지로 몰아넣었다는 모함에도 별다른 변명조차 하지 않았다. 그저 감정을 죽인 채로 시키는 대로만 살아가는 전우신을 보며 전세극은 마음이 아팠다.

부모도 없는 고아로 자라면서도 흔들리지 않고 나아가던 사내였다. 그런 그에게 절친한 벗의 죽음은 마음의 커다란 짐이 되어 버렸다.

전세극은 천천히 이들이 알지 못했던 전우신의 이야기를

해 주었다. 매화검수의 수장이나 되는 그가 왜 화산파에 정착하지 못하고 외부를 떠돌았는지 그제야 월하린은 알 수 있을 것만 같았다.

식어 버린 찻물을 전세극이 후루룩 마실 때였다.

긴 침묵 속에 전우신의 이야기를 듣고만 있던 아운이 천천히 입을 열었다.

"하나 묻고 싶은 게 있는데요. 아까 전에도 그랬고 지금도 그렇고, 전우신 그 녀석의 표정이 조금 이상하다 느껴져서 말이죠."

"……어디가 말인가?"

"어르신을 뵐 때랑 다르게 함께한 이들을 보는 녀석의 표정이 썩 유쾌해 보이지 않아서 말입니다. 그들 사이에 뭔가 문제가 있는 게 아닌가 해서 물어보는 겁니다."

"눈썰미가 제법이로군."

전세극이 아운을 향해 짧은 감탄을 토해 냈다.

굳이 감출 생각도 없었는지 전세극이 고개를 끄덕이며 말했다.

"그럴 수밖에. 그들은…… 죽은 벗과 연관된 녀석들이거든."

* * *

전세극의 명을 받은 전우신은 월하린에게 건넬 찻잎을 챙기기 위해 화산파의 무인들을 안내한 전각으로 향해야만 했다.

다른 이도 아닌 스승이자 아버지처럼 여기는 전세극의 명이라 따르고 있긴 했지만 전우신은 마음 한편이 무척이나 불편했다.

'만나고 싶지 않았는데…….'

화산파에서도 이들을 만나고 싶지 않아 외지로 떠돌지 않았던가. 그런 자들을 이곳 백하궁에서 만나게 되니 어찌 해야 할지 감이 서지 않는다.

대체 왜 그들이 이곳에 전세극과 함께 동행했는지도 이해가 가지 않았다.

터벅터벅 걸음을 옮기던 전우신이 이내 목적지에 도착했다. 그는 입구에 도달하자 잠시 머뭇거렸으나 이내 마음을 다잡고는 안으로 걸어 들어갔다.

전각 내부로 들어서자 곧바로 낯익은 얼굴들이 눈에 들어왔다.

세 명의 사내와 한 명의 여인.

사내들은 모두 명문 정파의 무인들답게 깔끔한 인상이었고, 여인 또한 꽤나 귀여운 외모를 지녔다. 그런 네 사람의 시선이 동시에 전우신에게로 쏠렸다.

한 명의 사형과, 세 명의 사제들.

무리 중 유일하게 전우신의 사형뻘인 위종우가 손을 들어 올리며 그를 맞았다.

전우신이 그런 그를 향해 포권을 취했다.

화산파 내에서 자신을 가장 고깝게 생각하던 이가 다름 아닌 위종우다. 그런데 그런 그가 갑자기 다가와 전우신의 어깨에 손을 얹으며 반갑게 웃었다.

"아까는 사백님이 계셔서 인사를 제대로 못한 듯하군. 그간 잘 지냈느냐?"

"예, 사형."

친근하게 행동하는 그의 모습에 전우신은 다시금 당황했다. 처음 백하궁의 입구에서 만났을 때도 그렇고, 지금도 그렇고 위종우의 행동이 이해가 가지 않는 탓이다.

자신을 잡아먹으려 들던 그가 아니던가.

친근하게 다가오는 건 위종우뿐만이 아니었다.

다른 세 사람 또한 매한가지였다.

"오라버니, 오랜만에 봬요."

"사형, 잘 지내셨습니까?"

"얼굴 잊어 먹겠습니다, 사형."

"……그래. 오랜만이구나."

전우신이 떨떠름한 목소리로 이들의 환대에 답했다.

그런 와중에 위종우가 물었다.

"헌데 사백님과 같이 간 네가 왜 이곳에 온 게냐?"

"스승님께서 준비해 온 선물을 가지고 오라 부탁하셔서 왔습니다."

"아차차, 또 깜빡하셨구나. 그 짐을 가지고 오너라."

위종우의 명에 다른 사내 하나가 안으로 걸어 들어가 조그마한 보따리 하나를 들고 왔다. 위종우는 그 보따리를 전우신에게 건네주었다.

"여기 있다. 꽤 귀한 차라 나름 구하기 어려웠단다."

"전 이것을 전해야 하니 가 보도록 하겠습니다."

말을 마친 전우신이 몸을 돌려 돌아가려고 할 때였다. 위종우가 황급히 말을 걸었다.

"이곳 생활은 어떠하냐."

"지낼 만합니다."

"그래? 어쨌든 지금은 바쁜 듯하니 이따가 다시금 만나 오랜만에 이야기나 나누자꾸나."

"그리하겠습니다."

말을 마친 전우신이 온 길을 거슬러 사라졌다.

그리고 그렇게 전우신이 사라질 때까지 웃는 얼굴로 멀어지는 그를 바라보던 이들의 표정이, 어느 순간 딱딱하게 변했다.

과연 같은 사람이 맞나 싶을 정도로 네 명의 표정이 돌변한 것이다.

위종우가 나지막한 목소리로 중얼거렸다.

"벗을 죽인 비겁한 놈이…… 뭐? 지낼 만하다고?"

퉤.

위종우가 바닥에 침을 내뱉으며 입을 열었다.

"과연 며칠 후에도 그 말이 나오나 두고 보자, 전우신."

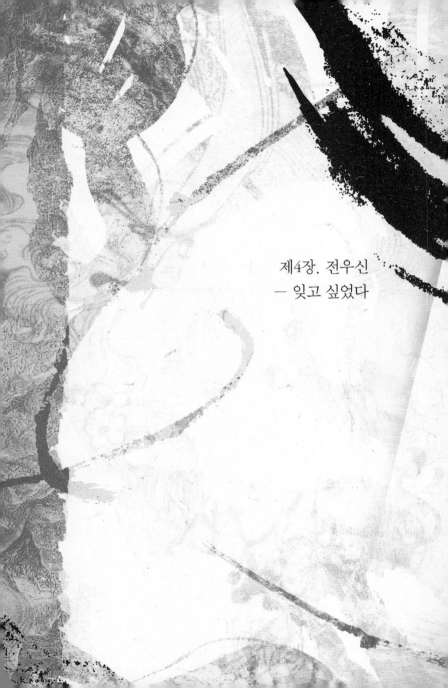

제4장. 전우신
— 잊고 싶었다

"어이, 전우신!"

자신을 부르는 소리에 전우신이 퍼뜩 정신을 차렸다. 그러고는 이내 믿을 수 없다는 듯 이름을 부른 상대를 바라봤다. 너무나 익숙한 얼굴. 하지만 이제는 볼 수 없게 되어버린 사람.

오래전 죽은 벗, 위현.

바로 전우신을 그토록 괴롭게 만들어 버린 지기다. 한때는 전우신과 함께 매화검수의 수장 자리를 놓고 다투었지만, 또 한편으로는 그의 가장 절친한 벗이기도 했던 사내.

'꿈이구나.'

선한 웃음을 입가에 머금은 벗의 얼굴을 보자 전우신은 이것이 꿈이라는 걸 알아차렸다. 알면서도 전우신은 굳이 이 꿈에서 깨고 싶지 않았다.

참으로 보고 싶은 벗이었던 탓이다.

위현이 다가와 전우신의 어깨에 손을 올리며 살갑게 웃어 보였다.

그래, 이 친구는 이렇게 웃던 녀석이었다.

위현을 마주 보며 전우신은 이제는 굳어 버린 입가를 움직여 애써 웃어 보이려 했다. 하지만 우습게도 입꼬리는 단단하게 굳어 움직이지 않는다.

슬프게도…… 웃는 법을 잊어버렸다.

딱딱한 얼굴로 마주 보던 전우신의 눈동자가 흔들렸다. 웃고 있는 위현의 뒤로 검을 든 새카만 그림자가 다가오고 있었다.

입을 열어 위험하다 소리치고 싶었다. 하지만 매정한 입은 움직일 생각조차 하지 못했다. 그리고 그대로 검이 위현의 목을 베어 버렸다.

데구루루.

굴러떨어진 얼굴은 웃으며 전우신을 바라보고 있었다.

벌떡.

놀란 전우신이 자리에서 벌떡 일어났다.

"허억, 허억."

거칠게 숨을 몰아쉬는 전우신의 몸은 땀투성이였다. 그는 옆에 놓여 있는 주전자를 들어 올려 안에 든 물을 벌컥거리며 마셔 댔다.

주전자를 탁자 위에 올리며 그는 한 손으로 입가를 타고 흐르는 물을 닦아 냈다.

전우신은 천천히 주변을 둘러봤다.

창 밖으로 서서히 푸르스름한 기운이 흘러들어오는 것이 새벽인 모양이다. 전우신은 양손으로 자신의 얼굴을 감쌌다. 이마에 흐르는 식은땀을 느끼며 그가 나지막이 중얼거렸다.

"……젠장."

꿈에서 자신을 바라보던 위현의 눈동자가 아직도 머리에 선명하다.

이른 아침 아운은 졸린 얼굴로 연무장으로 들어서고 있었다. 그는 두건으로 가린 이마를 긁적이며 길게 하품을 했다.

"하암."

가뜩이나 실눈을 하고 다니는 그의 눈동자가 평소보다 더욱 작아 보일 정도였다. 허나 그랬던 아운의 눈동자가 무엇인가를 발견하고는 이내 커다랗게 떠졌다. 그건 다름 아닌 전우신이었다.

"뭔 일이래?"

이 연무장에 전우신이 오는 건 분명 드문 일은 아니었다. 다만 정과 사라는 다른 세력에 속해 있는 그들은 자신들의 무공을 상대에게 보이려 하지 않았다.

그랬던 탓에 전우신은 언제나 아운이 오기 전에 가벼운 연공만을 마치고 연무장을 뜨곤 했었던 것이다. 그런데 오늘은 달랐다.

전우신은 아운이 왔음에도 불구하고 격하게 검을 휘두르고 있었다.

아운은 그런 전우신을 바라보다 이내 괜한 분란을 만들기 싫었는지 커다랗게 기침 소리를 토해 냈다.

"크흠!"

아운의 기침 소리를 들은 전우신이 검을 멈추고는 이내 그를 힐끔 바라봤다. 그러고는 담담한 표정으로 검을 검집에 꽂으며 몸을 돌려 연무장의 입구로 걸어왔다.

아운의 코앞까지 다가온 전우신이 쌀쌀맞은 목소리로 말했다.

"시간이 이렇게 된 줄 몰랐다. 사과하지."

"사과할 거 있나. 나야 좋은 구경 했지 뭐."

아운이 실눈을 한 채로 장난스럽게 말했고 전우신은 그런 그를 가볍게 흘겨보고는 이내 연무장을 벗어나려는 듯이 스쳐 지나갈 때였다.

"무슨 일 있냐?"

"……갑자기 뭐가."

"아니, 표정이 별로 좋지 않은 것 같아서."

"네가 그런 것도 신경 썼나?"

전우신의 말에 아운은 어깨를 가볍게 으쓱해 보였다. 그런 아운을 잠시 바라보던 전우신이 짧게 대꾸했다.

"별일 아냐. 그냥 악몽을 조금 꿨을 뿐이야."

"설마 무서운 꿈 꿨다고 지금 이러는 거냐?"

아운이 기괴한 표정을 지어 보이며 장난을 걸었다. 그런 그의 모습이 다소 우스웠는지 전우신은 한결 풀어진 목소리로 대꾸했다.

"뭐…… 무서운 꿈이긴 했지."

"햐, 이 자식 몰랐는데 겁도 우라지게 많군. 혼자서 갈 수는 있겠냐?"

"뭐야? 너 죽고 싶어?"

전우신은 평소의 모습으로 돌아와 눈을 부라렸다.

그런 그를 향해 아운이 다시금 말을 걸었다.

"겁 많은 아우님을 위해 이 형님이 특별히 같이 가 줄게.

시간을 보아하니 아침 식사 시간이네. 밥이나 먹으러 가자."

"누가 형님이고, 누가 아우라고……."

전우신의 말을 무시한 채로 아운이 연무장 문을 열고 바깥으로 쌩하니 걸어 나갔다. 먼저 바깥으로 이동한 아운이 몸을 돌려 전우신을 향해 손짓했다.

"빨리 나와. 뱃가죽이 등에 붙기 일보 직전이라고."

자신을 향해 손짓하는 아운을 아주 잠시 가만히 바라보던 전우신은 이내 고개를 끄덕였다.

잠에서 깨어난 이후 찰나의 순간조차 그 악몽이 계속 머리에서 떠나지 않았다. 그런데 묘하게도 아운 저 녀석이 나타나서 시비를 걸 때부터 자신도 모르게 지독했던 꿈이 머리에서 사라지고, 어느새 유치하게 그와 말싸움을 하는 자신이 이곳에 있었다.

전우신이 조그마한 목소리로 중얼거렸다.

"네놈도 쓸모 있을 때가 다 있네."

"뭐라고?"

"아냐. 밥 먹으러 가자고."

말을 마친 전우신이 아운의 옆으로 와서 섰다.

두 사람은 그렇게 함께 백하궁 내부에 있는 식당으로 발걸음을 옮겼다. 나름 이른 아침이지만 이미 식당에는 먼저 온 이들로 붐볐다.

무인들 대부분이 이른 아침부터 잠자리에서 일어나 무공을 연마하는 탓이다. 전우신과 아운을 알아본 이들이 자리에서 일어나 인사를 했고, 둘은 식사나 하라는 듯이 손짓으로 화답했다.

식당 한쪽에 두 사람이 자리를 잡자, 이내 아침 식사가 앞에 놓였다.

아운이 입에 음식을 마구 욱여넣은 채로 우적거리며 말했다.

"그런데 뭔 꿈을 꿨기에 새벽 댓바람부터 죽상이었는지 물어봐도 되냐?"

"……꿈에서 오래된 지기를 만났거든."

"지기? 푸하하! 너한테도 지기가 다 있냐."

입 안에 든 밥풀을 튀기면서까지 웃어 대는 아운의 행동에 전우신은 표정을 구겼다. 얼굴에 묻은 밥풀을 손으로 떼어 내며 전우신이 짜증 섞인 목소리로 말했다.

"쯧, 지저분하게."

"그런데 그게 왜? 꿈에서 오래된 지기를 만난 게 어땠는데?"

"잊고 싶었거든."

전우신이 나지막한 목소리로 대꾸했다.

그런 전우신을 물끄러미 바라보던 아운은 이내 입에 든 음식을 삼키고는 천천히 입을 열었다.

"그놈인가 보네. 화산파에서 너와 매화검수 자리를 다퉜 다던."

"네가 그걸 어떻게 알아?"

"어제 네 스승한테 들었거든."

"스승님한테서?"

"왜? 내가 알면 안 될 일이었냐?"

"아니. 알 사람은 어차피 다 아는 일인데 굳이 숨길 건 없지. 그리고 네가 원한다면 이 정도 정보쯤은 쉽사리 얻을 수 있잖아? 네 뒤엔 흑천련이 있으니까."

전우신의 말에 아운은 가볍게 고개를 끄덕여 보였다. 비록 지금은 이렇게 백하궁이라는 곳에 함께하고 있지만 실상 두 사람은 이렇게 붙어 있을 수 없는 사이였다.

명문정파 화산파와, 사파의 거두 중 하나인 흑천련의 무인.

이 어울릴 것 같지 않은 조합을 볼 수 있는 곳은 아마 세상천지에 단 한 곳. 바로 이곳 백하궁뿐일 것이다.

아운이 젓가락으로 자신의 음식을 가볍게 휘저으며 말했다.

"그런데 너무 과하게 생각하는 거 아냐?"

"무슨 말이야?"

"대충 이야기는 들었다만 그 위현인가 하는 지기가 죽은 게 네놈 잘못은 아니잖아."

"그렇게 단순하게 할 말이 아니야."

"뭐가 아니야. 그놈은 무인 아냐? 무인이라면 누구나 다 똑같아. 언제나 한 걸음 앞에 죽음을 두고 살아가지. 우리라고 다를 것 같아? 지금은 이렇게 살아 숨 쉬고 있지만 당장 이 밥을 다 먹을 수 있을지 없을지도 장담할 수 없어. 그게 무인이야."

아운의 목소리가 거칠어졌다.

전우신이 젓가락을 내려놓으며 말했다.

"녀석의 죽음에 내 잘못이 없다고 생각되지는 않아."

"아, 그러세요?"

아운이 기가 찬다는 듯이 피식 웃었다. 실눈을 한 그의 눈동자에서 이내 웃음기가 거짓말처럼 사라졌다.

"어리광 작작 부려라, 전우신."

평소였다면 바로 받아쳤을 전우신이었지만 지금은 달랐다. 전우신은 아운의 말에도 별다른 대꾸도 하지 않고 묵묵히 자리에만 앉아 있을 뿐이었다.

그 모습에 아운은 긴 한숨을 내쉬었다.

"됐다, 됐어. 네 일인데 내가 이렇게까지 간섭해서 뭘

하겠냐. 그나저나 사형제들은 왜 온 거래? 들어 보니 너와
사이 안 좋은 놈들이라고 하던데."

"잘 모르겠다. 나도 생각지도 못한 이들이 찾아와서 놀
란 상황이거든."

"어제 잠깐 만났을 거 아냐? 별다른 일은 없었냐?"

"있었지."

"뭔데? 시비라도 걸디?"

"그랬으면 오히려 별다른 일이 없었다고 했겠지."

"무슨 말이야, 그건?"

"잘해 주더라."

"잘해 줘?"

아운의 말에 전우신은 고개를 끄덕였다.

항상 보기만 하면 이를 갈던 이들이었는데 그들은 오히
려 전우신을 환하게 맞아 주었다. 그런 사형제들의 행동이
아직도 채 이해가 가지 않는 전우신이었다.

그때 앉아 있던 아운이 뭔가를 발견해 내고는 중얼거렸
다.

"호랑이도 제 말 하면 온다더니만."

아운의 그 말에 전우신이 뒤편으로 고개를 돌렸다. 식당
의 입구로 방금 전까지 거론되던 네 명의 사형제들이 들어
오고 있었다.

전우신은 개중 선두에 서 있는 위종우와 눈이 마주치자 자리에서 일어나 포권을 취해 보였다. 그리고 그런 전우신을 향해 화산파의 무인들이 반가운 얼굴로 다가왔다.

"이곳에 있는 줄은 몰랐구나."

"식사라면 거처로 가져다 드릴 텐데 이곳은 어쩐 일로 오셨습니까?"

"하하, 아침부터 몸을 좀 움직였더니 배가 고파 참을 수가 없더군. 그래서 기다리지 않고 직접 먹으러 왔지."

"내일부터는 아침 식사를 조금 더 빨리 부탁하도록 하겠습니다."

"그럴 필요 없어. 이곳에 오니 너도 보고 좋은데 뭘."

웃으며 말하는 위종우를 보며 아운이 가볍게 고개를 절레절레 저었다. 그런 아운의 모습을 본 위종우가 물었다.

"아 참, 그런데 저기 계신 소협은 누구시냐? 어제 뵀을 때도 인사를 못 드려서."

"저자는……."

"아운. 아운이라고 합니다."

전우신의 말을 아운이 가로채며 대꾸했다.

말을 마친 아운이 실실 웃으며 위종우를 비롯한 나머지 화산파의 무인들을 올려다봤다. 그들을 바라보는 아운의 표정은 그리 곱지 않았다.

아운의 표정에서 그런 감정을 느껴서일까?

위종우가 물었다.

"소협, 뭐 불편하신 거라도 있으십니까?"

"저야 뭐 그럭저럭인데 제 정체를 들으면 그쪽이 아마 절 불편해할 텐데요."

"정체라면……?"

"흑천련주의 두 번째 제자 아운. 그게 바로 접니다. 그 말을 듣고도 여기서 식사하실 생각이면 앉으시고."

아운이 실실 웃으며 손으로 건너편을 가리켰다.

허나 아운의 정체를 알게 된 순간 화산파 무인들의 표정은 반대로 일그러졌다. 사파의 무리와 함께 앉아 식사를 한다는 건 그들로서 결코 유쾌한 일이 아니었다.

하물며 그 상대가 거물 중의 거물인 흑천련의 무인이다. 그것도 흑천련 련주의 제자. 제아무리 반대 세력이라 해도 함부로 대하기 껄끄러운 자다.

위종우가 전우신을 향해 물었다.

"화산의 검인 네가 어찌 흑천련의 인물과 한자리에서 식사를 한단 말이냐."

"바깥에서는 그럴지 모르나 이곳 백하궁에 들어온 이상 그런 건 없습니다. 그리고 이건 저뿐만이 아니라 문주님의 생각이시기도 합니다."

"······그래?"

화산파 문주가 거론되자 위종우는 어쩔 수 없다는 듯 입을 닫았다. 하지만 그는 못내 마음에 걸린다는 듯 한 손으로 전우신의 어깨를 가볍게 두드리며 말했다.

"그래도 잊지 말아야 한다. 너는 화산의 검이다. 그리고 우리가 자랑하는 매화검수의 수장이기도 하다는 것을."

움찔.

전우신은 위종우의 말에 놀라 그를 바라봤다.

매화검수의 수장이라니.

단 한 번도 그가 전우신을 그렇게 인정해 준 적이 있던가. 위현이 죽은 뒤부터 지금에 이르기까지, 위종우는 그 긴 세월 동안 전우신을 백안시해 왔었다.

하지만 그런 그의 태도가 이해되지 않는 것은 아니었다.

위종우는 다름 아닌 죽어 버린 지기, 위현의 친형이 아니던가. 혈육이 죽었으니 어찌 자신을 원망하지 않을 수 있겠는가. 전우신은 늘 그렇게 생각해 왔다.

위종우가 웃으며 말을 이었다.

"놀랐더냐?"

"······예. 사형께서 절 그리 부르실 줄은 몰랐습니다."

"녀석. 네가 화산파 바깥을 돌아다니는 걸 보며 나 또한 많은 생각을 했다. 내가 사형으로서 너에게 너무 옹졸한 모습만 보였구나."

"아, 아닙니다."

위종우의 말에 전우신은 당황한 듯한 기색을 내비쳤다. 이렇게 그가 사과할 거라고는 생각도 하지 못한 탓이다.

놀란 전우신을 향해 위종우가 친근하게 말을 걸었다.

"하고 싶은 이야기가 많구나. 괜찮다면 오늘 저녁에 오랜만에 사형제들끼리 술잔을 기울여 보는 것이 어떠하냐?"

갑작스러운 제안.

하지만 망설임은 길지 않았다. 전우신이 그러자는 듯 고개를 끄덕였다.

"제가 찾아뵙겠습니다."

"그래, 쉽지 않은 결정이었을 텐데 마음을 열어 줘서 고맙구나. 지금도 같이 식사를 하며 대화를 나누고 싶긴 한데…… 아무래도 그건 힘들겠구나."

말을 마친 위종우가 아운을 힐끔 바라봤다.

아운은 그런 그를 향해 가볍게 어깨를 으쓱해 보일 뿐이었다.

위종우가 말했다.

"그럼 우리는 식사를 거처로 가져가 하도록 하마."

"그리하시지요."

"이따 보자꾸나."

다시금 전우신의 어깨를 가볍게 두드린 위종우가 떠나기 전에 힐끗 아운을 노려보고는 이내 식당을 빠져나갔다.

그들이 사라지고 전우신이 자리에 앉자 아운이 물었다.

"야, 정말 가려고?"

"초대를 받았으니 가야지."

"뭔가 구린내가 나는데."

"또 무슨 말을 하려고."

"상식적으로 생각해 봐. 널 그렇게 미워했다면서. 그런데 저 모습은 뭐야?"

아운이 이해가 안 간다는 듯이 말했다.

그가 무슨 말을 하려는지 알았기에 전우신이 확실한 어조로 대꾸했다.

"아무리 그래도 사형제지간이야. 초대를 받았고, 저쪽에서 나에게 먼저 손을 내밀었잖아."

"사형제면 뭐? 무조건 믿을 수 있다고 자신하냐? 나는 말이야……."

"믿고 안 믿고의 문제가 아냐. 우리와 대화를 나누던 사형이 바로 위현의 친형이다."

전우신의 그 말에 아운이 잠시 그를 물끄러미 바라봤다. 전우신이 이내 말을 이었다.

"적어도 죽어 버린 지기를 지키지 못한 건 내 죄야. 그렇지만 난 사과도 제대로 하지 못했지. 이 기회에 사형과 마주 앉아 제대로 이야기를 해 보고 싶다."

"아무리 그래도 속셈도 모르는 지금 따로 만나 이야기하는 건 아니라고."

"간다."

"위험하다니까?"

"그래도 간다."

"하아."

아운이 길게 한숨을 내쉬었다.

이놈의 고지식함에는 두 손 두 발 다 들었다. 아운이 젓가락을 내팽개치며 말했다.

"뒈지든지 말든지 네 멋대로 해라, 이 멍청아!"

기화루(期花樓).

백하궁이 위치한 섬서성 합양 외곽에 자리 잡은 기화루는 운치가 매우 뛰어난 곳이었다. 기화루의 주변을 감싸듯 자라고 있는 나무들은 형형색색의 나뭇잎을 자랑하며 그 아름다움을 뽐냈고, 그 덕분에 기화루는 그 자체가 가진 멋과 더불어 무척이나 신묘한 느낌을 풍겼다.

많은 이들이 찾고, 또 그만큼 합양에서도 이름난 이 기루는 가격이 제법 되는 편이었다. 그랬기에 기화루는 보통 사람들보다는 어느 정도 돈이 있는 이들이 모이는 곳이기 도 했다.

그런 기화루의 삼 층.

방으로 이루어진 그 한 곳에 젊은 남녀들이 모습을 드러 냈다. 그들은 다름 아닌 전우신과, 화산파의 사형제들이었 다.

화산파의 무인들은 전우신이 안내해 준 이곳이 무척이나 마음에 드는 모양이었다. 환하게 웃으며 위종우가 말했다.

"경치가 제법이로구나."

창으로 드리워진 무성한 나뭇잎은 저마다 분홍빛을 머금 고 있었고, 그 모습은 흡사 꿈속에 있는 것 같은 착각을 불 러일으키게 할 정도였다.

"앉으시죠, 사형."

전우신이 짧게 말하자 자리에 서 있던 위종우가 고개를 끄덕였다. 그가 먼저 자리에 앉고는 다른 이들에게 손짓했 다.

그러자 남은 세 사람도 위종우와 마찬가지로 넓은 탁자 에 둘러앉았다. 모두가 자리에 앉자 일행 중 유일한 여인 인 홍설희가 입을 열었다.

"사형, 이곳에 자주 오시나 봐요. 가격도 제법 나가 보

이는데, 화산파에 있으실 때보다 호강하시는 것 같은데
요?"

"아쉽게도 나도 여긴 처음이다."

"백하궁에서 보수는 적지 않게 줄 것 같은데요? 아닌가
요?"

홍설희의 질문에 전우신은 잠시 침묵했다.

분명 보수라면 월하린이 넉넉하게 지급하고 있다. 허나
돈이 있다고 한들 이런 곳에 드나들 전우신이 아니었다.
그는 이런 곳에 찾아오면서까지 술을 즐기는 부류가 아니
다.

"돈은 제법 받지만 바빠서 올 틈도 없었다."

"그렇게 바빠요? 그냥 평범한 문파 같던데……."

"보이는 게 전부는 아니니까."

전우신이 짧게 한 마디를 내뱉었다.

분명 겉으로 보기에는 천하제일인의 여식이 만든 하나의
문파일지도 모르겠다. 하지만 그 문파에 모이고 있는 정파
와 사파 양측의 시선은 보통이 아니다.

어쩌면 추후에 정사 간의 다툼이 벌어지게 될 계기가 될
지도 모른다.

더군다나 이곳 백하궁은 신기하게도 조용할 날이 없다.
이곳으로 온 이후 전우신은 하루하루 바쁘게 살아가고 있

음을 느끼고 있다.

이야기가 백하궁 쪽으로 흐르자 위종우가 손바닥을 마주치며 말했다.

"자자, 오늘은 오랜만에 사형제들끼리 회포를 풀러 만나지 않았느냐. 그런 답답한 이야기는 나중에 하자꾸나."

"그렇게 하도록 하지요."

말을 마친 전우신은 뒤편에 있는 문을 드르륵 열었다. 그리고 바깥에서 기다리고 있는 기녀에게 술과 안주가 될 만한 것들을 시켰다.

음식을 시키고 나자 방 안에는 침묵이 감돌았다.

얼마 전까지 어색했던 사이인지라 선뜻 누구 하나 말을 꺼내지 못하고 있는 것이다. 그때 긴 침묵을 깨며 위종우가 입을 열었다.

"아마 당황스러울 게야. 그렇지, 사제?"

"솔직히 말하면…… 그렇습니다."

자신만 보면 죽일 듯이 노려보고 험담을 토해 내던 위종우와 이렇게 마주 앉아 있을 날이 올 거라고는 생각조차 하지 못했다.

그런 전우신을 향해 위종우가 가볍게 웃어 보였다.

"이해해. 나 또한 그때만 해도 이런 날이 올 거라고는 생각하지 못했으니까."

말을 마친 위종우가 잠시 창밖을 바라보았다.

늦은 밤, 흐드러지게 핀 꽃잎이 아름답게 흩날렸다. 그런 절경을 가만히 바라보던 위종우가 천천히 이야기를 이어 나갔다.

"용서하기 힘들었어. 녀석은 나에겐 하나뿐인 동생이었으니까. 하지만 계속해서 증오하면 뭐 하겠느냐. 그렇다고 해서 죽어 버린 내 동생이 살아 돌아오는 것도 아니고. 그래서 난…… 너를 용서하기로 했다. 그리고 그 전까지만 해도 우리 사이는 제법 좋지 않았느냐."

위현이 살아 있을 때까지만 해도 전우신과 위종우의 사이는 지금처럼 최악이 아니었다. 아니, 어쩌면 제법 가까운 사이라고 해야 맞을지도 모르겠다.

아무 말도 하지 않는 전우신을 향해 위종우가 물었다.

"기억나지 않느냐? 현이와 함께 셋이……."

"기억납니다. 어찌 그걸 잊을 수 있겠습니까."

셋이 같이 화산을 뛰어다니며 놀기도 했고, 함께 무공을 연마하기도 했던 기억들이 주마등처럼 스치고 지나간다.

그렇게 그들이 잠시 추억에 잠겨 있을 때였다.

주문했던 음식과 술들이 때마침 모습을 드러냈다. 기녀들은 호화스러운 상을 그들 앞에 채우고는 이내 모습을 감췄다.

위종우가 기다렸다는 듯이 모두의 잔에 술을 채워 넣었다. 물처럼 투명한 술이 잔을 가득 채웠다.

술을 가득 채운 위종우가 잔을 들어 올렸다.

"오늘은 마음껏 마시고 취해 보기로 하지."

"하하, 사형. 그 말을 기다렸습니다."

화산파의 다른 무인 하나가 웃으며 위종우의 말을 받았다. 그리고 그런 그들을 바라보던 전우신이 고개를 끄덕이고는 곧바로 잔 안에 든 술을 입 안으로 털어 넣었다.

술기운이 단번에 입 안을 맴돌며 알싸하니 퍼져 나갔다.

전우신이 조심스럽게 말을 꺼냈다.

"사형, 위현의 일은 제가 정말 입이 몇 개라도 할 말이 없을 정도로……."

"그 이야기는 됐다."

위현의 이야기를 꺼내기가 무섭게 위종우는 그런 전우신의 말을 잘라 버렸다. 사과의 뜻을 전하려던 전우신이 굳은 얼굴로 위종우를 바라보고 있을 때였다.

위종우는 곧바로 술병에 든 술을 전우신에게 따라주며 말했다.

"그간 섭섭한 일이 많았겠지만 이 잔을 받고 모두 털어라. 나 또한 너에게 맺힌 묵은 감정, 모두 훨훨 날려 버릴 테니."

전우신은 고개를 끄덕이고는 재차 술잔을 기울였다.

그렇게 그들은 독한 술을 연거푸 들이마셨다.

내공을 사용하지 않은 탓에 취기가 단번에 머리끝까지 치밀어 올랐다.

술을 마신 지 반 시진가량이 지나자 다섯 사람의 얼굴은 모두 불그스름하게 변해 있었다. 빨갛게 달아오른 얼굴로 위종우가 크게 웃으며 말했다.

"하하! 이렇게 함께하니 좋구나. 앞으로도 기회가 된다면 종종 이런 자리를 마련했으면 하는데 어떠냐?"

"나쁘지 않습니다."

"그래? 이렇게 마음을 터놓으니 한결 편한 것을 괜히 그동안 옹졸하게 군 것 같구나. 뭐, 지금이라도 늦지 않았으니 앞으로는 그간의 일은 모두 잊고 잘 지내자꾸나."

위종우가 웃으며 말했고, 그런 그의 옆에 있는 세 명의 사형제들 또한 그런 그와 함께 즐겁다는 듯이 떠들어 댔다.

그런 네 명을 가만히 바라보던 전우신이 천천히 입을 열었다.

"다 웃으신 것 같은데 슬슬 진짜 속내가 뭔지 물어봐도 됩니까?"

"그게 무슨……."

"이 자리를 만든 저의가 뭔지 물어보는 겁니다."

"방금까지 계속 이야기하지 않았느냐. 아니면 혹시 아직까지 마음이 안 풀려서 그러는 게냐?"

"거짓말을 하시려면 완벽하게 하셔야지요, 사형."

"뭐?"

"절 용서하기로 했다고요? 그게 말이나 됩니까? 저조차도 절 용서하지 못했는데 다른 사람도 아닌 사형이 그 일을 용서했다는 말을 저보고 믿으라는 겁니까?"

주먹을 휘두르고 욕설을 내뱉기를 바랐다.

차라리 그랬다면 전우신은 지금 눈앞에 있는 사형제들이 자신에게 진심을 드러낸 것이라 믿었을지도 모르겠다.

더군다나 사죄의 뜻을 전하려는 자신의 말이 중요하지 않다는 듯 끊어 버리는 그 모습에서 전우신은 확신을 가질 수 있었다.

다른 생각을 품고 있다는 것을.

숨겨진 속셈이 있다고 의심하는 전우신에게 그렇지 않다며 반박을 할 수도 있는 상황.

그러나 위종우의 얼굴은 놀라울 정도로 빠르게 차갑게 변해 갔다.

"스스로를 용서 못 했다면…… 죽었어야지."

"이제야 본심을 드러내시는군요."

"킥킥, 내가 어찌 네놈을 용서할 수 있겠느냐. 권력에 눈이 멀어 지기를 사지로 몰아넣은 놈을!"

몇 번이고 그날의 상황에 대해 말했던 전우신이다.

하지만 이미 위종우는 그런 전우신의 이야기를 들을 생각조차 없었다. 그저 동생인 위현의 죽음을 모두 전우신의 탓으로 돌리고 있을 뿐이다.

위종우가 들고 있던 술잔을 집어던졌다.

휘익!

전우신은 그 술잔을 피하지 않았다.

쨍그랑.

소리와 함께 술잔이 깨어져 나갔다. 그리고 동시에 술잔에 가격당한 이마에서 붉은 핏줄기가 흘러내렸다.

술과 피가 뒤섞이며 전우신의 얼굴이 엉망이 되어 버렸다.

전우신의 무표정한 얼굴을 바라보던 위종우가 분노에 찬 목소리로 입을 열었다.

"……맘에 안 들어. 네놈의 그 오만한 표정."

"물었습니다. 왜 절 이리로 부르신 겁니까?"

무표정한 얼굴을 하고 있었지만 전우신은 마음으로 울고 있었다.

어쩌면 이 자리에서 진정한 용서를 바랐던 것인지도 모

르겠다. 다른 이도 아닌 위현의 하나뿐인 형인 위종우가 자신을 용서한다면 떠나 버린 지기에 대한 미안함이 조금은 가시지 않을까 생각했었다.

그랬기에 거절할 수도 있는 이런 자리까지 굳이 함께하지 않았던가.

하지만 역시나 아니었다.

이유는 모르겠지만 위종우는 속내를 감춘 채로 전우신과 만남을 가진 것에 불과했다.

위종우가 자리에서 일어났다.

"이유가 뭐겠어? 불쌍한 내 동생. 내 동생의 복수를 하려고 불렀지."

"대체 언제까지……."

"왜!"

위종우가 버럭 소리쳤다. 그의 얼굴은 술기운이 아닌 분노로 인해 붉게 물들어 있었다. 상기된 목소리로 위종우가 다시금 외쳤다.

"네놈은 이렇게 멀쩡하게 살아서 돌아다니는데 내 동생은 왜!"

부르르.

가볍게 몸을 떨던 위종우가 재차 입을 열었다.

"네놈 때문이다. 네놈이 현이를 버리지만 않았다면 녀석은 죽지 않았을 것이다. 네놈, 네놈만 없었다면······."

스르릉.

위종우가 검을 꺼내어 들자 가만히 앉아 상황을 주시하던 화산파의 무인들이 놀란 듯이 그를 말렸다.

"사, 사형, 이건 이야기가 틀리지 않습니까. 그냥 가볍게 손만 조금 보신다고 했잖습니까."

"너희들은 끼지 마. 이곳에서 벌어진 일은 너희들과는 상관없는 일이다."

"하지만 사형······."

"왜? 내가 못 이길 것 같아서 그러냐?"

위종우가 그 말과 함께 자조 섞인 웃음을 흘려보냈다.

알고 있다.

그냥 싸운다면 승산이 없다는 것 정도는. 나이는 위종우가 많았지만 무공 실력만큼은 결코 전우신을 따라갈 수 없었다.

하지만 그걸 알면서도 이곳에 왔다.

이 싸움의 결과가 어찌 나오든지 간에 승자는 바로 자신이었으니까.

위종우가 검을 뽑아 든 채로 여전히 앉아 있는 전우신을 노려보며 말했다.

"안 일어날 게냐?"

"싸울 생각 없습니다."

"싸우고 싶지 않아도 싸워야 할걸. 난 진심으로 네놈을 죽일 생각이거든."

"전 지금 문주님의 명을 수행 중에 있습니다. 이런 지금 사형이 문제를 일으킨다면 문주님께서 용서하지 않으실 겁니다. 굳이 절 죽이고 싶다면 이 일을 끝낸 다음에 오시지요, 사형."

화산파의 사형제와 싸우고 싶지 않았다. 하물며 그것이 언제나 전우신의 마음 한 편에 남아 있는 짐이자 벗인 위현의 형, 위종우라면 더더욱 그랬다.

위종우가 한 걸음 내디디며 말했다.

"문주님의 용서는 걱정하지 말거라. 이 싸움은 반드시 내가 이기는 싸움이거든. 내가 네 손에 죽는다면 위현의 일도 네놈 짓이라는 목소리가 높아지겠지. 그건 저기 있는 저 녀석들이 도울 것이고."

위종우가 다른 사형제들을 바라보며 말했다.

반드시 자신이 이기는 싸움이 될 거라 장담하는 것은 바로 그 때문이다.

방금 말한 것처럼 자신이 죽는다면 그걸 이용해 예전 동생의 죽음과 연관시켜 전우신을 살인자로 몰 생각인 것이다. 위현의 일이야 증인도 없으니 어찌어찌 넘어갈 수 있었겠지만 이번 일까지 겹치면 상황은 달라진다.

가짜 증인들이 있으니 상황은 아마 전우신이 원하지 않는 방향으로 흘러가게 될 것이 자명한 노릇.

아마 예전 일까지 거론되며 전우신은 큰 처벌을 받게 될 것이다. 평생 무공을 쓸 수 없도록 단전이 폐해진 후 파문을 당할 게다.

위종우가 원하는 건 바로 그것이었다.

무공도, 명예도 모두 잃은 전우신. 그걸 바라는 것이다.

전우신의 표정이 잔뜩 일그러졌다. 위종우가 노리는 것이 무엇인지 알아차린 탓이다.

그런 전우신의 표정을 보며 위종우가 만족스럽다는 듯이 입을 열었다.

"알아차렸나 보네. 왜 내가 널 이렇게 바깥으로 불러냈는지를. 뭐, 원래 계획대로라면 조금 더 술을 먹이고, 눈물 콧물 다 짜는 네놈의 가증스러운 모습까지 보고 싶었는데…… 눈치챘으니 어쩔 수 없지."

"……이렇게까지 해야겠습니까?"

"왜? 죽이고 싶은데 이번엔 못 죽이겠느냐? 사실 오래전부터 의심해 왔다. 네놈이 직접 내 동생을 죽인 게 아닐까 하는 의심 말이야."

"말도 안 되는 소리!"

전우신이 기가 차다는 듯이 버럭 소리쳤다.

　하지만 그런 전우신의 반응에 위종우가 아랑곳하지 않으며 말을 이어 나갔다.

　"말이 안 되긴. 지금부터 내가 그렇게 만들 생각이거든. 아쉽게도 주위에는 내 편만 있고 네 편은 하나도 없구나."

　"……."

　전우신은 입술을 꽉 깨물었다.

　생각지도 못한 상황에 전우신은 내심 당황스러웠다. 위종우의 말대로 그를 죽일 수도, 그렇다고 자신이 죽어 줄 수도 없는 노릇이 아니던가.

　전우신이 자리에서 일어났을 때였다.

　천천히 다가오는 위종우가 입을 열었다.

　"슬슬 정해야지? 네가 죽을지 아니면…… 내가 죽을지."

　둘 사이의 거리가 숨결이 느껴질 정도로 가까워졌다. 시선이 허공에서 얽혀 들고 위종우가 입가에 비릿한 미소를 머금었을 때다.

　"지랄하고 앉았네."

　쾅!

　익숙한 목소리와 함께 방문이 부서져 나갔다.

　갑작스러운 상황에 모두가 시선을 돌려 입구를 바라봤

다. 그곳에는 실눈을 한 채로 방 안을 노려보고 있는 사내, 아운이 있었다.

"아운?"

전우신의 나지막한 목소리가 흘러나오는 것과 동시에 아운의 몸이 공중제비를 돌면서 그대로 날아들었다.

휘리릭!

"컥!"

아운의 발이 그대로 위종우의 명치에 틀어박혔다.

단 일격, 하지만 그 일격은 위종우가 받아내기엔 너무나 빠르고 강력했다. 단 한 방에 위종우가 그대로 나가떨어져 바닥을 나뒹굴었다.

"우웩!"

피를 쏟아 내며 몸을 일으켜 세우는 위종우를 보고 아운이 실실 웃었다. 하지만 웃고 있는 그의 실눈에서는 감출 수 없는 살기가 터져 나왔다.

아운이 위종우를 향해 비웃음을 흘리며 말했다.

"왜? 둘 중 하나는 죽자며. 그래서 내가 죽여 주겠다고 임마."

"가, 감히 사형을!"

갑작스러운 상황에 놀라 우두커니 서 있던 화산파의 무인 하나가 움직이려고 할 때였다.

치잉.

날카로운 금속음과 함께 사내의 목에 이미 검 한 자루가 닿아 있었다. 그것은 다름 아닌 백호의 검이었다.

귀신처럼 모습을 드러낸 백호가 화산파 무인들의 뒤편에 서 있었다.

백호는 당과를 머금은 입을 우물거리며 말했다.

"움직이지들 마. 움직이는 놈부터 확 죽여 버릴 테니까."

"백호님?"

아운의 뒤를 이어 백호까지 모습을 드러내자 전우신이 두 눈을 동그랗게 떴다. 이들의 등장은 생각조차 하지 못했다.

전우신이 놀란 듯이 물었다.

"이, 이게 어쩐 일입니까?"

"뭐가 어쩐 일이야. 저 두건 놈이 뜬금없이 찾아와 네 뒤를 쫓아가야 한다고 하도 난리를 쳐 대서 왔지."

"……아운이 말입니까?"

전우신이 눈을 크게 치켜뜨고는 아운을 바라봤다.

그날 일 이후로 백호와는 말조차 제대로 나누지 못했던 아운이 아니던가. 그런 그가 자신을 위해 백호를 찾아갔다니……

전우신이 놀란 듯이 아운을 바라볼 때였다.

"그러게 내가 가지 말라고 했잖아. 하여튼 말도 더럽게 안 들어요."

아운이 퉁명스레 중얼거렸다.

불만 가득한 아운의 목소리에 전우신은 가볍게 고개를 끄덕여 보였다.

"그러게. 네 말을 들을 걸 그랬나 보다."

"웬일이냐?"

쉽사리 자신의 말에 수긍하는 전우신의 모습에 아운이 뭘 잘못 먹기라도 했냐는 듯이 그를 바라봤다. 의아해하며 바라본 전우신의 표정은 평소와 별반 다르지 않아 보였으나, 그 한편에는 묘한 슬픔이 감돌았다. 그걸 느꼈는지 아운은 더 이야기를 끌지 않았다.

아운이 입을 열었다.

"백호님, 이 자식들 어떻게 할까요?"

"어떻게 하긴 뭘 어떻게 해. 월하린이 죽이지는 말랬으니 좀 두들겨 패 주고 가지 뭐."

백호가 별 관심 없다는 듯이 말했다.

사실 이들 중 가장 강한 위종우조차도 아운의 발차기 한 방에 반쯤 다리가 풀린 상태였다. 이들이 백호 일행을 감당할 힘이 있을 리가 없었다.

아운이 백호의 말에 작게 고개를 끄덕이며 주먹을 들어 올렸을 때였다.

"백호님, 아운. 그만들 하셨으면 합니다."

"그만하라고?"

"네. 뭐가 어찌 됐든 제 사형제고, 사형이 쓰러진 지금 어차피 이들 또한 저희에게 덤비려고 하지 않을 것입니다. 괜한 피해는 없었으면 합니다."

전우신이 말을 마치고 네 명의 화산파 무인들을 바라봤다. 위종우는 가슴을 움켜쥐고 가쁜 숨을 몰아쉬고 있었고, 나머지 셋 또한 백호에게 뒤를 잡히고는 전의를 상실한 상태였다.

전우신의 말에 아운이 살짝 표정을 구기며 물었다.

"정말 그냥 가도 괜찮냐?"

"응. 그러니 부탁하지."

이런 놈들을 그냥 두고 간다는 게 마음에는 들지 않았지만 부탁까지 한다는 전우신의 말에 아운 또한 어쩔 수 없다는 듯 들어 올렸던 주먹을 내렸다.

아운이 백호를 향해 말했다.

"백호님. 매화 녀석이 그만하자고 부탁까지 하는데 이놈들은 그냥 내버려 두죠."

"쳇, 난 아직 몸도 못 풀었는데."

백호가 불만 가득한 목소리로 투덜거렸다.

그나마 위종우에게 발차기라도 한 방 먹인 아운과 달리 백호는 이곳에 와서 딱히 한 것도 없었다. 그래서인지 내심 불만스러운 표정을 지어 보이긴 했으나 백호도 사실 아운과 같은 생각을 하고 있었다.

백호가 시큰둥한 목소리로 말했다.

"가자. 월하린이 기다리고 있어."

"궁주님도 같이 오셨습니까?"

"그럼 내가 그 녀석을 두고 혼자 왔겠냐?"

당연한 것을 질문한다는 듯 백호가 전우신을 가볍게 쏘아붙였다.

말을 마친 백호가 월하린과 합류하려는지 급히 방을 빠져나가 버렸다. 그리고 전우신은 가볍게 네 명의 화산파 무인들을 바라보고는 백호의 뒤를 따르려 했다. 바로 그때 피를 토하고 있던 위종우가 부득부득 이를 갈며 입을 열었다.

"바, 반드시 네놈에게 이 원수를 갚을 것이다, 전우신!"

"이 자식이 아직도 입은 살아서 까불고 있네. 내가 정파라면 이를 부득부득 가는 놈인데 이 기회에 확 죽여 줄까?"

아운이 소리를 질러 대는 위종우를 향해 몸을 휙 돌리며 다가왔다.

　허나 아운이 위종우에게 발길질을 하는 것보다 전우신의 입이 더 빠르게 열렸다.

　"아운, 잠시만."

　"왜? 또 참으라고? 난 이제 도저히 못……."

　아운이 뒤편에 있는 전우신에게 짜증 가득한 소리로 말을 내뱉을 때였다. 어느새 다가온 전우신이 그의 어깨에 손을 얹더니 그대로 앞으로 걸어 나왔다.

　전우신과 위종우의 얼굴이 맞닿을 정도로 가까워졌다. 무릎을 굽혀 눈높이를 맞춘 전우신이 천천히 입을 열었다.

　"사형."

　"큭큭, 왜? 또 용서라도 구할 생각이냐? 그런데 어쩌냐. 난 죽더라도 네놈을 용서할 생각 따위는 없는데."

　"저게 확."

　아운이 기가 찼는지 당장이라도 달려들 것처럼 성질을 냈다. 허나 무엇인가 이야기를 꺼낼 것 같은 전우신의 모습에 아운은 그런 생각을 실현에 옮기지는 않았다.

　묵묵히 아운이 전우신을 바라볼 때였다.

　"착각하지 마시죠. 사형에게 더는 용서를 구하지 않을 겁니다. 오히려 용서는 제가 한 것 같군요."

　"뭐?"

"저한테 감사하다고 생각하시죠. 이런 말도 안 되는 일을 벌였는데도 불구하고 봐주는 걸 말입니다."

"감히 네깟 놈이 날 용서한다 만다 말하려는……."

말을 내뱉는 위종우를 마주 보고 있던 전우신이 자리에서 벌떡 일어났다. 그러고는 그대로 위종우를 내려다보며 말했다.

"난 당신에게 하나도 잘못한 것이 없어. 그러니 이제 사과는 그만두지."

"다, 당신이라고?"

"내가 당신을 용서하는 건 결코 그쪽이 맘에 들어서가 아니야. 내 지기, 내가 지켜주지 못했던 위현의 형이라는 걸 감사해라."

말을 마친 전우신은 길게 숨을 내쉬었다.

그러고는 이내 무뚝뚝한 시선을 한 채로 말을 이었다.

"그럼 사형, 전 이만 가도록 하겠습니다. 앞으로 사적인 만남은 없도록 하겠습니다. 그럼."

짧게 포권을 취한 전우신이 아운의 옆으로 와서 섰다.

"뭐해? 백호님 기다리시겠다. 가자."

아운이 피식 웃으며 고개를 끄덕였다.

방을 나온 전우신이 곧바로 기루의 계단으로 향할 때였다. 아운이 황급히 그의 소매를 잡았다.

"왜 그래?"

"거기가 아니고 여기야."

"응?"

아운의 말에 전우신이 고개를 돌렸을 때다. 자신과 사형제들이 머물고 있던 바로 옆방의 문이 살짝 열려 있었고, 그 안에서 낯익은 목소리들이 들려왔다.

어리둥절한 표정으로 전우신이 서 있을 때였다.

아운이 먼저 문을 열고는 안으로 걸어 들어갔고, 전우신이 황급히 그 뒤를 쫓았다.

방 안에는 텅텅 비어 있는 접시들과 월하린, 그리고 백호가 자리하고 있었다.

전우신과 아운이 들어서자 자리에 앉아 있던 월하린이 손을 들어 올리며 웃었다.

"끝났어요?"

전우신이 당황한 얼굴로 물었다.

"여, 옆방에 계셨던 겁니까? 대체 언제부터 있으셨습니까?"

"저 방을 예약했다는 걸 알고 저희도 바로 여기로 준비했죠."

"왠지 너무 절묘한 순간에 오셨다 했는데……."

기가 막힌 순간에 들이닥친 탓에 근방에 있었던 것 정도는 예상을 했었다. 그런데 이들이 바로 옆방에서 음식상을 차려놓고 먹고 있었을 거라고는 생각도 하지 못했다.

바닥에 누워 있던 백호가 가볍게 배를 두드리며 말했다.

"야, 두건. 네 말대로 여기 고기 맛이 제법인데?"

"그렇죠? 제가 다 알아보고 드린 말씀 아닙니까. 하하."

오랜만에 편안하게 대화를 나누는 두 사람의 모습을 전우신이 신기하게 바라볼 때였다. 월하린이 자리에서 일어나며 말했다.

"볼일 끝났으면 슬슬 갈까요?"

"가는 길에 당과 가게 좀 들려도 돼?"

"벌써 다 먹었어요?"

"겨우 주먹만큼 있던 건데 뭘. 반나절이면 다 먹지."

"아무리 좋아해도 그걸 다 먹으려면 며칠은 걸릴 것 같은데요."

백호와 월하린이 시끄럽게 떠들어 대는 모습을 바라보던 전우신의 얼굴 표정이 자신도 모르는 사이에 편안하게 변해 가고 있었다.

그런 둘 사이에 낀 아운 또한 평소대로 까불거리면서 뭔가를 이야기해 댔다.

신나게 떠들어 대는 그들을 물끄러미 바라보던 전우신이 천천히 입을 열었다.

"괜히 귀찮은 일에 휘말리게 해서 죄송합니다. 그리고…… 도와주셔서 감사합니다."

"그런 인사는 됐어. 그리고 보아하니 우리가 안 왔어도 됐겠는데 뭘. 상황이 이렇게 될 때까지 구경만 하고 낄 생각을 안 할 줄은 몰랐네."

"백호, 그게 무슨 말이에요? 누가 구경을 해요?"

월하린이 백호의 말이 이해가 안 간다는 듯 물었다. 그러자 백호가 가볍게 창 쪽으로 고갯짓을 하며 말했다.

"반대편."

백호의 그 한마디에 모두가 창밖을 바라봤다.

창 반대편에 있는 기루의 열려진 창문 안에 인자한 얼굴을 한 노인 하나가 자리하고 있었다. 바로 전우신의 스승인 전세극이었다.

"스승님?"

전우신이 두 눈을 동그랗게 떴다.

그러자 혼자서 창에 기대어 술잔을 기울이던 전세극이 피식 웃었다. 그의 모습을 본 모두가 당황하고 있을 때 백호가 말했다.

"아마 처음부터 이 자리에 대해 알았겠지. 혹시나 네 사형제인가 하는 놈들이 너에게 해코지를 할까 해서 아까부터 숨어서 보고 있던데."

백호의 말소리는 그리 크지 않았지만 뛰어난 무인인 전세극의 귀를 피할 수는 없었다. 기루 사이의 거리가 제법 되긴 했으나 백호의 말을 전해 들은 전세극이 웃으며 말했다.

　"자네에게 문주가 관심을 가지는 이유를 알겠군. 내가 숨어 있는 걸 알아차릴 줄은 몰랐네."

　"그렇게 빤히 쳐다보고 있는데 모르면 바보죠."

　백호가 시큰둥하게 말했다. 그러고는 이내 더 말을 섞기 귀찮다는 듯 전우신을 향해 손짓했다.

　"매화, 너한테 할 말이 있는 모양인데 가서 빨리 대화나 마치고 와. 우리는 아래에서 기다릴 테니까."

　"……알겠습니다."

　갑작스러운 스승의 등장에 어리둥절해하던 전우신이 이내 정신을 차린 듯 고개를 끄덕였다. 그러고는 곧바로 창가로 다가가 가볍게 발을 박찼다.

　휘익.

　전우신의 몸이 그대로 반대편에 있는 기루의 창가로 날아들었다. 전우신이 도약할 때부터 이미 뒤편으로 물러섰던 전세극인지라 그는 아무런 문제없이 기루 안에 착지할 수 있었다.

　탁.

가볍게 자리에 선 전우신이 방 안을 둘러봤다.

방금 전까지 있던 기화루에 비해 좁고 화려함도 덜했지만, 꽤나 운치가 있어 보이는 방이었다. 그곳에는 조그마한 술상이 하나 차려 있었는데, 술을 제외하고는 딱히 손을 댄 것 같지도 않았다.

전우신이 먼저 인사를 건넸다.

"스승님을 뵙습니다."

"허허, 모른 척하고 그냥 가려고 했는데…… 저 백호라는 자의 눈썰미가 보통이 아니구나."

"어째서 이곳에 계셨습니까? 설마 백호님의 말대로 처음부터 알고 오신 겁니까?"

"뭐, 그렇지."

간단한 대답과 함께 전세극은 손에 들린 술을 입에 털어넣었다.

사실 이곳에 숨어서 상황을 지켜보고 있던 걸 전우신이 모르게 하고 싶었다. 헌데 이렇게 되어 버린 지금 굳이 거짓말을 할 이유도 없었다.

전우신이 물었다.

"이유를 여쭈어 봐도 되겠습니까?"

"이유가 별거 있겠느냐. 저 녀석들이 멍청한 판단을 할까 걱정되어 따라왔을 뿐이니라. 그리고 아니길 바랐거늘 결국 사고를 쳤구나."

말을 마친 전세극은 전우신을 바라봤다.

그의 얼굴에는 많은 감정들이 가득 담겨져 있었다. 그리고 그 안에는 전우신을 걱정하는 흡사 가족과도 같은 따뜻함이 느껴졌다.

"우신아."

"네, 스승님."

"미안하구나."

"무엇이 말입니까?"

"저 녀석들을 데리고 온 것 말이다. 시간이 이 정도 지났으니 어느 정도는 너에 대한 원망을 풀었을지도 모른다 생각하고 일부러 데리고 온 것이거늘…… 오히려 너에게 다시 상처를 준 게 아닌가 싶구나."

"역시 그래서 데리고 오신 거였군요."

전세극의 말에 전우신은 상황을 알아 버렸다.

저들과 전우신의 사이가 좋지 않음을 전세극이 모를 리가 없었다. 알면서도 굳이 저들을 데리고 온 의중을 알지 못했는데 이제는 어렴풋이나마 알게 되어 버렸다.

전세극은 전우신의 마음 한편에 있는 죄책감을 지워 주고 싶었던 것이다. 자신 때문에 지기였던 위현이 죽었다고 괴로워하던 전우신이다.

웃음도 잃고 살아가는 전우신을 보며 전세극은 항상 안타까웠다.

화산파를 떠나 겉도는 그의 마음을 잡아 주고 싶었다. 그리고 어떻게든 전우신을 다시금 화산파로 돌아오게 만들고자 하는 마음으로 이곳에 왔다.

그랬기에 저들과 함께 이곳으로 왔거늘…… 마음을 풀어주기는커녕 오히려 가슴 한편에 더 큰 짐을 짊어지게 만들어 버렸다는 생각이 든다.

전세극이 속내를 밝혔다.

"사실 내가 이곳에 온 이유는 너를 데리러 가기 위함이다. 네 녀석이 이렇게 떠돌아다니는 걸 나는 원치 않는단다."

처음 이곳 백하궁에 올 때만 해도 전우신을 어떻게든 데리고 가고, 데리고 온 이들 중 일부를 이곳 백하궁에 놔두고 갈 생각이었다.

그런데 이곳에 와서 본 전우신의 모습이 예전과는 뭔가 사뭇 다르다는 걸 느꼈다.

말로 표현하기는 힘들지만 변해 버린 묘한 분위기.

그랬기에 전세극이 물었다.

"우신아, 하나만 물어보마."

"예, 물어보시지요."

"지금 이곳에서 삶이 즐거우냐? 나는 너와 함께 화산파로 돌아가고 싶구나."

전세극의 질문에 전우신은 잠시 입을 닫았다.

화산파를 떠나 아무런 연고도 없는 이곳 백하궁으로 왔다. 이곳에서의 직책 또한 참으로 말하기 민망하지만, 백호의 부하다.

더군다나 그 백호라는 자는 자신을 정말 부하처럼 다루고 있다. 그리고 믿을 수 없게도 화산파 최고의 기재인 자신이 하루 종일 사파의 문제아와 붙어 지내고 있다.

매일 눈코 뜰 새 없이 바쁘고, 심지어 요즘에는 자신도 아운처럼 백호에게 맞는 게 아닐까 싶어 툭하면 눈치까지 보기도 한다.

무엇 하나 비교해 봐도 나을 것이 없는데……

왁자지껄한 목소리에 전우신은 슬며시 창 아래를 내려다봤다. 길거리에 선 채로 백하궁의 세 사람이 뭔가를 이야기하고 있다.

무슨 이야기를 했는지 모르겠지만 백호가 갑자기 두 눈에 쌍심지를 돋우고는 아운의 목을 졸라 대고 있었다.

그 모습을 본 전우신은 자신도 모르게 가볍게 웃음을 흘리며 중얼거렸다.

"저 멍청한 놈. 또 맞을 짓을 했나 보군."

"너……."

살며시 미소 지은 전우신의 모습을 본 전세극이 놀라 두 눈을 동그랗게 떴다.

아주 작은 미소에 불과했지만 이렇게 웃는 얼굴을 본 건 그날 이후로 처음이다. 놀란 전세극의 목소리에 전우신이 고개를 돌렸다.

전우신의 얼굴에서는 미소가 사라져 있었지만, 전세극의 놀람은 여전했다.

전우신이 입을 열었다.

"죄송합니다, 스승님. 전…… 아직 이곳에 있고 싶습니다."

"그래? 그런 것이었구나. 아무래도 내가 큰 실수를 할 뻔했군."

"실수라뇨?"

"하하! 그런 게 있느니라."

전세극은 크게 웃어 보였다.

자신의 옆으로 데리고 온다면 전우신이 조금 더 행복하지 않을까 생각했다. 허나 그것은 자신만의 착각이었을지도 모르겠다.

아주 짧게나마 본 전우신의 미소.

'이곳에 있는 이들이 널 웃게 만들 줄은 몰랐구나.'

전세극은 그거면 충분했다.

고개를 끄덕이며 전세극이 말했다.

"네가 원하는 만큼 있도록 해라. 그래도 종종 안부를 전하는 건 꼭 잊지 말고. 못된 녀석, 늙은 내가 이렇게 꼭 와야겠느냐."

"죄송합니다, 스승님."

"이제 내 용무는 끝났으니…… 나는 슬슬 돌아가야겠구나."

"벌써 가시는 겁니까? 며칠만 더 쉬시다가……."

부자지간에 가까운 스승과 제자가 애틋한 감정을 잔뜩 드러내고 있을 때였다.

바깥에서 시끄러운 아운의 목소리가 터져 나왔다.

"악악! 백호님!"

아운의 비명 소리에 놀란 전세극이 아래를 바라봤고, 그곳에서는 백호에게 등짝을 두들겨 맞고 있는 아운이 있었다.

"무슨 일인데 저리 맞는 것이냐?"

"맞을 짓을 했겠죠."

"설마…… 너도 저렇게 맞고 다니는 건 아니겠지?"

"……아직까진요."

전우신이 어색한 표정을 지어 보이며 말했다.

제5장. 두가장
— 꼴 보기 싫은 놈들이 있네

무림맹(武林盟).

호북성 무한에 위치한 무림맹은 정도 무림의 힘이 집결된 곳이라 해도 과언이 아니다. 구파일방과 오대세가를 주축으로 하여 그 외의 정도 세력들이 소속되어 있는 곳이 다름 아닌 무림맹이다.

무림맹은 정파를 대표하는 단체답게 그 크기가 무척이나 컸고, 빼어난 위용을 자랑했다.

무림맹 내부에 위치한 삼 층 누각에 빼어난 미모의 여인하나가 자리하고 있었다. 갓 서른 정도로 보임에도 불구하고 여인의 얼굴은 무척이나 아름다웠다.

여인이 가진 고혹적인 분위기는 사내들의 마음을 쉽게 훔칠 수 있을 정도로 매력적이었다. 허나 어려 보이는 외모와 달리 사실 그녀는 마흔이 훌쩍 넘은 여고수였다.

대외적으로 무림맹 최고의 무력 집단으로 알려진 비각(緋閣)의 주인.

무림맹 서열 4위 비각주(緋閣主) 은설란.

은설란은 바로 반맹주파가 모여 만들어진 그림자회의 일인이었다.

그녀의 얇고 고운 손가락 끝에 서찰 한 장이 걸려 있었다. 서찰의 내용을 살펴본 그녀가 가볍게 소리를 토해 냈다.

"흐음."

입술 바로 옆에 있는 조그마한 점이 묘한 매력을 뿜어낸다.

서찰의 내용을 모두 확인한 은설란이 그대로 종이를 가볍게 몇 번 흔들었다. 바로 그 순간 종이가 불꽃에 휩싸였다.

진기를 이용해 불꽃을 피워 낸다는 삼매진화를 아무렇지 않게 해내는 은설란의 모습은, 그녀가 얼마나 빼어난 고수인지를 짐작케 했다.

먼지로 변한 서찰을 허공으로 날려 보낸 그녀가 천천히

찻잔에 손을 가져다 댔다. 찻잔을 어루만지던 은설란이 아무도 없는 허공에 대고 입을 열었다.

"어떻게 생각해요?"

바로 그 순간 그녀의 뒤편에서 묵직한 중저음의 목소리가 흘러나왔다.

"뭐가 말인가."

"보셨잖아요. 서찰의 내용. 그걸 보려고 뒤편으로 움직이던 것 같았는데 아닌가요?"

"……."

"왜요?"

"아니, 제법이라는 생각이 들어서."

"호호. 칭찬이죠?"

"당연하지. 내 움직임을 읽은 건 칭찬받아 마땅하니까."

말과 함께 묵직한 목소리의 주인공이 누각의 기둥 뒤에서 천천히 모습을 드러냈다. 그런데 모습을 드러낸 자의 행색이 무엇인가 묘했다.

진 회색빛 머리카락에 적당한 수준의 근육이 가장 먼저 눈에 들어왔다. 거칠게 다듬어진 머리카락은 그의 남성미를 보여 주는 듯했다.

팔뚝에 드러나 있는 검은 색의 문신, 그리고 무엇보다 눈에 띄는 것은 바로 목에 걸려 있는 새카만 보석인 흑련석이었다.

흑련석을 지니고 있다는 것. 그건 바로 이자의 정체가 백호와 마찬가지로 요괴라는 걸 뜻했다.

사내의 정체는 바로 현무였다.

무뚝뚝한 표정을 한 그가 천천히 은설란의 건너편으로 다가왔다.

현무가 은설란의 반대편에 있는 의자에 앉으며 물었다.

"뭘 묻고 싶은 거지?"

"서찰에 적혀 있는 그대로요. 하북팽가가 백하궁을 더는 두고 보지 못하겠다고 어서 결단을 내려 달라잖아요."

"그래서?"

"과연 두 세력이 붙으면 누가 이길 것 같아요?"

"그걸 왜 나에게 묻지."

"당신의 생각이 궁금해서요."

말을 내뱉은 은설란이 생글생글 웃었다.

현무는 그런 그녀를 가만히 바라봤다. 현무의 무뚝뚝한 눈빛이 부담스러울 만도 하련만, 은설란은 시선조차 돌리지 않았다. 웃는 얼굴로 마주하는 은설란을 바라보던 현무가 나지막이 고개를 끄덕였다.

인간 여자일 뿐이거늘, 요괴인 자신의 기에도 크게 주눅 들지 않는 대단한 배포를 지닌 인물이다.

그런 그녀를 잠시 바라보던 현무가 입을 열었다.

"이쪽이 진다."

"하북팽가가 진다고요? 의외네요. 그렇게 생각하시는 이유를 물어도 될까요? 얼마 전까지만 해도 하북팽가가 압도적으로 이길 거라 판단했잖아요."

"그랬지. 그런데 이제는 조금 달라졌다."

"이유가 뭔지 물어도 돼요?"

"……백호. 그놈이 나타났거든."

"백호라면 천지멸사를 꺾었다는 그자요?"

백호의 이름을 은설란이 모를 리가 없었다.

무림맹에서도 이미 백호라는 이름은 가장 시끄러운 화젯거리였으니까.

분명 천지멸사를 꺾은 초절정 고수의 등장은 백하궁에게 커다란 힘이 될 것이다. 허나 백하궁과 하북팽가는 질적으로 다르다.

백하궁은 만들어진 지 얼마 되지 않은 신생 문파다.

핵심 인물들의 무공은 뛰어나지만 그들을 제외한 자들의 힘은 너무나 미미하다. 그에 비해 하북팽가는 질적으로 뛰어난 무인들을 많이 지니고 있다.

더군다나 백호에게 일방적으로 당할 무인들만 있는 것도 아니다.

비록 백호에게는 미치지 못할지도 모르겠으나, 그리 쉽사리 지지 않을 무인들 또한 존재한다.

은설란이 의아하다는 듯이 물었다.

"그자 하나로 승패가 그렇게 갈릴까요? 다른 이들의 무공 수준이 너무나 차이가 나는데요. 그곳에서 쓸 만한 무인이라고 해 봤자 손으로 꼽을 정도밖에 안 되잖아요."

"나 또한 그리 생각한다. 다만 상대가 백호라면…… 그 어떠한 계산도 하지 않는 게 좋아. 예측 불가능한 존재거든."

"그자를 알아요?"

"아주 잘 알지."

현무가 크게 고개를 끄덕였다.

무뚝뚝하지만 언제나 자신감 넘치는 현무의 조심스러운 태도가 낯설었는지 은설란이 웃으며 물었다.

"그래도 당신보다 강한 건 아니겠죠?"

"……."

"장난으로 물어본 건데…… 대답을 못 하는 건 긍정의 의미인가요?"

"지금은 내가 이긴다."

"그 말은 예전엔 졌지만 지금은 당신이 이긴다는 뜻인가요?"

"맞아. 지금의 백호라면 내가 이길 수 있다. 하지만……
놈과는 싸우고 싶지 않다."

현무의 말에 은설란이 재미있다는 듯한 표정을 지어 보
였다. 그녀가 아는 현무는 무적이라는 단어가 어울리는 사
내였다. 어느 날 갑자기 모습을 드러낸 그의 무공 수위는
아직까지도 그 끝을 가늠하기 어려울 지경이다.

그런 그가 피할 정도의 상대라니 관심이 일 수밖에 없었
다.

은설란이 웃으며 말했다.

"궁금하네요. 그 백호라는 사람."

"너무 궁금해하지 않는 게 좋을 거다. 나보다 위험한 놈
이거든."

"그렇게 말하니 더 궁금한 걸 어떻게 하죠?"

"너무 과한 궁금증은 죽음을 부르기도 하지."

"경고라면 새겨듣죠."

말은 그리하지만 그녀는 전혀 개의치 않는다는 투였다.

은설란이 천천히 자리에서 일어날 때였다.

"어떻게 할 생각인가? 하북팽가를 막을 거냐?"

"아뇨. 자기들 마음대로 하게 그냥 내버려 두려고요."

"그냥 둔다고? 내 말을 못 믿는 건가?"

"그럴 리가요. 어떤 분의 말씀인데 못 믿겠어요."

"그렇다면 두 세력이 붙는다면 피해를 보는 게 하북팽가라는 걸 알면서도 그냥 두겠다는 거야?"

"네."

은설란이 가볍게 웃었다.

아름다운 그녀의 얼굴에 걸린 신비한 미소가 주변의 분위기마저 묘하게 만들어 버렸다. 알 수 없는 미소를 머금고 있는 은설란을 향해 현무가 물었다.

"어째서?"

"간단해요. 요즘 들어 하북팽가가 조금 건방져서요. 이번 기회에 조금은 자기들의 주제를 알아야 하지 않을까요. 그리고 그런 하북팽가의 모습을 보고…… 주제를 알아야 할 사람들이 몇몇 더 있고요."

"일벌백계(一罰百戒)인가."

현무는 은설란의 의중을 알아차렸다.

하북팽가를 통해 은설란은 다른 이들에게 경각심을 가지게 하려는 것이다. 그 누구도 그녀의 심기를 거스르지 말라는 무언의 압박인 셈이다.

"그럼 전 이만 가 볼게요. 아 참, 당신도 오늘 본 일에 대해서는 함구해 주세요."

"그러지."

말을 마친 은설란이 향기만을 남긴 채로 누각에서 멀어

져 갔다.

홀로 남은 현무는 조용히 탁자를 손가락으로 두드렸다.

"하북팽가라……."

오대세가의 하나인 그들의 힘은 보통이 아니다.

허나 그 상대가 백호라는 걸 아는 이상 현무는 백하궁 쪽에 손을 들어 줄 수밖에 없었다. 더군다나 백하궁의 뒤에는 화산파도 있다.

가만히 탁자를 바라보던 현무가 갑작스럽게 주먹을 움켜쥐었다. 바로 그 순간 탁자가 소리도 없이 가루가 되어 사방으로 흩날렸다.

'역시…… 네놈 때문이었겠지.'

백호의 등장을 알게 된 건 꽤 예전의 일이었지만, 그가 어디에 있는지를 정확하게 안 건 그리 오래되지 않았다.

얼마 전 주작이 갑작스럽게 섬서성에 모습을 드러낸 것을 보며 혹시나 했다. 그리고 예상대로 백호는 섬서성에 위치한 백하궁에서 지내고 있었다.

주작.

그녀는 백호가 있다는 말만 듣고 곧바로 섬서성으로 달려갔을 게다.

그래서 싫었다.

주작이 백호를 바라보는 것도, 그가 있는 곳이면 어디든 망설이지 않고 달려가는 것도 보고 싶지 않았다.

주작은 백호를 사랑한다.

그리고 그런 주작을…… 현무는 사랑하고 있었다.

현무가 자리에서 일어났다. 그가 누각에 선 채로 아래를 내려다보며 중얼거렸다.

"난 네가 정말 싫다, 백호."

*   *   *

무더웠던 여름 날씨가 서서히 가시기 시작한 요즘 백하궁의 식솔들은 하나같이 바쁜 일정을 보내고 있었다. 하루가 다르게 뻗어 나가기 시작한 장사 때문이다.

사람을 더 뽑아야 할 정도로 말과 붓은 막대한 인원이 필요한 장사였다.

처음에 비해 백하궁도 그 규모를 엄청나게 키웠지만 그럼에도 일손이 모자랄 정도다.

한창 바쁘게 돌아가던 백하궁의 내부.

총관 진가문이 헐레벌떡 월하린을 찾아가고 있었다.

그리고 때마침 월하린은 다른 이들과 함께 자신의 집무실에 자리하고 있었다.

"궁주님!"

진가문이 집무실에 도착했을 때다.

너무나 낯익은 풍경이 눈에 들어왔다. 월하린은 자리에 앉아 무엇인가를 확인하고 있고, 전우신과 아운은 또 뭐가 문제인지 말싸움을 벌이고 있었다.

그리고 백호는 자리를 잡고 누운 채로 당과를 먹고 있었다.

그런 이들의 시선이 동시에 급히 모습을 드러낸 진가문에게로 향했다.

백호가 손을 들어 올리며 그를 맞았다.

"여, 인간."

진가문은 백호의 이런 말투가 이제 익숙한지 아무렇지 않게 그에게 짧게 인사를 건넸다. 그러고는 이내 자리에 앉아 있는 월하린에게로 다가갔다.

월하린이 하던 일을 멈추고 물었다.

"무슨 일인데 이렇게 급하게 오셨어요?"

"이것 좀 보셔야 할 것 같습니다."

진가문이 손에 들고 있던 서찰 하나를 그녀에게 내밀었다. 서찰은 전해 받은 월하린은 잠시 그 안의 내용을 살피더니 이내 서서히 표정을 굳혔다.

그런 월하린의 표정을 본 백호가 자리에서 일어났다. 백호가 월하린의 옆으로 다가왔다.

"왜 그래?"

"뭔가 우리가 모르는 곳에서 일이 벌어지고 있는 모양이에요."

"일?"

백호가 되묻자 월하린이 고개를 끄덕였다.

뭔가 사달이 벌어졌다 생각했는지 멀리에 있던 전우신과 아운 또한 나란히 다가왔다. 이들이 모두 모이자 월하린이 서찰의 내용을 간략하게 설명했다.

"두가장(杜家莊)의 장주가 저희 물건을 받지 않게 외부로 압력을 넣고 있다네요."

"두가장의 장주라면 조륭이라는 작자 아닙니까."

전우신이 자신의 기억 속에 있는 이의 이름을 끄집어냈다.

두가장 장주 조륭은 섬서성 제일의 부자다. 그는 막강한 자금력을 이용해 황궁과 무림에도 적지 않은 연줄을 지니고 있다.

그런 그가 백하궁의 장사를 막으려 하고 있는 것이다.

백호가 물었다.

"그놈이 누군데?"

"섬서성 제일 부자예요. 많은 상인들을 움직일 수 있는 힘이 있는 자이니 그가 이렇게 나선다면 저희의 장사에 차질이 생길 수도 있어요."

"그런 놈이 갑자기 왜 우릴 방해하는 건데?"

"이유는…… 하북팽가 때문이겠죠."

하북팽가라는 말에 백호의 표정이 차갑게 변했다.

무덤덤하게 물어보던 방금 전과는 완연하게 달라진 모습이다. 그 이유는 바로 얼마 전에 있었던 월하린의 중독 사건 때문이다.

비록 증거는 없지만 그 배후에 하북팽가가 있을지 모른다는 말에 백호는 길길이 날뛰었다.

그나마 월하린이 말렸기에 망정이지, 만약 그렇지 않았다면 백호는 단신으로 하북팽가에 쳐들어갔을지도 모른다.

백호가 싸늘한 표정으로 서 있을 때였다.

"얼마 전에 하오문을 통해서 하북팽가의 무인들이 두가장으로 움직였다는 이야기를 들었는데 아마도 그거랑 연관이 있어 보여요."

말을 마친 월하린은 잠시 상념에 잠겼다.

마냥 당하고만 있을 하북팽가가 아니었다. 무엇인가 대책을 마련할 것이라 생각은 하고 있었지만 이들은 자신의 예상보다 더욱 빠르게 움직였다.

그들은 미리 오랫동안 쌓아 둔 인맥을 이용해 백하궁의 사업을 막으려 하는 것이다.

전우신이 조심스레 월하린에게 물었다.

"어떻게 하실 생각입니까?"

"저희도 움직여야죠. 가만히 있다가는 두가장에서 더 많은 곳에 손을 쓸 수 있어요. 그 전에 먼저 그곳의 장주를 만나 봐야겠어요."

"하북팽가 또한 우리가 움직일 걸 예상하고 있을 겁니다. 잘하면 두가장에 그들이 있을 수도 있습니다."

월하린과 전우신이 대화를 나눌 때였다.

여전히 싸늘한 표정을 짓고 있던 백호가 둘의 말에 끼어들었다.

"거기 가면 그 하북팽가 놈들인지 뭔지도 있다는 거야?"

"있을 수도 있죠."

"그래?"

백호가 두 눈을 빛냈다.

그런 그의 모습에서 알 수 없는 걱정이 일었는지 월하린이 어색하게 웃으며 물었다.

"백호, 지금 뭔가 위험한 생각을 하는 것 같은데……."

"그냥 고민 중이야."

"뭘요?"

"뭐긴 뭐겠어."

월하린의 질문에 백호가 히죽 웃으며 말을 이었다.

"그놈들을 어떻게 괴롭혀 줄지 고민하는 거지."

＊ ＊ ＊

백호 일행이 찾아가기로 마음먹은 두가장이라는 곳은 백하궁이 있는 합양에서 그리 멀지 않은 곳에 위치한 동천(銅川)이라는 곳에 자리했다.

물론 가까운 편이라고는 하나 왕복하는 데 오 일은 족히 걸릴 정도의 거리.

한시가 급한 일이었기에 사건의 경위를 알기 무섭게 그들은 백하궁을 떠났고, 마침내 목적지인 이곳 두가장에 도착할 수 있었다.

섬서 제일 갑부라는 위명에 어울리게 조룡의 거처인 두가장은 무척이나 호화스러워 보였다. 끝을 확인하기 어려울 정도로 길게 드리워진 담장에, 그 누가 봐도 알 수 있을 정도로 최고의 자제로만 만들어진 외관들.

두가장을 앞에 두고 아운이 가볍게 휘파람을 불어댔다.

"정말 돈이 많긴 많은가 보네. 쓸데없이 건물 주변에 뭐 이리도 조각상을 많이 세워 놨데?"

"원래 조룡은 예술품에 관심이 많다고 들었다."

"예술품에 관심이 많은 게 아니라, 그걸로 벌어들일 수 있는 돈에 관심이 많은 거겠지."

"뭐, 틀린 말은 아니라고 본다."

아운과 전우신이 두가장을 보며 가볍게 이야기를 주고받
았다.

해가 천천히 서산으로 모습을 감추고 있었고, 이들의 선
두에 서 있던 월하린이 짧게 말했다.

"그럼 가 볼까요?"

말을 마친 그녀는 그대로 두가장의 입구로 다가갔다. 휘
황찬란하게 꾸며져 있는 현판과, 값비싸 보이는 옷을 입고
있는 문사의 모습이 눈에 들어왔다.

많은 이들이 거부인 조룡을 만나고 싶어 했고, 하루에도
셀 수도 없이 많은 이들이 이곳 두가장을 찾았다. 그리고
그런 자들을 걸러 내는 것이 바로 이 문사의 임무였다.

문사에게 다가간 월하린이 그자보다 먼저 입을 열었다.

"장주님을 뵈러 왔어요."

다른 이들을 상대하고 있던 문사는 옆에서 들려온 목소
리에 힐끔 고개를 돌렸다. 월하린의 얼굴을 본 문사의 표
정에 일순 당혹감이 서렸다.

이곳에서 오래 일을 해 왔지만 이렇게 아름다운 여인은
생전 처음이다.

잠시 당황했던 문사는 이내 정신을 추슬렀다. 그가 황급

히 말했다.

"선약이 있으십니까?"

"아뇨."

"죄송합니다. 그렇다면 뵙기 어려울 것 같습니다."

돈이 많으면 날파리가 꼬이는 법이라 했다. 조룡만 해도 그랬다. 수많은 이들이 어떻게든 그에게서 돈 한 푼이라도 더 얻어 가려고 쉴 틈 없이 이곳 두가장의 문턱을 넘나들었다.

그런 이들을 조룡이 만날 리가 없었다.

그는 스스로 만나야 할 이들을 정해 미리 선약을 정했고, 그 외의 자들은 굳이 얼굴을 대면하지 않았다. 그랬기에 이곳에 몇 년을 드나들고도 조룡의 얼굴조차 보지 못한 이들이 부지기수다.

하물며 오늘 처음 얼굴을 들이민 이들을 조룡이 만날 일은 없다 생각한 것이다.

그런 문사를 향해 백호가 다가갔다.

보통 사람과는 확연하게 다른 분위기를 풍기는 백호와 마주 서자 문사는 자신도 모르게 위축되는 느낌이 들었다.

큰 키에 새하얀 머리카락, 그리고 백호만의 묘한 분위기에 그는 움츠러들 수밖에 없었다.

백호가 문사를 슬쩍 내려다보며 말했다.

"나 멀리에서 왔거든?"

"그, 그래서 뭡니까?"

"멀리에서 왔는데 얼마나 힘들겠어. 무려 이틀이나 걸려서 왔는데 네가 입구를 막고 들어가도 된다 안 된다 하면 내 기분이 어떨 것 같냐? 이걸 그냥 확."

백호가 이를 드러내며 당장이라도 뒤집어엎을 것처럼 성질을 토해 냈다.

지금 백호는 무척이나 급했다.

이 안에 하북팽가의 놈들이 있을지도 모른다는 생각에 그는 당장이라도 두가장으로 뛰어 들어가고 싶은 심정이었다.

중독 사건 이후로 백호는 하북팽가에 대한 적개심을 숨기지 않고 드러냈다.

백호의 행동에 문사가 놀라면서도 다급히 안쪽을 향해 신호를 보내려고 할 때였다. 옆에 서 있던 전우신이 손을 뻗어 그의 손목을 잡아챘다.

문사가 입을 열기도 전에 전우신이 빠르게 말했다.

"백하궁에서 왔다고 안에 전해 주시죠. 약속을 하고 온 건 아니지만 이 말을 전하지 않는다면 그쪽은 아마 상관한테 된통 혼쭐이 날 겁니다. 당신 장주에게 우리는 무척 중요한 손님이거든요."

전우신의 말은 고함을 지르려던 문사의 입을 멈추게 만들었다. 그가 일행의 모습을 다시금 면밀히 살폈다. 분명 누가 봐도 범상치 않아 보이는 이들이다.

만약 저 사내가 한 말이 사실이라면 이들을 쫓아냈다가 괜한 불똥이 튈지도 모른다.

자신이 판단할 일이 아니라 생각했는지 문사는 팔목을 잡고 있는 전우신의 손을 슬며시 떼어 내며 입을 열었다.

"안에다가 한번 전해는 보겠습니다. 그러나 만약 이야기를 드렸는데도 안 된다면 그대로 물러나 주셔야겠습니다."

"물론 그러죠."

전우신이 고개를 끄덕이자 문사는 조심스럽게 입구를 수문위사들에게 지키게 하고 안쪽으로 걸어 들어갔다. 문사가 모습을 감추자 월하린이 조그맣게 말했다.

"전 소협의 말이 제대로 먹혔나 봐요."

"우선 급한 대로 말은 그렇게 했는데 장주라는 자가 저희를 피하려 한다면 어찌해야 할지……."

"멍청아, 다리는 괜히 있냐? 안 만나 주겠다면 담이라도 넘으면 될 것 아냐."

"지금 몰래 들어가자는 소리냐?"

"뭐 문제 있어?"

아운의 말에 전우신이 작게 고개를 저었다.

하지만 그와 다르게 백호는 격한 목소리로 아운의 말을 받았다.

"담을 넘긴 왜 넘어. 그냥 때려 부수고 들어가면 되지."

전우신은 당황한 얼굴로 백호를 바라봤다.

아운보다 더하면 더했지 결코 덜하지 않은 백호의 막무가내를 전우신은 잘 알고 있었다. 결코 이 말이 농담이 아님을 알기에 월하린이 어색하게 웃으며 전우신을 향해 중얼거렸다.

"이거 안으로 들어간 분이 좋은 소식 가지고 오지 않으면 큰일 나겠는데요."

그렇게 이들이 짧게나마 대화를 나눌 때였다.

안으로 모습을 감췄던 문사가 헐레벌떡 모습을 드러냈다. 다소 빠른 걸음으로 다가온 그의 모습을 전우신이 다소 긴장한 얼굴로 바라봤다.

최악의 경우 문을 부숴서라도 들어가려는 백호를 말려야 할 상황이 벌어질지도 모르는 탓이다.

눈치를 보는 두 명과 눈을 부라리는 다른 두 명의 시선이 문사의 입으로 향했다.

입구에 도착한 문사가 숨을 몰아쉬더니 이내 천천히 입을 열었다.

"안으로 모시랍니다."

"휴."

자신도 모르게 안도의 한숨을 내쉬었던 전우신은 모두의 시선이 자신에게 쏠리자 겸연쩍은 듯 슬쩍 고개를 돌렸다.

문사는 급히 문가에 있는 무인 하나에게 손짓했고, 그에게 백호 일행을 어딘가로 안내하라는 지시를 내렸다. 무인 하나가 다가와 입을 열었다.

"절 따라오시죠."

말을 마친 무인이 두가장의 안쪽에 들어섰고, 길을 막고 있던 문사 또한 옆으로 비켜섰다. 그렇게 백호 일행은 다행히도 아무런 소란 없이 두가장에 들어설 수 있었다.

두가장의 내부는 겉보기만큼이나 화려했다.

바닥에 깔려 있는 돌들은 무척이나 고급스러워 보였고, 건물이나 기타의 여러 가지 조형물들 또한 신경 쓴 기색이 역력했다.

그들이 두가장 내부를 둘러볼 때였다.

안에 있는 많은 이들의 시선이 자연스레 백호에게로 몰렸다. 새하얀 머리카락을 한 백호는 어디에 가나 관심의 대상일 수밖에 없었다.

그렇게 무인의 안내를 받으며 그들이 도착한 곳은 유련 각이라는 곳이었다.

조그마한 담장에 둘러싸여 있는 이곳은 두가장을 찾아온

손님들을 맞는 곳 중 하나로, 조그마한 장원으로 이루어져 있었다.

커다란 연못을 가운데에 두고 둥그렇게 둘러싸듯 지어져 있는 건물들은 뛰어난 외관을 자랑했다.

이곳 유련각은 귀빈들에게만 안내하는 장소이니만큼 그 화려함이나, 내실이 여타의 다른 곳과 비교해도 무척이나 뛰어난 곳이기도 했다.

백호 일행이 유련각에 들어서자 그곳에는 미리 와서 기다리고 있는 한 사내가 있었다. 사내의 모습을 확인하자 이곳까지 이들을 안내해 주었던 무인이 먼저 예를 갖추었다.

단정한 차림의 사내는 서른 중반 정도로 되어 보였고, 손에는 새하얀 섭선(摺扇: 접는 부채)을 쥔 채로 일행을 맞이했다.

"백하궁에서 오신 분들이시지요?"

"예, 그렇습니다만 누구십니까?"

전우신이 물었다.

겉모습이나 무인이 대하는 태도로 보아하니 보통 신분은 아닌 듯싶다. 다만 이곳 두가장의 장주인 조륭으로 보기에는 무척이나 젊어 보였다.

그리고 예상대로 이 사내는 조륭이 아니었다.

"두가장의 내당 업무를 맡고 있는 내당 총관 심여원이라 합니다. 장주님의 명을 받고 여러분들의 편의를 도우러 왔습니다."

두가장은 커다란 규모를 지닌 곳답게 그 인원 또한 적지 않다. 많은 돈이 움직이는 장소이니만큼 그만큼 관리자 또한 필요한 법이다.

그랬기에 두가장은 크게 외당과 내당으로 나누어 관리했다. 그리고 지금 이곳에 온 심여원이 내당의 총책임자인 내당 총관의 임무를 맡고 있는 사내였다.

내당의 임무는 찾아온 손님을 맞이하는 한편 두가장 내부의 일을 담당하는 것이었다.

젊은 나이에 그 같은 자리에 올랐다는 건 그만큼 이 사내가 능력이 출중하다는 소리기도 했다.

웃으며 이들을 맞는 심여원은 무척이나 편안한 인상을 지녔다. 허나 그 웃는 얼굴 뒷면에는 냉철하게 상황을 파악하는 철두철미함이 자리했다.

심여원의 눈이 빠르게 일행의 면면을 살폈다.

'저 여인이 백하궁주 월하린이고, 그 옆에 있는 자들이 화산파의 전우신과 흑천련의 아운. 그리고 무엇보다 제일 뒤편에 서 있는 저자가…… 백호.'

일행의 모습을 하나씩 살피던 심여원의 시선이 잠시 백

호에게 고정됐다.

이곳에 있는 자들 모두가 하나같이 비범한 인물들이다. 천하제일인이라 불리던 월천후의 여식 월하린, 화산파 최고의 후기지수 전우신과 흑천련주의 두 번째 제자 아운.

허나 그들보다 더욱 관심을 가질 수밖에 없는 것이 바로 백호다.

최근 무림의 정세를 두가장의 내당 총관인 그가 모를 리가 없다. 사람을 대하는 것이 주업무인 만큼 무림이나 황궁, 상계 등 모든 분야에 대한 지식을 가지고 있는 것이 바로 심여원이다.

아직 표면적으로 드러나지는 않고 있지만 하북팽가와 백하궁의 이권 다툼이 점점 달아오르기 시작했다. 그리고 그들의 싸움의 뒷면에는 여타의 다른 문파들이 얽혀 있다는 것도 안다.

실질적으로 하북팽가와 백하궁은 싸움이 되지 않는다. 그럼에도 불구하고 하북팽가가 쉽사리 움직일 수 없는 이유가 있다.

백하궁을 돕는 세력, 그리고 바로 백호.

이 두 가지 때문에 하북팽가는 움직이지 못하고 있었다. 그리고 지금 당장 하북팽가에게 가장 거슬리는 눈엣가시는 백하궁 뒤에 있는 세력보다, 바로 백호라는 한 사내다.

십구천존의 일인을 꺾을 정도의 강자.

단신으로 웬만한 문파 정도는 막아 낼 정도의 고수의 경지에 올라 있는 자라는 소리다.

심여원은 백호를 바라보다 자신도 모르게 감탄성을 토해 낼 뻔했다. 자연스러운 분위기 속에서 감출 수 없는 야성미가 풀풀 풍긴다.

그렇게 심여원이 백호에게 정신을 빼앗겨 있을 때였다. 월하린이 멍하니 서 있는 심여원을 향해 말을 걸었다.

"저기요?"

"아, 이런. 죄송합니다."

상대를 눈앞에 두고 이토록 넋을 잃어 본 적이 없던 심여원이 황급히 사과했다. 그는 오히려 솔직하게 말했다.

"내당 총관직을 맡다 보니 사람을 대하게 되면 저도 모르게 주의 깊게 보게 되는 버릇이 있습니다. 사실 눈으로 보면서도 믿기 힘든 조합이라 잠시 실례를 범했습니다."

개개인의 실력도 그렇지만 섞이기 힘든 이들이 한 자리에 있다는 것 또한 무척이나 재미있는 부분이다. 중도적인 월하린과 정파의 전우신, 사파의 아운과 정체를 알 수 없는 백호.

이 네 명이 만들어 버린 자그마한 바람이 이제는 무림에서도 적지 않은 반향을 일으키고 있다는 사실을 심여원은 잘 알고 있다.

심여원의 사과에 월하린이 웃으며 대답했다.

"괜찮아요. 그보다 이렇게 내당 총관께서 직접 오신 걸 보니 뭔가 하실 말씀이 있으신 거 아닌가요?"

월하린이 단번에 핵심을 짚었다.

그 사실이 사뭇 놀라웠지만 어차피 그녀의 말대로 전할 말이 있어 이곳에 온 심여원이다. 그가 자연스럽게 이야기를 꺼냈다.

"장주님께서 여러분들을 만나고 싶어 하지 않으십니다."

"그게 무슨 소리죠? 이곳에 들어오게는 해 주고 만날 생각은 없다는 건가요?"

"정확히 말씀드리자면 아직은 만나실 생각이 없다는 게 맞는 말이겠지요."

"아직은 이라면……?"

"장주님께서는 삼자대면을 원하고 계십니다."

"허참."

월하린과 심여원의 대화를 듣고만 있던 아운이 기가 차다는 듯이 목소리를 토해 냈다.

심여원이 말하는 것이 누구를 뜻하는지 모르지 않는 탓이다.

이곳 두가장의 주인인 조륭은 이곳에서 자신과 백하궁, 그리고 하북팽가 이렇게 세 세력이 함께 자리를 가지기를 원하는 것이었다.

심여원이 말을 이었다.

"오해하실까 봐 미리 말씀드리겠습니다. 하북팽가를 우선해서 내린 결정이 아닙니다. 저희 장주님께서는 오히려 똑같은 상황에서 공정하게 대화를 나누고 싶어 하셔서 이같은 결정을 내리신 것입니다. 하북팽가 또한 며칠 안에 이곳에 도착할 예정이니 그때까지만 조금 기다려 주셨으면 하는 것이 저희 장주님의 바람입니다."

심여원의 말이 끝났고 월하린은 곰곰이 생각에 잠겼다. 하북팽가를 만나게 될지도 모른다는 건 이미 예상했던 바다.

허나 이렇게 미리 만나지 않겠다고 할 줄은 상상도 하지 못했다. 그것도 공정하게 이야기를 듣고 싶다는 이유를 들이밀면서.

일방적으로 하북팽가의 편에 설 거라 생각했던 두가장의 장주 조륭이 아니었던가.

지금 심여원이 한 말이 사실이라면 나쁜 조건만은 아니라 판단되었기에 월하린이 고개를 끄덕였다.

"며칠이라면 문제없어요."

"감사합니다, 궁주님. 그럼 궁주님의 뜻을 저희 장주님께 전하도록 하겠습니다. 며칠 동안 편히 쉬실 수 있게 제가 직접 신경 쓰겠습니다. 이미 이곳 유련각에 준비를 끝내 두었으니 쉬시지요."

말을 마친 심여원은 포권을 취해 보이고는 이곳까지 안내해 준 무인을 데리고 유련각을 빠져나갔다. 그 둘이 사라지는 걸 확인한 월하린이 자그마한 목소리로 말했다.

"아무래도 조릉이라는 자, 우리가 생각했던 것과는 다른 인물인 모양이에요."

"우리를 위해 오히려 삼자대면을 할 자리를 만들었을 거라고는 생각 못 했습니다."

"조릉에 대해 조금 알아봐야 할 것 같아요."

"하오문에 연락을 취하겠습니다."

전우신의 말에 월하린이 고개를 끄덕였다.

아무래도 일이 생각보다 조금 복잡해질 것 같다.

그렇게 둘이 진지하게 대화를 나눌 때였다. 백호와 아운은 입구를 장식하고 있는 어른 상체만 한 불상을 앞에 두고 이야기를 나누고 있었다.

"이거 엄청 비싸 보이는데요?"

"이런 돌조각이 얼마나 한다고."

"어어? 그게 무슨 모르시는 말씀입니까. 이런 거 하나가 돈이 얼마나 되는데요."

시큰둥하니 대답하는 백호를 향해 아운이 뭘 모른다는 듯이 말했고, 그제야 백호가 힐끔 그 불상을 바라봤다.

백호가 불상을 만지작거리며 물었다.

"겨우 이런 돌덩이가 돈이 된다고?"

"당연하죠. 딱 봐도 어마어마해 보이는데요."

"두건, 나한테 지금 거짓말하냐?"

"그럴 리가 있겠습니까."

"그럼 이게 얼마나 하는데?"

가격이 어느 정도나 되냐는 백호의 질문에 아운은 일순 할 말을 찾지 못했다. 전문가도 아니고 정확하게 얼마쯤 되는지 말로 설명해 주기가 어려웠던 탓이다.

그런 아운의 시선에 막 당과 주머니를 꺼내어 드는 백호의 모습이 들어왔다.

아운이 좋은 생각이 났는지 손가락으로 주머니를 가리키며 말했다.

"그 당과 주머니를 백 개 이상은 너끈히 살 정도일걸요?"

"뭐?"

백호가 당과를 꺼내어 들다가 눈이 휘둥그레져서 불상을 바라봤다. 겨우 이런 돌덩이 하나의 가격이 그토록 많은 당과를 살 정도가 된다니.

아운의 말을 들은 백호가 갑자기 불상을 껴안고 번쩍 들어 올렸다.

생각지도 못한 백호의 행동에 마주 보고 있던 아운도, 나머지 월하린과 전우신 두 사람조차도 당황했을 때였다.

놀란 월하린이 황급히 물었다.

"백호, 그건 갑자기 왜…….."

월하린의 질문에 백호는 커다란 불상을 품에 억지로 안은 채로 대꾸했다.

"팔아서 당과 사 먹게."

너무나 순진하게 말하는 백호의 모습이 귀여웠는지 월하린은 웃음을 터트렸다.

*   *   *

화려하기로 소문난 두가장에서도, 가장 값비싼 물건들로 꾸며져 있는 장소. 이곳은 다름 아닌 두가장 장주의 외동딸 조비연의 거처다.

커다란 방에는 각양각색의 장식품들이 가득했고, 침상은 화려한 비단으로 꾸며져 있었다. 은은한 꽃향기가 풍기는 조비연의 거처에 소란이 일었다.

"아아! 궁금해, 궁금해 미치겠어!"

날카로운 여인의 목소리가 방안을 가득 채웠다.

침상에 드러누운 채로 바락바락 소리를 지르는 여인은 바로 조비연이었다. 화려한 옷차림을 하고 있는 그녀는 무척이나 아름다웠다.

사람들은 말했다.

두가장에는 두 가지의 보물이 있다고.

그 첫째가 바로 조룡의 재력이고, 두 번째는 그의 딸인 조비연이라 칭했다. 그런 호칭을 얻을 정도로 조비연의 외모는 뛰어났다. 섬서성에서 알아주는 미녀인 그녀의 얼굴에는 어린 나이에 어울리지 않는 요염함이 감돌았다.

커다란 눈동자에 길게 푼 머리, 새빨간 연지를 바른 입술이 가장 먼저 눈에 들어온다.

그런 조비연의 앞에는 그녀의 시비인 상아가 자리했다. 화려한 조비연과는 달리 무척이나 수수해 보이는 그녀는 뭔가 마음에 안 드는지 난폭하게 구는 자신의 상관의 눈치를 살피느라 바빴다.

조비연보다 두어 살 정도 어렸지만 상아는 그녀보다 훨씬 어른스러웠다.

"아, 아씨. 이렇게 밤에 소리 지르면 어르신께 혼나요."

"혼나긴 누가 혼난다는 거야? 우리 아버지가 나 혼내는 거 본 적 있어?"

조비연이 자신만만한 목소리로 받아쳤다.

그런 그녀의 말에 상아는 아무런 말도 하지 못했다.

조비연이 말한 대로 그녀는 태어나서 단 한 번도 혼나지 않았다. 두가장의 장주인 조룡은 하나밖에 없는 핏줄인 조비연을 금이야 옥이야 길렀고, 그 탓에 그녀는 세상 무서울 것 없이 행동했다.

허나 그런 조비연에게 뭐라 나무랄 수 있는 이는 아무도 없었다. 그 정도로 조룡의 재력은 엄청났다.

침상에 누워 있던 조비연이 급히 몸을 벌떡 일으켜 세웠다. 그런 조비연의 행동에 상아가 움찔하며 그녀를 바라봤다.

"상아야, 넌 봤지?"

"뭘요?"

"그 소문의 사내 말이야."

"소문의 사내라면…… 그 백발 사내요?"

"응응."

조비연이 고개를 크게 끄덕였다.

이곳에 모습을 드러낸 백발 사내의 이야기가 지금 이곳 두가장을 들썩거리게 만들었다. 워낙 많은 이들이 떠들어 대는 통에 조비연은 뒤늦게나마 그 소식을 들었고, 그 궁금증은 점점 커져만 가고 있었다.

뭐든 다 하고 자란 성격 탓에 원하는 걸 가지지 못한다면 짜증을 내는 그녀다.

그건 비단 물건에 국한된 것만이 아니다. 궁금한 걸 알지 못하자 조비연은 아까부터 계속해서 짜증을 내고 있었던 것이다.

조비연의 질문에 상아가 답했다.

"보긴 봤죠."

"어떻게 생겼어? 정말 소문대로 그렇게 근사해?"

조비연의 질문에 상아가 아까 전 일을 기억해 내려는 듯이 몽롱한 표정을 지으며 말했다.

"엄청요. 근사한 것도 근사한데 뭔가 신비한 분위기가 풍기더라고요. 쉽사리 다가갈 수 없는 듯한…… 뭐 그런 느낌이라고 해야 할까요?"

"하아. 너도 봤는데 대체 왜 나만 못 본 거야?"

조비연이 불만스레 중얼거렸다.

나중에라도 소문을 듣고 백호를 보러 가려 했던 조비연이다. 허나 그런 그녀의 계획은 물거품이 되어 버렸다.

내당 총관인 심여원의 신신당부 때문이다.

백호를 어디로 안내했냐고 묻기 위해 심여원에게 찾아갔던 조비연은, 그에게 절대 그들이 있는 유련각에는 가지 말아 달라는 말을 전해 들었다.

무서울 것 없는 조비연이지만 내당 총관과 외당 총관의 말은 쉽사리 무시할 수 없는 입장이다. 그랬기에 조비연은 궁금한 마음을 억지로 억누르며 자신의 방에서 화를 삭이고 있었다.

하지만 조비연의 작은 인내심이 점점 바닥을 드러냈다.

침상에 가만히 앉아 있는 조비연을 상아는 불안한 눈으로 바라봤다.

차라리 미친 것처럼 날뛰는 것이 낫지, 돌연 조용히 있자 오히려 불안감이 스멀스멀 피어올랐다. 또 뭔가 사고라도 치는 게 아닌가 걱정스럽게 바라볼 때였다.

"좋아. 결정했어."

"아가씨……."

상아가 절대 안 된다는 듯 손사래를 쳤다.

이야기를 꺼내지 않았음에도 조비연이 무슨 말을 할지 알 것 같았다. 그리고 그녀의 예상은 그대로 적중했다.

"이 정도면 충분히 참았잖아? 그냥 가서 몰래 보고 오면 되지."

"하지만 내당 총관님께서 절대 사고 치지 마시라고 하셨는데……."

"내가 애야? 사고 치고 다니게?"

조비연의 말에 상아는 고개를 끄덕이고 싶었다.

나이만 먹었지 하는 행동은 어린아이와 크게 다를 것 없지 않으냐고 말하고 싶었지만, 그러기엔 용기가 모자란 모양이다.

조비연이 자리에서 일어났다.

상아는 그런 그녀를 보며 자그맣게 한숨을 내쉬었다. 이렇게까지 된 이상 더는 저 말괄량이 아가씨를 말릴 수 없다는 걸 누구보다 잘 아는 상아다.

조비연이 옆에 놓여 있는 자신의 검을 챙기고는 말했다.

"가자!"

"……네, 아가씨."

상아는 죽상을 한 채로 어쩔 수 없다는 듯 앞장서서 걸음을 옮겨야만 했다.

조비연의 거처와 백호가 있는 유련각은 반 각 정도 떨어진 곳에 위치했다. 허나 시간이 늦은 탓에 조비연과 상아는 최대한 사람들의 눈을 피해 움직일 수 있었다.

조비연이 다소 빠른 걸음으로 움직였다.

허리에 검을 차고 있지만 실상 그녀의 무공 실력은 변변치 않았다.

무공에 재능도 없었고, 열정도 없다.

무공을 배운 것 자체가 반쯤 겉멋으로 시작한 일이다.

무인인 것처럼 검을 들고 다니긴 했지만 검을 뽑아 본 횟수조차 손에 꼽을 정도로 적다.

그래도 딴에는 조금이나마 무공을 배웠다고, 조비연은 약간의 경공을 섞어 가며 움직였다. 그 탓에 그런 그녀를 쫓는 상아만 죽어 나갈 수밖에 없었다.

조비연의 몸이 마침내 목적지인 유련각에 도착했다. 그리고 그런 그녀의 뒤를 따라 상아가 숨을 헐떡이며 모습을 드러냈다.

"헉헉."

"쯧쯧, 체력하고는. 그래 가지고 내 시비 노릇이나 제대로 할 수 있겠어?"

보잘것없는 경공 실력이긴 했지만 상아에게는 그것을 쫓는 것조차 버거웠다. 그리고 그런 사실이 못내 자랑스럽다는 듯 조비연은 하찮은 무공 실력을 뽐냈다.

그런 그녀가 미워 보일 법도 하련만 상아는 이런 상황이 익숙했는지 별다른 말없이 흐르는 땀만 닦아냈다.

잘난 척을 하던 조비연은 이내 주변에 누군가가 있는지를 살폈다. 다행히도 유련각 주변에는 사람 그림자조차 보이지 않았다.

숨을 고른 상아가 조비연에게 물었다.

"아가씨, 이제 어떻게 하실 생각이세요?"

"어떻게 하긴 넘어야지."

"넘어요? 설마 이 담을요?"

상아의 얼굴이 새하얗게 변했다. 성인 장정의 키보다 훨씬 높은 이런 담장을 넘어야 한다니 생각만으로도 끔찍했다.

그렇지만 자신이 싫다고 한들 멈출 리 없는 조비연이다.

조비연은 담장을 뛰어넘으려는지 뒤로 몇 걸음 물러나더니 자세를 잡았다. 다행히도 이 정도라면 그녀의 무공 실력으로도 충분히 뛰어넘을 수 있었다.

조비연이 힘차게 땅을 박차고 달려 나갔다.

타다닥.

그녀가 곧바로 담장 벽을 차고 뛰어넘으려는 순간이었다.

휘익!

벽을 박차고 뛰어오르던 조비연은 안에서 뛰쳐나오는 그림자를 발견하고는 놀라 그대로 뒤로 넘어졌다.

쿵.

"아야!"

엉덩방아를 찧어 버린 조비연의 입에서 비명 소리가 터져 나왔다. 아픈 엉덩이를 잠시 손으로 어루만지던 조비연이 성이 난 표정으로 고개를 돌렸다.

"누구야!"

버럭 소리를 지른 조비연의 눈동자가 크게 흔들렸다. 그녀의 목소리가 떨려 왔다.

"부, 불상?"

놀랍게도 눈앞에 있는 건 커다란 돌로 된 불상이었다. 그 불상이 움직이자 조비연이 놀라 소리쳤다.

"가, 가까이 오지 마!"

조비연이 버럭 소리쳤을 때였다.

불상 옆으로 갑자기 낯선 사내의 얼굴이 빼꼼 모습을 드러냈다. 새하얀 머리카락의 주인, 바로 백호였다.

백호는 바닥에 앉은 채로 겁에 질려 있는 조비연을 내려다보며 입을 열었다.

"뭐 하냐?"

조비연의 놀랐던 표정이 순식간에 멍해졌다. 늦은 밤 돌로 된 불상이 걷는 사실에 놀라 기겁했는데, 사실 그건 백호가 들고 움직이고 있었던 것이다.

잠시 백호의 모습을 정신을 놓고 바라만 보고 있던 조비연은 곧 자신의 몰골이 우스울 거라는 사실을 깨닫고 황급히 자리에서 일어났다.

붉어진 얼굴로 조비연이 백호를 바라봤다.

불상을 든 채로 자신을 멀뚱거리며 바라보는 백호와 눈

이 마주치자 조비연은 심장이 쿵 하고 떨어지는 듯한 느낌을 받았다.

새하얀 머리카락을 보는 순간부터 이자가 소문의 주인공이라는 걸 알아차렸다.

조비연이 아무런 말도 하지 못하고 있을 때였다.

불상을 소중하게 안고 있는 백호가 조비연과 상아를 번갈아 바라보고는 퉁명스레 말했다.

"너흰 뭔데 여기서 알짱거려?"

"그, 그러는 그쪽은 이 밤중에 이게 무슨 짓이죠?"

"무슨 짓이냐니?"

"왜 이런 오밤중에 사람 놀라게 불상을 들고 다니냐고 물어본 거잖아요."

"아, 이거?"

백호가 품에 안고 있는 상체만 한 불상을 슬쩍 바라봤다. 그러고는 아무렇지 않게 말을 이었다.

"가지고 나가서 팔라고."

"파, 판다고요?"

조비연은 기가 찼다.

저 불상이 무엇인지 그녀가 모를 리가 없다.

살다 살다 두가장 내부에 있는 조형물을 뽑아서 팔려는 자는 생전 처음이다. 그것도 자신의 입으로 당당히 밝히면서 말이다.

백호가 조비연을 향해 말했다.

"왜? 뭐 문제 있냐?"

"당연하죠! 그건 두가장의 물건인데……."

"이런 돌덩이 따위에 주인이 어디 있어. 줍는 사람이 임자지."

말을 마친 백호는 더 이야기를 할 필요가 없다 생각했는지 성큼 몸을 돌렸다. 하지만 이내 뭔가가 걸렸는지 고개를 돌려 조비연을 바라봤다.

떠나려는 백호에게 한마디 말이라도 걸려던 조비연은 그가 스스로 시선을 주자 내심 자신만만한 표정을 지어 보였다.

'그럼 그렇지. 나 같은 미인을 보고 이렇게 그냥 간다는 건 예의가 아니지. 내 미모에 혹하지 않을 남자가 어디 있겠어?'

얼굴에 미소를 머금은 조비연을 향해 백호가 입을 열었다.

"미처 생각하지 못했는데 말이야."

"뭐죠?"

팔짱을 낀 채로 조비연이 백호를 올려다봤다.

나름 새침한 표정을 짓고 있다 생각하는 그녀를 향해 백호가 고개를 훅 들이밀었다. 얼굴이 가까워지자 조비연은 일순 숨을 멈출 정도로 놀라 버렸다.

놀란 눈으로 백호와 시선을 마주한 순간 심장은 빠르게 뛰기 시작했다.

눈을 마주친 상태로 백호의 입이 천천히 열렸다.

"혹시라도 내가 이 돌덩이 들고 나간 거, 떠들고 다니면 뼈부터 오독오독 씹어 먹어 버린다?"

"……."

생각지도 못한 말에 조비연이 채 반응도 하기 전이었다. 백호는 그대로 불상을 꽉 껴안은 채 몸을 돌리고 걸어가기 시작했다.

그런 백호의 뒷모습을 잠시 바라보던 조비연이 퍼뜩 정신을 차리고 소리쳤다.

"다, 당신 내가 누군지 알고 이래? 나 조비연이야! 조비연!"

조비연이 버럭 소리쳤지만 백호는 듣는 둥 마는 둥 하며 그대로 어둠 속으로 모습을 감췄다.

＊　　　＊　　　＊

이른 시간 유련각의 내실.

전우신을 제외한 나머지 세 명이 한곳에 자리하고 있었다. 백호는 아직도 침상에 누운 채로 꿈쩍을 하지 않았고, 월하린은 잠시 바깥으로 나간 전우신을 기다리고 있었다.

유련각을 떠난 지 이각가량이 지나자 두가장을 빠져나갔던 전우신이 돌아왔다.

월하린이 자리에서 일어나며 그를 맞았다.

"다녀왔어요?"

"예, 원하시던 것도 바로 받아 왔습니다."

전우신이 슬그머니 품 안에 감춰 두었던 서찰 하나를 꺼내어 월하린에게 건넸다.

그 서찰의 정체는 다름 아닌 두가장의 장주인 조륭에 관한 정보였다. 하오문에게 부탁한 지 얼마 되지도 않아 그들은 빠르게 조륭에 대한 정보를 넘겨준 것이다.

월하린은 서찰의 내용을 확인했다.

전우신의 등장에 잠에 빠져 있던 백호가 정신을 차리고는 여전히 졸린 목소리로 입을 열었다.

"하암, 뭐 특별한 거 있냐?"

"간단하게 말하자면…… 우리가 생각했던 것과는 다른 인물인 것 같아요."

하북팽가 측과 함께 대면하고 싶다고 할 때부터 눈치챈 부분이었지만 조륭이라는 사내는 그저 인연만으로 움직이는 자가 아니었다.

서찰에는 조륭이라는 사내에 대한 객관적인 분석이 가득했다.

그는 뛰어난 상인이기도 했고, 또한 정세를 읽는 눈이 탁월한 자라고 한다. 정에 흔들리기보다는 실리에 따라 결단을 내렸기에 지금의 막대한 부를 축적할 수 있었다.

얼추 조륭에 대한 이야기를 짧게 마친 월하린이 이내 서찰의 말미에 적혀 있는 그의 개인적인 이야기를 펼쳐 냈다.

"딱히 어떤 부분에 대해서 예민하거나 그런 건 없는데 딱 하나 조심해야 할 게 있다더군요."

"뭐라는데?"

"딸이 하나 있대요. 그런데 그 딸을 조륭은 무척이나 아낀다고 하네요. 귀하게 키워서 그런지 다소 버릇이 없고 말괄량이 기질이 있어서 사고를 많이 일으킨다고, 가능하면 그 여인과는 얽히지 않는 게 이번 일을 유리하게 해결하는 데 좋을 것 같다고 적혀 있어요. 이름이······."

월하린은 서찰을 뒤적거리다 이내 조륭의 여식의 이름을 찾아냈다.

"조비연이라고 하네요. 어쨌든 마찰 일으키지 않게 조심하는 게 좋겠어요."

"마찰 같은 게 일어날 리가 없죠. 어차피 종일 여기 처박혀 있다가 하북팽가 놈들이 오면 같이 이곳 장주나 만나고 가면 그만이니까요."

아운이 월하린에게 걱정 말라는 듯이 말했다.

그렇게 이 이야기가 끝나려고 할 찰나였다. 침상에 누워 있던 백호가 천천히 자리에서 일어났다. 그가 자신의 머리를 긁적이며 중얼거렸다.

"엥? 왜 그 이름을 어디선가 들어 본 것 같지."

"그럴 리가 있겠어요? 여기 와서 입구를 지키던 이들 말고는 내당 총관 한 명밖에 달리 만난 사람도 없잖아요."

"허기야."

잠시 고민하는 기색을 보이던 백호는 곧바로 다시금 침상에 휙 하니 들어 누워 버렸다. 그렇게 백호가 막 침상에 몸을 실을 때였다.

"어……?"

백호의 그 나지막한 목소리에서 뭔가를 눈치챘는지 월하린이 떨떠름한 표정으로 중얼거렸다.

"백호, 설마……."

백호가 다시금 침상에서 몸을 일으켜 세우고는 어제 일을 상기하며 입을 열었다.

"조 뭐라고 하는 여자 인간을 어제 만났던 것 같은데."

"만났다고요?"

"응, 새벽에 이 근방을 기웃거리더라고. 잠깐 스치듯이 봤던 인간인데 이름이 비슷한 것 같은데?"

"설마 무슨 문제 될 일이 있었던 건 아니죠?"

월하린의 질문에 잠시 침묵하던 백호가 살짝 어색한 표정을 지으며 대꾸했다.

"아마도?"

"……있었군요."

애써 둘러대려 했지만 월하린은 단번에 알아차렸다.

제6장. 두가장의 여식
— 못 참겠어

　무척이나 화창한 날이다. 더위가 가시는 바람이 슬슬 밀려들고, 가을의 향기가 점점 짙어져 가는 날.

　평소였다면 신이 나서 쏘다녔을 조비연이 오늘은 침상에 걸터앉은 채로 멍하니 벽을 응시하고 있었다. 그리고 그런 조비연의 옆에는 언제나처럼 시녀인 상아가 자리하고 있었다.

　한참을 멍하니 앉아 있던 조비연이 갑자기 손으로 자신의 머리를 엉망으로 헝클어트렸다. 그녀가 베개에 얼굴을 파묻고는 주먹으로 침상을 마구 두드렸다.

　"으으, 분해 죽겠어!"

이 모든 일의 원흉은 다름 아닌 이틀 전에 잠깐 만났던 백호 때문이다. 조비연은 당시 자신을 오독오독 씹어 먹어 버린다는 백호의 협박에 당황하여 미처 제대로 된 반응을 보이지 못했다.

이틀이나 지났음에도 불구하고 조비연은 못내 그게 분했다.

공주 대접을 받고 자란 조비연에게 그건 색다른 충격이었다. 자신을 씹어 죽이겠다는 말에도 화가 났지만, 그보다 더욱 분한 건 그날 이후 계속해서 백호라는 사내가 생각난다는 거다.

그를 만나고 이틀.

조비연은 계속해서 잠자리를 뒤척였다. 자려고 눈만 감으면 그날 밤 자신에게 고개를 들이밀었던 백호의 얼굴이 떠올라 도저히 잠에 들 수가 없었다.

그런 자신의 모습에 화가 났는지 조비연은 애꿎은 베개만 주먹으로 퍽퍽 때려 댔다.

인정하고 싶지 않았다.

하지만 자신의 마음을 어찌 조비연이 모르겠는가.

처음 만난 그 백호라는 사내는 조비연의 이상형이었다.

잘생긴 외모, 한눈에 봐도 알 수 있는 뛰어난 무공 실력. 거기다가 말로 표현하기 힘든 그 신비스러운 분위기까지.

겉모습만으로도 이미 조비연의 마음을 빼앗기 충분했지만 그녀를 더 달아오르게 만드는 것은 바로 지금의 상황이었다.

'날 찾아올 줄 알았는데…….'

아주 어릴 때부터 조비연의 주변에는 남자들이 끊이지 않았다. 아버지인 조륭의 재산도 한몫했지만 그들의 눈에는 아름다운 꽃인 조비연을 향한 욕망이 가득했다.

그랬기에 조비연은 자신 있었다.

자신의 미모라면 어떤 남자라도 애간장을 녹일 수 있을 거라고.

그런데 놀랍게도 이 백호라는 자는 그날 이후 정말 코빼기도 내비치지 않았다. 그런 사실에 오히려 달아오르면서도 한편으로는 오기도 치솟았다.

정말로 이해가 안 간다는 듯 상아를 향해 시선을 돌린 조비연이 물었다.

"이게 말이나 되니?"

"뭐가요?"

상아는 괜한 불똥이 자신에게 튈까 봐 슬쩍 곁눈질로 조비연을 살폈다. 그녀가 진지한 얼굴로 말을 이었다.

"목석도 아니고 어떻게 나 같은 여자한테 그렇게 대할 수 있어? 말이 안 되잖아? 내가 그렇게 매력 없어?"

자신만만한 말투에 기가 막힐 법도 하련만 상아는 묵묵히 고개를 끄덕였다. 다른 건 몰라도 자신의 주인인 조비연이 아름다운 건 분명 사실이니까.

성격에 조금 문제가 있을 뿐이지 외모적인 부분에서는 딱히 단점을 꼽기 어려울 정도로 조비연은 아름다운 여인이다.

상아가 조심스레 말했다.

"그분 옆에 있는 백하궁의 궁주라는 분이 그렇게 아름답다던데 혹시 두 분이 그렇고 그런 사이 아닐까요? 그래서 아가씨한테도 무덤덤한 게 아닐지……."

"뭐? 여자? 궁주가 여자야?"

"모르셨어요? 백하궁 궁주하면 요새 유명하잖아요."

백호 옆에 여자가 붙어 있다는 말을 듣자 조비연의 목소리가 높아졌다.

"난 몰랐지. 그런데 그렇게 예쁘대?"

"천산일화라 불릴 정도라고 하니 아무래도 그렇겠죠?"

"참네, 그런 사람도 찾아보기 힘든 눈 덮인 천산에서 예뻐 봤자 얼마나 예쁘다고. 안 봐도 뻔해. 아마 나보다 한참은 모자랄걸?"

기분 나쁘다는 듯이 말을 내뱉은 조비연이 침상에서 일어섰다. 그녀는 불편한 표정을 한 채로 방 안을 서성거렸다. 그러고는 이내 더는 못 참겠는지 상아를 향해 말했다.

"아무래도 안 되겠어. 유련각에 다시 가 보자."

"아, 아씨, 내당 총관님께서 절대 가지 말라고 했잖아요. 그때야 어찌어찌 눈을 피해 갔다지만 지금 움직이면 곧바로 내당 총관님 귀에 들어갈걸요."

"그래서 못 가겠다고?"

"아씨, 저 정말 크게 혼나요."

상아가 울 듯한 표정으로 조비연에게 말했다.

그런 그녀의 모습에 조비연은 잠시 가만히 서서 뭔가를 생각하는 듯했다. 그러고는 이내 무슨 방법을 떠올렸는지 손바닥을 마주쳤다.

"좋아, 그럼 내당 총관님하고 함께 가지 뭐."

"네에?"

자기가 잘못 들은 게 아니냐는 듯이 상아가 되물었다. 그러자 조비연이 다시금 그녀가 똑똑히 들을 수 있게끔 목소리에 힘을 주어 말했다.

"내당 총관님이랑 같이 가면 되잖아? 그럼 문제없지?"

"그야 그렇지만 내당 총관님이 과연 허락을……."

"그건 내가 알아서 할게. 넌 그냥 어서 내당 총관님이나 모시고 와."

"아씨는 뭐 하시게요?"

"나?"

조비연이 탁자 위에 놓여 있는 분을 들어 올렸다. 그녀
는 분을 얼굴에 찍는 시늉을 하며 말했다.

"가볍게 분칠 좀 해야 하지 않겠어?"

*　　　*　　　*

유련각으로 통하는 길에 세 사람이 걷고 있었다.

그들의 정체는 바로 내당 총관 심여원과 조비연, 그리고
상아였다.

들뜬 얼굴로 걷는 조비연과는 달리 심여원의 얼굴에는
뭔가 이해하기 어렵다는 기색이 역력했다. 그도 그럴 것이
장주의 딸인 조비연이 생전 한 적도 없는 일을 하겠다고 발
벗고 나선 탓이다.

갑작스럽게 자신을 호출한 조비연에게 간 심여원은 자신
의 귀를 의심할 만한 소리를 들었다.

그건 다름 아닌 조비연이 내당 일을 돕겠다 한 것이었
다.

장주인 조룡은 자신의 뒤를 이어 두가장을 이끌어야 한
다며 조비연에게 이것저것을 가르쳐 주려 했다. 외당 일은
여인의 몸으로 하기 힘들기 마련. 그래서 내당과 관련된

것들을 그녀에게 몇 번 맡겨 보았으나 조비연은 매번 손도 대지 않았다.

그 탓에 조륭도 어느 정도 포기한 상황까지 왔거늘 오늘은 뜬금없이 내당 일을 구경해 보고 싶다며 심여원을 졸라 댔다.

갑작스럽긴 했지만 조륭이 너무나 원하는 일임을 알기에 심여원은 그녀를 대동한 채로 내당의 일을 하기 위해 움직였다.

대체 이 말괄량이가 왜 이러나 심여원이 고민하고 있을 때였다.

유련각 쪽으로 움직이기가 무섭게 조비연은 감췄던 속내를 드러냈다.

"유련각으로 갈 거죠?"

"예, 잠시 그곳에 있는 분들에게 필요한 게 있는지 알아보고 돌아올 생각입니다."

"중요한 손님들이라면서요."

"물론 그렇죠."

"그럼 차라도 한잔 하는 게 어때요?"

"차…… 말입니까?"

내당 일을 구경하겠다고 해 놓고 여태까지 가는 곳마다 심드렁했던 그녀다. 그랬던 조비연이 갑자기 이렇게 적극

적으로 나오자 심여원은 단번에 그녀가 왜 이런 제안을 했는지 알아차렸다.

처음부터 조비연은 이곳 유련각에 오고 싶었던 것이 분명했다.

유련각에 있는 백하궁 일행은 조룡조차도 귀빈으로 모시라고 한 손님들이다. 그런 그들에게 혹여나 조비연이 뭔가 사고를 치지 않을까 해서 그동안 가지 못하게 했거늘 결국 이렇게라도 보러 가려는 모양이다.

잠시 망설였던 심여원은 이내 가볍게 한숨을 내쉬었다.

"그러고 싶으시다면야 그러시죠."

그나마 자신이 있으니 큰 문제는 일어나지 않을 것이라 생각한 심여원이 어쩔 수 없다는 듯이 허락의 뜻을 내비쳤다. 그러자 조비연은 신이 난다는 듯이 입을 가리고 웃음을 터트렸다.

그녀가 앞으로 나아가며 말했다.

"빨리 가요."

"알겠습니다."

재촉하며 나아가는 조비연의 뒤를 따라 걸으며 심여원은 못 말리겠다는 듯이 고개를 저었다. 그렇게 세 사람은 곧바로 유련각에 도착했고, 기다렸다는 듯 조비연은 안으로 뛰다시피 들어섰다.

마침 유련각의 넓은 연못 근처에 월하린을 제외한 나머지 일행들이 모여 있었다.

조비연의 시선이 세 명의 사내 중 가장 눈에 띄는 백호에게 틀어박혔다.

두근두근.

백호를 보는 순간 조비연의 심장이 빠르게 뛰었다.

화가 났던 감정 따위는 모두 사라지고 머리는 새하얗게 변했다.

연못 옆에 장식용으로 놓인 돌 위에 걸터앉아 있는 모습이 왜 이렇게 매력적으로 보이는지 모르겠다. 멍하니 백호에게 시선을 빼앗겼던 조비연은 자신의 옆을 지나쳐 가는 심여원 덕분에 정신을 차릴 수 있었다.

그녀는 황급히 붉어지려는 얼굴을 애써 가라앉히며 심여원과 함께 그들을 향해 다가갔다.

마당에 나와 있는 백호와 전우신, 아운 세 사람 모두 이들의 등장을 알아차렸지만 개중에 이들을 맞아주는 건 전우신이 유일했다.

전우신이 먼저 다가오는 심여원을 향해 포권을 취했다. 심여원 또한 그런 그에게 마찬가지로 화답하고는 입을 열었다.

"잘 쉬고 계십니까?"

"예, 그런데 오늘은 동행하신 분이 많으시군요."

"아 참, 이쪽은……."

심여원이 조비연을 소개해 주려고 할 때였다.

길게 심호흡을 한 조비연이 성큼 연못 옆 돌에 자리하고 있는 백호에게로 다가갔다. 누군가가 자신에게 다가오자 백호가 힐끔 위를 올려다봤다.

조비연이 애써 떨리는 감정을 감추며 최대한 태연한 척 입을 열었다.

"우린 구면이죠? 조비연이에요."

조비연이 정체를 밝히자 백호의 옆에 서 있던 아운이 슬쩍 그녀를 살폈다. 이름을 듣는 순간 그녀가 조룡의 여식이라는 것을 알아차린 것이다.

모두가 조비연에게 시선이 쏠렸을 때다.

가만히 조비연을 올려다보던 백호가 입을 열었다.

"뭐야, 너냐?"

지나가는 돌멩이를 보는 것처럼 자신을 바라보는 백호의 표정에 조비연은 속으로 열불이 터졌지만, 최대한 예뻐 보이게 웃으며 말했다.

"이렇게 다시 보니 왠지 반가운데요?"

"반갑다고? 왜?"

퉁명스레 반문하는 백호의 모습에 조비연의 표정이 구겨

졌다.

때마침 심여원이 슬쩍 주변을 둘러보고는 물었다.

"그런데 궁주님께서 안 보이시는군요. 어디 가셨습니까?"

"찾으실 게 있어서 잠시 방 안에 들어가셨습니다. 아, 마침 나오시는군요."

전우신의 시선이 향한 방에서 월하린이 천천히 모습을 드러내고 있었다. 그리고 그녀가 나온다는 말에 백호를 바라보고 있던 조비연은 빠르게 태연함을 되찾았다.

'어디 얼마나 예쁜지 보자. 그래 봤자 변방에서 좀 알아주는 수준이겠지.'

조비연이 자신만만하게 웃으며 고개를 돌렸을 때다.

방에서 걸어 나오던 월하린과 조비연의 시선이 마주쳤다. 그리고 월하린의 얼굴을 보는 순간 조비연의 웃음이 어색하게 변했다.

화려하게 꾸민 것도 아니고, 얼굴에는 분 하나 바르지 않았음에도 불구하고 감출 수 없는 아름다움이 밀려 나온다.

새하얀 얼굴에 긴 속눈썹.

큰 눈망울과 여리디 여린 몸매.

여인인 자신조차 홀리게 만들 정도의 압도적 미모에 조

비연은 더 이상 웃을 수가 없었다.

'뭐야. 재수 없게 뭐 이렇게 예뻐.'

월하린의 얼굴을 보자 조비연은 팍하고 기분이 상했다. 허나 기분 상할 일은 거기서 다가 아니었다.

조비연이 나타났을 때는 본 척도 안 하던 백호가 벌떡 일어나 월하린에게 다가간 것이다. 백호가 월하린에게 다가가 물었다.

"남은 거 있었어?"

"여기요."

월하린이 손에 들고 있던 조그마한 당과 주머니를 건넸다. 주머니를 건네받은 백호는 행복한 듯 히죽거리며 웃었다.

백호의 웃는 모습을 보자 조비연은 속에서 열불이 터져 나왔다. 그런 그녀의 속도 모르고 백호와 월하린은 서로만을 바라보며 이야기를 이어 갔다.

월하린이 딱 부러진 목소리로 말했다.

"이걸로 내일까지 먹어야 돼요. 알겠죠?"

"애걔. 겨우 이걸로?"

불만스럽다는 듯이 말하는 백호와 그런 그를 바라보며 웃고 있는 월하린. 서로를 바라보는 두 사람의 모습이 너무나 잘 어울렸기에 조비연은 더욱 질투가 났다.

그녀가 일부러 들으라는 듯이 크게 헛기침을 했다.

그 소리에 월하린이 시선을 돌려 다시금 조비연을 바라 봤다.

월하린이 다가왔다.

"안녕하세요. 혹시 조룡 장주님의 여식인 조 소저신가 요?"

"네. 맞아요. 그쪽이 백하궁의 궁주신가 보군요."

조비연이 날 선 목소리로 대꾸했다.

그런 그녀를 향해 월하린이 웃어 보이며 말을 이었다.

"백호가 며칠 전에 실수를 한 것 같던데…… 제가 대신 사과드릴게요."

네가 뭔데 대신 사과하냐는 말이 목구멍까지 치솟아 올 랐지만 조비연은 애써 참으며 화두를 돌렸다.

"사과는 됐고요, 들어가서 차나 한잔 하죠."

"그렇게 해요."

웃고 있는 월하린을 향해 조비연 또한 마찬가지로 미소 를 보였다. 하지만 월하린을 바라보는 그녀의 눈동자에는 질투가 가득했다.

분에 찬 조비연과 함께 백호 일행은 방 안으로 들어섰 다. 유련각의 방은 꽤나 넓고 화려했다. 방 중앙에 놓여 있 는 둥그런 탁자는 일행이 모두 둘러앉아도 모자라다는 느낌이 들지 않을 정도로 컸다.

백호의 옆에 앉기 위해 조비연이 스리슬쩍 그의 곁으로 다가갔다.

허나 그런 그녀의 노력이 곧 무색하게 변했다.

월하린이 자리에 앉자 백호가 기다렸다는 듯이 그녀의 옆으로 쌩하니 다가간 것이다. 그가 월하린의 옆자리에 곧바로 자리하자 기회를 엿보던 조비연의 표정은 연속으로 구겨졌다.

그런 그녀의 마음을 유일하게 눈치채고 있는 상아가 슬쩍 걱정스러운 표정을 지어 보였다.

'저 더러운 성격에 생난리는 안 피웠으면 좋겠는데……'

다행히도 상아가 걱정하던 일은 일어나지 않았다.

조비연은 길게 숨을 몰아쉬며 애써 감정을 자제하고는 백호의 맞은편에 가서 앉았다. 초조한 속마음과는 달리 그녀는 새초롬한 표정을 지어 보였다.

조비연이 옆에 선 상아에게 말했다.

"차 좀 가져와."

"뭐로 가져다 드릴까요? 평소 즐기시는……."

"아니, 이상하게 덥네. 차가운 걸로 부탁해."

조비연의 명이 떨어지자 상아는 곧바로 방 옆에 간소하

게 다과가 준비되어 있는 창고로 향했다. 그녀가 사라지고 잠시 방 안에 정적이 일었다.

내당 총관인 심여원이 말을 꺼냈다.

"불편하신 것은 없으십니까?"

"네, 식사도 입에 잘 맞고 좋아요."

"잘 맞긴 뭐가 잘 맞아. 대체 뭘 먹으라고 반찬이 그따위야?"

월하린의 말이 끝나기가 무섭게 백호가 불만스러운 목소리로 투덜거렸다. 그런 백호의 말에 심여원이 당황스럽다는 듯이 물었다.

"뭐 맘에 안 드시는 거라도 있으신지요."

"당연하지. 반찬이 온통 풀 쪼가리잖아. 대체 뭘 먹으라는 거야? 내가 소냐? 풀만 뜯어 먹게? 고기를 줘야지 고기를!"

"아, 그 부분을 말씀하시는 거였습니까? 죄송합니다, 그건 저희 두가장의 규율 중 하나인지라 고기반찬은 조금 힘이 듭니다."

두가장의 장주인 조륭은 불심이 깊은 인물이다.

그랬기에 그는 두가장 자체에서 고기를 거의 금하다시피 했고, 그나마 국에나 조금 들어가는 선에서 찾아오는 손님들에게 대접하곤 했다.

월하린이 매번 자신의 국그릇에 담긴 고기를 모두 백호에게 담아 줬지만 그 정도로 배가 찰 리가 없었다.

며칠이나 제대로 된 고기를 먹지 못하자 백호는 무척이나 성이 난 상태였다.

백호가 말했다.

"어이, 그럼 나보고 굶어 죽으라는 거야? 난 고기밖에 안 먹는데?"

"죄송합니다. 최대한 국에 더 신경 써 드릴 수밖에 없을 듯싶습니다."

오랫동안 조룡이 지켜 오는 규율이었기에 심여원은 어쩔 수 없다는 듯이 답했다. 허나 백호는 그런 인간들이 정한 규율 따위 중요하지 않았다.

그는 당장에 자신의 밥상이 풀로 가득한 것이 마음에 들지 않았다.

"그럼 계속해서 그런 거나 먹으라는 거야?"

백호가 무서운 눈으로 노려보며 말하자 심여원은 땀을 뻘뻘 흘리며 어색한 표정만 지어 보였다. 그렇게 심여원이 곤란해하고 있을 때였다.

차를 준비하러 나갔던 상아가 낯선 무인 하나와 모습을 드러냈다.

당황해하고 있는 심여원에게 다가간 무인이 그의 귀에

입을 가져다 대고는 뭔가를 중얼거렸다. 가만히 이야기를 듣던 심여원이 고개를 끄덕였다.

그가 자리에서 벌떡 일어났다.

심여원은 이곳에서 벗어날 수 있는 핑곗거리가 생겨 안도하는 표정으로 말했다.

"잠시 일이 생겨서 나가 봐야 할 것 같습니다. 차는 다음에 함께하지요."

자신도 모르게 한숨을 내쉬었던 심여원이 슬쩍 조비연을 바라봤다. 이곳을 뜨는 것은 다행이라 생각했지만 저 사고뭉치를 두고 가는 것이 못내 마음에 걸린다.

심여원이 조비연과 눈이 마주치자 제발 사고 치지 말라는 감정을 담아 간곡한 시선을 보냈다. 그런 심여원의 생각을 알아차렸지만 조비연은 모르는 척 고개를 휙 하니 돌려 버렸다.

그런 그녀가 내심 걱정스럽긴 했지만 아무리 그녀라도 설마 대형 사고를 일으키지는 않을 거라 싶어 심여원은 포권을 취하고는 다급히 방을 빠져나가 버렸다.

심여원이 모습을 감추자 여태까지 뚫어져라 월하린을 응시하고 있던 조비연이 입을 열었다.

"천산일화라고 불리신다면서요?"

쪼르르.

상아가 따라 주는 차를 받으며 월하린이 고맙다는 듯이 가볍게 인사를 건넸다. 그러고는 곧바로 조비연의 질문에 답했다.

"네, 그런 별호가 있다고 하더라고요."

말하면서도 민망한지 월하린은 살짝 어색한 웃음을 흘렸다. 그런 모습을 보며 조비연은 속으로 투덜거렸다.

'재수 없게 내숭은.'

뭐 하나 꼬투리 잡을 것 없나 살피던 조비연의 시선에 월하린의 허리에 달려 있는 검이 들어왔다. 순간 조비연이 눈을 빛냈다.

"어머, 무공도 익히셨나 봐요."

"아, 예."

웃으며 말하는 조비연의 눈동자를 바라보던 월하린이 어색하게 답했다. 처음 등장할 때부터 자신을 바라보는 조비연의 시선이 그리 고깝지 않다는 걸 월하린 또한 잘 알고 있었다.

그런 탓에 갑자기 살갑게 웃으며 자신을 대하는 조비연의 태도에서 뭔가 어색함을 느낀 것이다.

조비연이 말을 이었다.

"무공은 어디서 배우셨어요?"

"아버지한테요."

월하린의 대답이 떨어지자 조비연은 속으로 쾌재를 불렀다. 겉으로 보기에 월하린은 결코 무공의 고수로 보이지 않았다. 청순하면서도 너무나 아름답기만 한 외모는 결코 검과 어울리지 않았으니까.

혹시나 하는 마음에 확인했지만 유명한 문파도 아닌 아버지에게 배웠다는 말에 조비연은 이내 자신이 그녀보다 우월한 부분을 찾았다 생각했다.

"호호, 그러세요? 저도 무공을 좀 배웠어요. 제 사부님은 바로 복소검(福笑劍)이라 불리시는 초절정 고수시죠. 누군지 아시죠?"

"이름은 들어 봤어요."

월하린은 간신히 기억의 끝자락을 더듬어 이름을 기억해 냈다.

어느 정도 이름이 있는 무인이긴 하지만 결코 초절정이라 부를 만한 수준은 아니다. 월하린에 비해서도 한참은 모자란 수준의 무인. 하지만 그걸 모르는 조비연은 신이 나서 떠들었다.

"검이 제법 좋아 보이는데 어디서 구했어요? 아, 제 검은 섬서성에서 알아주는 장인이 직접 만든 비싼 검이랍니다."

월하린의 무기를 칭찬하는 듯했지만 결국 조비연이 하고

자 하는 것은 자기의 검을 자랑하려는 것이었다. 조비연의 검은 그녀의 말대로 무척이나 비싼 것이었지만 거의 장식품에 가까웠다.

실제로 쓰기에는 너무나 치렁거리는 장식품이 많았고, 또 날도 제대로 서 있지 않았다.

탁자에 턱 하니 올려놓은 검을 가만히 바라보던 아운이 중얼거렸다.

"저딴 걸 어디다 써."

"지금 뭐라고 했어요?"

조비연이 두 눈을 부릅뜨며 아운을 노려봤다.

아운이 조비연에게 겁을 먹을 이유는 없었지만, 이 괴팍한 여자와는 가능하면 엮이지 말라 했던 하오문의 정보를 들었기 때문인지 그는 시침을 뚝 뗀 채로 대답했다.

"별말 안 했는데요."

"똑똑히 들었거든요? 이게 얼마나 비싼 검인 줄 알아요?"

"이게 그렇게 좋은 검이냐?"

아운을 향해 쏘아붙이는 조비연을 향해 백호가 말을 걸었다. 처음으로 백호가 먼저 말을 걸자 얼굴에 화색을 띤 채로 조비연이 말했다.

"물론이죠. 저 조비연이에요. 그냥 그런 물건이 어울릴

리가 없잖아요?"

"그래? 흐음."

백호가 가만히 조비연이 탁자에 올려 둔 검을 바라봤다. 그러고는 이내 누가 말릴 틈도 없이 앉은 채로 허리에 두르고 있던 검을 뽑아 휘둘렀다.

타앙!

백호의 검이 탁자 위에 있는 조비연의 검신을 후려쳤다. 순간 조비연의 검이 그대로 반으로 갈라져 튕겨 나갔다.

조비연의 안색이 새빨갛게 변했을 때였다.

백호가 깨끗하게 잘려져 버린 조비연의 검을 바라보며 물었다.

"싸구려 아냐?"

"아니거든요?"

조비연이 억울하다는 듯이 씩씩거렸다.

그녀가 이해가 안 된다는 것처럼 남아 있는 반쪽의 검을 들어 올렸다가 이내 짜증스럽게 탁자에 탁 하고 올려놓았다.

항상 자신감 넘치는 조비연에게 이런 상황은 무척이나 불편했다. 그녀가 황급히 헛기침을 하며 말을 돌렸다.

"흠흠, 뭐 무인에게 무기가 중요한가요? 고수는 무기를 가리지 않는 법이죠."

조비연은 어디선가 주워들은 말을 억지로 끼워 맞췄다. 하지만 무안해하는 자신을 앞에 두고 있는 월하린은 대수롭지 않다는 듯 찻잔만 홀짝였다.

그 모습에 조비연은 왠지 기분이 나빠졌다.

조비연이 가시 돋친 목소리로 말했다.

"그나저나 아버지께 무공을 배우셨다면 가전무공(家傳武功)?"

"그렇다고 봐야겠죠."

"어떤 거요? 경공? 검법?"

"뭐 그냥 이것저것 배웠어요."

"그래요? 가전무공이라면서 종류가 제법 많은가 봐요? 뭐 보통 한두 개 정도 있는 거 아니었나? 근데 가전무공이면 별로 알려지지도 않았겠네요?"

비웃듯이 말하는 조비연의 모습에 전우신과 아운은 어처구니없다는 듯이 그녀를 바라봤다.

전우신이 조심스레 입을 열었다.

"궁주님의 아버님이 누구신지는 아시면서 하시는 말씀이십니까?"

"누군데요?"

조비연이 두 눈을 동그랗게 뜨며 되물었다.

그 모습에 아운은 피식 웃음을 흘렸고, 심지어 시비인

상아조차 당황한 듯 어쩔 줄 몰라 했다. 분위기가 묘하다는 걸 알아차린 조비연이 물었다.

"뭐예요? 뭔데 분위기가……."

조비연이 말을 내뱉고 있을 때였다. 더는 안 되겠다 생각했는지 상아가 황급히 그녀에게 다가가 옷소매를 잡아당겼다.

그만하라는 무언의 신호였지만 조비연은 오히려 상아를 재촉했다.

"넌 알아? 뭔데? 말 좀 해 봐."

"아씨, 제발 그만하세요."

상아가 기어들어가는 목소리로 속삭였다. 허나 그만하라는 상아의 간절한 말투에도 조비연은 오히려 성을 내며 되물었다.

"아씨, 뭐냐니까!"

조비연이 버럭 화를 내자 상아가 한숨을 내쉬었다.

차라리 가만히 있으면 중간이라도 갈 것을, 굳이 긁어 부스럼을 만드는 꼴이라는 걸 본인은 아는지 모르겠다.

상아가 체념한 목소리로 조비연의 귓가에 입을 대고 속삭였다.

"백하궁 궁주님의 아버지는 월천후 대협이세요."

"그게 누군데?"

상아의 말에도 조비연은 상황을 파악하지 못하고 되물었다. 언젠가 들어 본 이름이긴 했지만 무림에 별 관심이 없는 조비연으로서는 기억에 남아 있을 리가 없었다.

상아가 답답하다는 듯이 자신의 가슴팍을 두드리며 말했다.

"……천하제일인이요."

"……."

상아의 말이 끝나자 조비연은 침묵했다.

주변의 시선이 왠지 모르게 따갑게 느껴진다. 천하제일인의 여식을 앞에 두고 가전무공이 이렇고 저렇고 떠들어댄 꼴이라니 부끄러워서 고개조차 들기 쉽지 않았다.

하지만 조비연은 애써 고개를 숙이지 않고 태연한 척했다.

이 자리에서 월하린의 기를 확 눌러 주려고 머리를 굴렸다가 오히려 연신 자신만 창피를 당한 꼴이 돼 버렸다. 당장이라도 이 자리를 박차고 나가고 싶었지만 그럴 수도 없었다.

백호가 이곳에 있기에 조비연은 속만 태우며 억지로 자리에 앉아 있었다.

방 안에 어색한 침묵이 감돌았다.

그리고 자리에 앉아 있던 백호가 벌떡 일어났다.

애초부터 차 같은 것에는 별로 취미가 없는 백호였기에 단숨에 들이켠 이후로는 딱히 방 안에 있을 이유도 없었던 것이다.

백호는 아무렇지 않게 기지개를 켜며 방을 빠져나가 버렸다. 그리고 백호가 나가기가 무섭게 자리에 앉아 있던 조비연이 그 뒤를 쫓다시피 걸어 나갔다.

갑자기 두 사람이 휭 하니 사라지자 월하린이 잠시 문 쪽을 멍하니 바라보다 찻잔을 들어 올릴 때였다.

아운이 피식 비웃음을 흘렸다.

"저 여자 뭐냐? 복소검이라 불리는 초절정 고수가 대체 누구야? 넌 아냐?"

"복소검은 알지."

전우신 또한 어이없다는 듯이 아운의 말을 받았다.

그들이 아는 복소검은 일류에 불과한 무인이었다. 그런 자의 제자라고 빼기는 모습을 보며 아운은 터져 나오려는 웃음을 참느라 힘들었었다.

아운이 입을 열었다.

"그런데 저 여자, 백호님을 좋아하는 것 같지 않냐?"

움찔.

그 한마디에 차를 마시던 월하린이 갑자기 움직임을 멈췄다. 월하린은 찻잔을 입에 댄 채로 가만히 아운의 말에 귀를 기울였다.

전우신이 말했다.

"무슨 뜬금없는 소리야?"

"아니, 백호님하고 뭔가 안 좋은 일이 있어서 싫어할 거라 생각했는데 말이야…… 뭔가 계속해서 백호님을 힐끔거리더라고. 그리고 지금 못 봤냐? 그 창피를 당하고도 절대 안 움직이던 여자가 백호님이 나가자마자 꽁무니를 졸졸 쫓아간 거."

"흐음. 듣고 보니 그렇군."

"햐, 몰랐는데 백호님 아주 선수네 선수. 저런 미녀도 그냥 한 번에 혹 가게 만들고 말이야. 뭐, 저 정도 미녀면 백호님도……."

타앙!

말을 내뱉던 아운은 찻잔이 탁자에 부딪치는 소리에 깜짝 놀라 시선을 돌렸다. 그리고 그 시선에는 월하린이 있었다.

아운이 당황한 얼굴로 입을 열었다.

"궁주님?"

"……왜요?"

"뭐 문제라도 있으신가 해서요."

"제가요? 아뇨, 아무 문제 없는데요?"

월하린이 웃으며 대답했다.

하지만 웃고 있는 월하린의 얼굴은 뭔가 부자연스러웠다. 월하린이 곧바로 말을 이었다.

"아, 저도 나가 볼게요."

월하린은 말을 하기가 무섭게 자리에서 일어났다. 그러고는 누가 말도 걸지 못할 만큼 빠른 걸음으로 방을 빠져나왔다.

방을 벗어나기 무섭게 월하린의 눈에 가까이 서 있는 두 사람이 보였다.

연못가 돌 위에 앉아 있는 백호, 그리고 그런 그의 옆에 조비연이 딱 달라붙어 있었다. 시비인 상아조차 거리를 어느 정도 벌린 채로 둘만의 시간을 만들어 주는 듯했다.

월하린이 그런 두 사람의 모습을 뒤에서 바라보고 있을 때였다.

조비연의 목소리가 들려왔다.

"고기 아니면 밥도 안 먹는다는 게 진짜예요?"

"거짓말 같아 보이냐? 제대로 밥 먹은 게 언젠지 기억도 안 난다."

백호의 대답을 들은 조비연의 눈동자가 빛났다.

이건 기회였다.

'좋아, 그렇다면 이 기회에 확 내 남자로 만들고야 말겠

어. 제아무리 네놈이 나한테 관심이 없어 보인다 해도 남자는 다 똑같은 법 아니겠어?'

그녀는 슬며시 겉에 걸치고 있던 겉옷을 벗더니 이내 그것을 멀찍이 서 있는 상아에게 휙 하고 집어던졌다. 겉옷을 벗고 드러난 조비연의 모습은 평소보다 더욱 색기가 넘쳐 보였다.

하늘거리는 얇은 옷은 야한 느낌까지 풍겼다.

조비연은 자신만만한 얼굴로 백호에게 살짝 더 다가서며 말했다.

"고기 먹으러 갈래요? 제가 근처에 좋은 객잔 하나를 알고 있거든요."

"뭐? 고기?"

여태까지 별 관심 없이 조비연을 대하던 백호의 목소리에서 처음으로 생기가 느껴졌다. 그걸 눈치챈 조비연이 빠르게 말을 이어 나갔다.

"네. 이곳 아니면 절대 맛볼 수 없는 진미라고 해야 할까요? 고기와 함께 먹으면 죽여주는 술도 같이 대접하죠."

"호오."

백호가 두 눈을 빛내며 돌 위에서 내려섰을 때다.

기다렸다는 듯이 조비연이 다가오며 백호의 팔짱을 꼈다. 그녀가 억지로 백호를 잡아끌며 말했다.

"제가 얼마든지 대접할게요. 어서 가요."

고기를 사 준다는 말에 백호가 고개를 끄덕였다. 그리고 그 순간 조비연이 고개를 돌려 뒤편에 멍하니 서 있는 월하린을 바라봤다.

순식간에 승리감이 치솟았다.

'이겼어!'

조비연이 기분 좋은 미소를 머금은 채로 가볍게 월하린에게서 시선을 돌렸다. 그리고 그대로 백호를 끌고 유련각을 나서려고 할 때였다.

가만히 서 있던 월하린이 황급히 그의 이름을 불렀다.

"배, 백호!"

월하린이 자신을 부르자 백호가 고개를 돌렸다. 그리고 마찬가지로 백호의 팔을 부여잡고 있던 조비연 또한 득의만만한 미소를 지은 채로 월하린을 바라봤다.

백호가 입을 열었다.

"왜?"

월하린은 쉬이 입을 열지 못했다.

조비연과 함께 나가는 백호의 모습에 자신도 모르게 그를 불러 세웠다. 하지만 그녀는 자신이 왜 백호를 불러 세웠는지조차도 잘 알지 못했다.

잠시 당황한 듯이 서 있는 월하린을 보며 조비연이 미소와 함께 입을 열었다.

"가요. 거기 음식이……."

"다, 당과 사러 갈래요?"

월하린이 내뱉은 말에 조비연이 입을 닫고는 그녀를 바라봤다. 그리고는 이내 어처구니없다는 표정을 지어 보였다.

당과?

어린애들이나 먹어 대는 당과로 자신과 함께하기로 한 백호를 꾀어내려는 것이 못내 우스웠다.

'나 같은 여자가 술까지 먹자며 유혹하는데 당과? 정말 유치하기…….'

조비연이 비웃고 있을 때였다.

백호가 손을 뻗어 팔뚝에 어떻게든 비집고 들어가려던 조비연의 손목을 잡아챘다. 백호와 손이 맞닿자 조비연의 얼굴이 새빨갛게 변했다.

허나…….

획.

기쁨은 찰나였다.

조비연의 손목을 잡은 백호가 그대로 그녀를 뿌리쳐 버린 것이다. 조비연을 아무렇지 않게 밀쳐 낸 백호가 빠른 걸음으로 월하린에게 다가갔다.

백호가 신이 난다는 듯이 말했다.

"정말이야? 남은 걸로 내일까지 먹으라고 했었잖아."

분명 아까 전의 월하린은 백호에게 그리 말했었다.

그런데 그 말을 한 지 얼마 되지 않아 월하린이 갑자기 당과를 사 주겠다고 할 줄은 몰랐다. 백호의 질문에 월하린이 어색하게 웃으며 대답했다.

"제가…… 그랬었나요?"

"응. 아까 그랬잖아."

"다시 생각해 보니까 사는 게 나을 것 같아서요."

"웬일이래?"

백호가 기분 좋게 히죽 웃었다.

백호는 혹여나 월하린이 마음이 바뀔까 걱정되었는지 그녀의 팔목을 잡아챘다.

"뭐 해. 어서 가자, 월하린."

백호는 그대로 월하린을 데리고 걸음을 옮겼다.

당황해 미처 반응하지 못하던 조비연은 백호가 월하린과 함께 자신을 휙 하니 지나쳐 가자 그제야 정신을 차렸다.

"하……."

당과라니, 고작 당과 때문에 자신의 유혹을 뿌리치고 가 버리다니. 당하고도 믿을 수 없다는 듯 조비연은 허망한 표정을 지어 보였다.

"아, 아씨?"

열이 받는다는 듯 하늘을 올려다보며 씩씩거리는 조비연을 보며 상아가 조심스럽게 말을 걸었다.

조비연이 상아가 들고 있는 옷을 낚아챘다.

거칠게 겉옷을 다시금 입은 조비연이 분한 듯이 말했다.

"봤어? 봤냐고. 나 그냥 무시하고 지나간 거 맞지? 당과 때문에 날 버리고 간 거 맞지?"

"……."

연속으로 쏟아 내는 조비연의 질문에 상아는 차마 대답하지 못한 채로 어색한 표정만 지어 보일 뿐이었다.

제7장. 하북팽가와의 대담
— 시작해

"맛있어요?"

"응, 이거 진짜 맛있다."

백호는 커다란 당과를 입 안에 머금은 채로 고개를 끄덕였다. 우물거리며 당과를 먹는 백호의 모습은 천생 어린아이 같아 보였다.

히죽거리며 웃고 있는 백호를 바라보던 월하린은 남몰래 한숨을 쉬었다.

'……내가 왜 그랬지?'

조비연과 함께 나가려던 백호를 자신도 모르게 붙잡았다. 얼결에 그의 이름을 불렀고, 결국 당과를 사 주겠다는 말로 백호를 꼬드겼다.

그런 행동을 한 이유를 정확히 꼬집어 말하기는 힘들었지만 하나는 확실했다.

백호가 조비연과 나가는 게 싫었다.

그거 하나만은 분명했다.

당과를 사 주겠다고 데리고 나온 백호에게 미안했는지 월하린은 먼저 그와 객잔에 갔다. 그의 말대로 최근 두가장에서 제대로 된 식사를 하지 못한 백호다.

다른 이들이면 몰라도 월하린은 백호에 대해 잘 알고 있다.

요괴인 그는 고기를 즐긴다.

식사를 마친 후 사 준 당과를 품에 안고 기분 좋아하는 백호를 향해 월하린이 입을 열었다.

"배고팠죠? 미안해요."

"짜증은 좀 났는데 이만큼이나 사 줬으니 봐줄게."

가득 산 당과 더미가 맘에 들었는지 백호가 여유롭게 대답했다. 웃고 있는 백호를 보고 있자니 덩달아 월하린 또한 기분이 좋았다.

"다행이네요. 당과 때문에 기분 풀어 줘서. 앞으로도 뭐 미안한 거 있으면 당과를 사 주든지 해야겠어요."

"참내, 내가 그렇게 쉬워 보이냐?"

당과를 들고 행복해하는 백호의 모습에 월하린은 자신도 모르게 고개를 끄덕일 뻔했다. 허나 그러면 백호가 성을 낼 것을 잘 알았기에 월하린은 화제를 돌렸다.

그녀가 주변에서는 쉬이 들리지 않을 법한 작은 목소리로 말했다.

"어쨌든 다행이에요. 배고프다고 인간이라도 먹으려 들까 봐 걱정했거든요. 아, 말이 나와서 그런데 요즘에는 예전처럼 인간을 잡아먹으려고 하지 않네요?"

"더 맛있는 게 있는데 인간을 왜 먹냐. 그리고…… 내가 인간을 건드리면 네가 곤란해질 거 아냐."

백호의 말에 월하린이 잠시 아무런 말도 하지 못하다가 이내 웃으며 물었다.

"저 때문이었어요?"

"꼭 그런 건 아니고."

"정말요?"

"하, 당과 하나 사 줬다고 자꾸 까불래?"

"알았어요. 알겠으니까 화 풀어요."

백호의 옆에 바짝 붙은 채로 월하린이 환하게 웃었다. 그리고 그런 월하린을 백호는 말없이 내려다봤다. 백호가 입 안에 머금고 있던 당과를 꺼내며 천천히 입을 열었다.

"그리고 인간은 배고파서 먹는 거 아니야."

"에?"

"이거 보이냐?"

백호가 귀에 걸린 귀걸이를 가리켰다. 흑련석으로 만들어진 귀걸이를 본 월하린이 고개를 끄덕였다. 백호가 간단하게 설명해 주기 시작했다.

"인간의 영혼을 먹었던 건 요기를 채우기 위해서였어. 그냥 시간을 두면 천천히 차긴 하는데…… 인간을 먹으면 그 속도가 비교가 안 되거든."

"아……."

"별 차이 안 나 보일지 모르겠지만 얼마 전에 한 번 원래의 모습으로 돌아갔던 탓에 요기가 많이 빠져나갔어. 그래서 귀걸이 색도 좀 옅어졌지."

"왠지 색이 변한 것 같다 생각했는데 제 착각이 아니었군요."

월하린이 가볍게 고개를 끄덕였다.

그러다가는 이내 뭔가 생각났는지 걱정스럽게 물었다.

"혹시 요기라는 게 다 빠져나가면 그 모습으로 변할 수 없는 거예요?"

"뭐, 그렇다고 보면 되지."

"미안해요. 괜히 저 때문에……."

백호가 요괴의 모습으로 변하는 것에 그런 제약이 있을

줄은 몰랐던 월하린이다. 그녀는 백호에게 자신이 폐를 끼쳤다 생각했는지 살짝 고개를 숙이며 미안하다는 말을 전했다.

그런 월하린의 모습에 백호가 고개를 가볍게 저으며 대꾸했다.

"상관없어, 내가 본래의 모습으로 돌아가지 않아도. 누가 감히 나한테 덤빌 건데?"

백호가 자신만만한 목소리로 말했다.

그리고 백호의 그 자신감은 결코 허언이 아니었다.

하루가 다르게 강해져 가는 백호, 그랬기에 항상 옆에 붙어 있는 월하린조차 지금 그의 무공 경지를 가늠하기 어려울 지경이다.

그렇게 두 사람이 나란히 선 채로 가벼운 담소와 함께 두가장으로 향할 때였다.

웃으며 걷던 월하린의 얼굴 표정에 일순 변화가 찾아왔다. 그건 멀리에서 걸어오는 한 죽립을 쓴 약장수 때문이었다.

커다란 약 보따리를 짊어진 그자는 빠르지도, 느리지도 않은 걸음으로 그들에게 다가오고 있었다.

'하오문이야.'

월하린은 단번에 상대의 정체를 알아차렸다.

왼쪽 팔목 끝을 살짝 접었고, 죽립 옆에 거멓게 그을린 자국이 미세하게 눈에 들어온다. 저것은 월하린과 하오문이 서로를 알아볼 수 있게 사전에 약조를 한 부분이었다.

약장수의 근방에 이르자 월하린이 발을 멈췄다.

"저기요, 금창약 하나 구할 수 있을까요?"

"금창약이 어디 있더라."

중얼거리는 약장수가 봇짐 안을 뒤적거렸다. 그러고는 이내 동그란 뚜껑이 달린 약통을 꺼내어 월하린에게 건넸다.

"여기 있소."

"얼마죠?"

"네 냥만 주쇼."

월하린이 곧바로 전낭에서 동전을 꺼내 약장수에게 건넸다. 돈을 건네받은 그는 다시금 갈 길을 걸어가며 큰 소리로 약을 판다는 소리를 외쳐 댔다.

월하린은 손아귀 안에 금창약을 감춘 채로 천천히 뚜껑을 열었다.

노란 금창약 위에 조그마한 글씨가 박혀 있다.

글씨를 확인한 월하린은 금창약 위를 손가락으로 스윽 문질렀다. 그러자 위에 적혀 있던 글씨가 지워졌다. 깔끔하게 뒤처리까지 마친 월하린을 향해 백호가 물었다.

"뭐야?"

"기다렸던 이들이 도착한 모양이에요."

월하린의 말에 백호의 눈빛이 돌변했다. 그가 주먹을 마주치며 잘됐다는 듯이 중얼거렸다.

"고기 한번 거하게 먹어 주길 잘했네. 싸우려면 든든히 먹어 줘야지."

만나기만 하면 당장이라도 달려들 것만 같은 백호의 기세에 월하린이 그를 말렸다.

"전에도 말했지만 증거가 없으니 무작정 싸우면 안 돼요. 알죠?"

"끄응."

하북팽가에게는 갚아 줘야 할 게 있다.

하지만 월하린의 말대로 증거가 없는 상황, 마음 같아서는 만나기가 무섭게 한 방 먹여 주고 싶은 심정이지만 아쉽게도 그러긴 쉽지 않을 것 같다.

일이 어떻게 흘러갈지 모르겠으나 두가장까지 낀 지금 큰 싸움이 벌어질 것 같지는 않다는 것이 월하린의 판단이었다.

월하린이 말했다.

"가요."

백호가 고개를 끄덕였다.

　　　　*　　　　*　　　　*

　두가장에 하북팽가의 무인들이 도착했다.

　그들의 숫자는 열 명이 조금 안 될 정도였지만 그 면면을 살펴본다면 하나같이 무림에 이름이 알려진 자들이었다.

　그리고 그런 이들의 선두에 선 노인.

　하북팽가의 가주 팽조윤이었다.

　쉽사리 움직이지 않는 인물인 팽조윤이 직접 모습을 드러낸 것은 엄청난 사건이었다. 그리고 그만큼 이 일이 하북팽가에게 중요하다는 걸 뜻하기도 했다.

　두가장에 도착한 지 반 시진 정도.

　그 짧은 시간 안에 하북팽가는 머물 숙소에 도착해서 짐을 정리한 후 잠시 여독을 풀고 있었다.

　눈을 감은 채로 깊은 명상에 잠겨 있던 팽조윤의 거처로 젊은 사내가 들어섰다.

　"아버님, 연락이 왔습니다."

　팽조윤의 아들 팽현이다.

　그리 길지 않은 머리카락을 뒤로 짧게 묶은 그는 하북팽가의 무인답게 근육질의 사내였다. 이십 대 중반의 나이,

하북팽가 내에서도 알아주는 고수이자 다음 대 가주로 손
꼽히는 그의 부름에 팽조윤이 천천히 눈을 떴다.

눈을 뜬 팽조윤이 나지막한 목소리로 물었다.

"뭐라더냐?"

"지금 바로 만나기를 청하십니다."

"바로?"

"예."

도착한 지 얼마 되지 않았지만, 어차피 길게 끌 일도 아
니었다. 속전속결로 이 일을 마무리 짓고 싶은 것은 팽조
윤 또한 마찬가지였다.

자리에 앉아 있던 그가 거구의 몸을 일으켜 세웠다.

늙은 나이에 어울리지 않는 팽조윤의 근육들이 꿈틀거렸
다.

타앙.

가볍게 커다란 도를 허리에 걸친 그가 바깥으로 걸어 나
왔다. 그곳에는 이미 하북팽가의 다른 무인들이 대기하고
있었다.

팽조윤은 수하들을 한 번 가볍게 훑어보고는 짧게 말했
다.

"가지."

말을 마친 팽조윤이 수하들의 선두에 서서 걸음을 옮겼

다.

딱히 길을 안내해 주는 이가 있는 것은 아니었으나, 이곳 두가장을 몇 번 찾아온 적이 있었던 팽조윤이다. 그랬기에 그는 어렵지 않게 두가장 장주 조륭의 집무실로 향할 수 있었다.

하나같이 떡 벌어진 어깨를 한 하북팽가 무인들의 움직임에 두가장 내부에 있던 많은 이들의 이목이 그들에게 집중됐다.

그리고 이내 도착한 조륭의 집무실.

입구에는 몇 명의 무인과 낯익은 이의 모습이 보였다.

내당총관 심여원이다.

심여원이 팽조윤을 향해 먼저 예를 갖췄다.

"오랜만에 뵙습니다."

"오랜만이군."

"가주님이 오신 걸 안에 알리도록 하겠습니다."

말을 마친 심여원이 움직이려고 할 때였다. 팽조윤이 그에게 물었다.

"백하궁은?"

"지금 연락을 취했으니 곧 도착할 겁니다."

"……."

팽조윤이 살짝 미간을 찌푸렸다.

자신들보다 뒤늦게 모습을 드러내는 것부터가 마음에 들지 않았던 것이다. 팽조윤이 이를 가는 모습을 보며 심여원은 우선 이들의 도착을 알리기 위해 집무실 안으로 향했다.

그리고 심여원이 사라진 지 얼마 되지 않았을 때였다.

"하, 진짜 너무하십니다. 저도 고기 먹을 입이 있는데 두 분이서만 먹고 오시다뇨."

"그렇게 먹고 싶으면 네 돈 주고 사 먹으라니까?"

"박봉이라…… 헤헤."

시끌벅적한 소리에 팽조윤을 비롯한 하북팽가의 무인들이 시선을 돌렸다. 그리고 그 순간 꺾인 길 건너에서 한 무리가 모습을 드러냈다.

팽조윤의 시선이 선두에 서 있던 백발 사내에게 틀어박혔다.

그리고 그건 상대도 마찬가지였다.

모습을 보는 순간 팽조윤은 이들의 정체를 알아차릴 수 있었다. 백발 사내라면 이곳에 그자 하나밖에 없다.

'백호…… 바로 네놈이로구나.'

십 보 정도의 거리를 둔 채로 백하궁의 인원들 또한 걸음을 멈췄다.

방금 전까지 백호와 신나게 떠들어 대던 아운도 입을 닫

은 채로 물끄러미 이들을 노려봤다. 두 패거리 사이에서
자연스럽게 묘한 분위기가 흘렀다.

두 쪽 모두 별다른 말없이 서로를 노려만 보고 있을 때
였다.

그 침묵을 깬 것은 역시나 백호였다.

"저놈들이 팽가냐?"

월하린에게 묻는 백호의 말에 하북팽가 무인들의 기세가
더욱 강렬하게 변했다. 깔보는 듯한 백호의 말투에 그들의
기분이 좋을 리가 없었다.

하북팽가 무인들의 손이 저절로 허리춤에 있는 도로 향
했다. 그들의 몸에서 패도적인 기운이 연신 흘러나왔다.
그리고 그런 하북팽가 무인들의 모습에 아운과 전우신 또
한 천천히 자세를 잡았다.

그들이 도를 뽑아 들면 당장이라도 맞서 싸울 듯한 모습
이다.

백호가 무서운 기운을 풀풀 풍기는 그들을 향해 히죽 웃
으며 말했다.

"뭘 쳐다봐? 한판 하시게?"

"이 자식이……."

팽현이 자신들을 도발하는 백호의 태도에 기가 막힌다는
듯이 나섰다. 적어도 이렇게 대놓고 시비를 걸어오는 상대

는 생전 처음이다.

싸움이 터져도 이상할 것 없는 일촉즉발의 상황.

그런 분위기를 잠재운 것은 월하린이었다.

그녀가 일행들의 앞으로 나섰다.

월하린의 등장에 백호 일행뿐만 아니라 살기를 내뿜던 하북팽가의 무인들조차 움찔하는 기색을 보였다. 아름다운 그녀의 등장에 살기만 가득했던 공간의 분위기가 돌변했다.

월하린이 다부진 목소리로 말했다.

"여기서 싸우실 생각들은 아니시죠? 적어도 대화는 해 보려고 이곳에 모인 거 아니었나요?"

월하린의 말이 끝나자 팽조윤이 천천히 손을 들어 올렸다. 팽조윤의 신호에 도에 손을 가져다 댔던 하북팽가 무인들이 천천히 자세를 원래대로 돌렸다.

팽조윤이 월하린을 향해 입을 열었다.

"젊은 친구가 생각보다 수완이 좋은 모양이야. 벌써부터 그렇게 세력을 확장할 줄은 몰랐어. 하지만…… 선을 넘지는 말았어야지. 뭐든 적당한 게 제일 좋은 법이야."

"지금 하시는 건 경고인가요?"

"인생 선배로서의 충고라고 해 두지."

팽조윤과 월하린이 짧게 대화를 나눌 때였다.

안으로 들어갔던 심여원이 모습을 드러냈다.

"엇? 오셨습니까? 마침 장주님께 손님들이 도착하셨다고 말씀드렸는데 잘 되었군요. 양측 다 함께 가시지요. 장주님이 기다리고 계십니다."

"그러죠."

월하린이 작게 고개를 끄덕였다.

사실 이곳에 서서 의미 없는 말싸움이나 하고 싶은 생각은 월하린 또한 없었다.

두가장에 온 지 며칠의 시간이 지났지만 아직까지도 코빼기조차 구경하지 못했던 장주 조룡. 그와 대면할 시간이 다가오고 있었다.

집무실로 향하는 긴 길을 함께 걸으면서도 두 패거리 사이에서는 말로 표현하기 힘든 분위기가 조성되고 있었다.

그리고 이내 이들은 목적지에 도착했다.

"장주님, 양쪽 다 오셨습니다."

"모시거라."

안에서 들려온 목소리는 무척이나 점잖아 보이는 중년 사내의 것이었다. 그리고 명이 떨어지자 심여원이 집무실의 문을 열어젖혔다.

끼익.

소리와 함께 모습을 드러낸 집무실의 내부.

그리고 정면에는 한 사내가 자리하고 있었다.

보통 키에 다소 마른 체구를 지닌 그가 자리에서 일어나 이들을 맞이하고 있었다. 그가 반갑게 인사를 건넸다.

"조룡이라 하오."

조룡은 엄청난 재력을 지닌 부호라는 느낌보다는, 어딘가 모르게 벼슬자리에 있는 고관대작의 느낌을 풍기는 사내다. 허나 그는 바로 섬서성 제일의 거부.

뛰어난 장사 수완과 사람 보는 눈으로 이 자리에 오른 자다.

아주 짧은 순간이었지만 조룡의 시선이 빠르게 이곳으로 온 이들의 면면을 살폈다.

하북팽가와는 이미 수차례 일면식이 있었기에 그들에 대해서는 어느 정도 잘 알고 있었지만 백하궁은 다르다. 최근 들어 무림에 모습을 드러낸 그들 중 조룡이 만났던 이는 단 한 명도 없다.

한 명의 여인과 세 명의 사내.

중년 이상의 무인들이 가득한 하북팽가와는 달리 이들에게서는 젊음의 향기가 물씬 풍긴다. 그런데 놀랍게도 그같이 연배의 차이가 느껴짐에도 불구하고 풍기는 기도에서는 하북팽가와 비교해도 결코 밀리지 않는 모습이다.

하나하나 비범해 보이는 백하궁의 무인들의 모습에 조룡

은 자신도 모르게 고개를 끄덕였다.

왜 요새 이들이 장안의 화젯거리가 되었는지 알 법하다. 특히나 조릉의 눈을 잡아끄는 것은 다름 아닌 무심한 표정으로 자신을 바라보고 있는 백호였다.

겉보기에는 새파란 애송이인데 눈동자에서 왠지 모를 연륜이 느껴진다.

'흥미롭군.'

가벼운 웃음과 함께 조릉이 말을 이었다.

"오랜만에 뵙소이다. 가주님. 그리고…… 처음 뵙소이다. 궁주님."

조릉의 시선이 팽조윤과 월하린을 스치며 지나갔다. 그가 가볍게 자리에 앉으라는 듯이 손짓했다. 그러자 두 사람은 고개를 끄덕이며 조릉이 가리킨 자리로 와 착석했다.

팽조윤이 자리에 앉자 기다렸다는 듯이 팽현과 하북팽가의 무인들이 우르르 그의 뒤에 가서 섰다. 막 자리에 앉으려던 백호가 그 모습을 보고는 멈칫하며 상대방을 올려다봤다.

팽현의 비웃음 담긴 시선을 보는 순간 백호가 미간을 찡그렸다. 그러고는 곧바로 의자를 밀어 넣으며 몸을 일으켜 세웠다.

백호는 그대로 월하린의 등 뒤로 가서 섰다.

그녀의 뒤에 선 백호가 눈을 부라렸다. 흡사 월하린의 뒤에는 자신이 있으니 까불지 말라는 듯이 말이다.

월하린은 그런 백호의 생각도 모르고 그를 올려다보며 말했다.

"안 앉아요?"

백호가 고갯짓으로 상대방을 가리키며 목소리에 힘을 줬다.

"저렇게 서 있으면 멋있는 줄 아나 본데, 그럼 어느 쪽이 더 멋있을지 보여주려고."

말을 마친 백호가 팔짱을 끼며 하북팽가의 무인들을 바라봤다. 히죽 웃는 그의 얼굴에는 자신감이 가득했고, 백호의 목소리를 들은 하북팽가의 무인들은 당혹감을 감추지 못했다.

처음 봤을 때부터 속내를 감출 생각을 하지 않는다.

제아무리 적대적인 세력이라 할지라도 이렇게 면전에서 상대를 무시하는 자는 본 적이 없다.

하물며 생긴 지 얼마 안 된 백하궁 따위가 하북팽가와 맞먹으려 들다니.

"하, 어이가 없어서."

팽현이 중얼거릴 때였다.

백호의 말의 의미를 알아들은 전우신과 아운이 빠르게

백호의 양옆으로 와서 섰다. 전우신은 그나마 얌전히 서 있었지만 아운은 달랐다. 그는 짐짓 멋있는 표정을 지어 보이며 백호를 거들었다.

그런 그들의 모습에 팽조윤이 불쾌한 듯이 말했다.

"여기가 장난하러 모인 자리인가?"

허나 조륭은 조금 달랐던 모양이다. 그가 참지 못하고 웃음을 터트렸다.

"하하, 거 재미있는데 왜 그러시오. 딱딱한 자리일 거라 생각했는데 덕분에 웃었소이다."

"……."

팽조윤은 조륭의 행동이 마음에 들지 않았지만 그저 침묵을 유지했다. 지금 이곳에서 조륭과 문제를 일으켜서 하북팽가에게 좋을 것이 하나 없다.

팽조윤이 천천히 의자에 몸을 기대며 분노를 삭였다.

'돈 좀 있다고 건방 떨기는.'

무림세가인 하북팽가의 가주로서, 조륭이라는 인물은 그리 인정하고 싶지 않은 상대였다. 조륭은 그의 할아버지 때부터 커다란 재력을 지녀 온 대부호다.

엄청난 노력으로 이 자리에 오른 자신과는 달리 조륭은 돈의 힘을 빌려 팽조윤과 같은 선상에 위치하고 있다. 그 것이 못내 마음에 들지 않았으나, 재물은 분명 힘이었다.

더군다나 지금 팽조윤에게는 조륭의 힘이 너무나 필요했다.

팽조윤은 내심 생각했다.

'이자는 내 편이다.'

하북팽가보다 백하궁이 먼저 왔음에도 불구하고 반드시 자신들과 함께 자리하겠다는 것만 봐도 확실하다. 오랜 시간 말과 붓의 유통을 함께해 온 사이가 아니던가.

확신에 찬 팽조윤의 표정. 그런 팽조윤과 조륭의 시선이 마주쳤다.

팽조윤은 조륭을 향해 가볍게 웃어 보였다.

그리고 바로 그때 조륭이 입을 열었다.

"이렇게 양쪽을 한자리에 모신 것은 뭐 때문인지 아실 거라 사료되오. 말과 붓, 두 세력 간에 그걸로 인해 큰 문제가 생겼다고 들었소이다. 양쪽 모두 물러날 생각이 없다기에 내 평화로운 제안을 하나 하고자 이곳에 자리를 마련했소."

말을 마친 조륭은 양쪽에 자리한 월하린과 팽조윤을 한 번씩 번갈아 바라봤다. 팽조윤의 입가에는 미소가, 월하린의 얼굴에는 딱딱한 표정이 머물렀다.

그 누가 봐도 조륭이 할 제안이 무엇인지 알 것 같았기 때문이다.

조륭이 말했다.

"내 제안은 이렇소. 각자 가까운 지역의 판권을 가지는 걸로 합시다."

조륭의 그 한마디에 웃고 있던 팽조윤의 표정이 일그러졌다. 그는 믿을 수 없다는 듯이 두 눈을 치켜뜨며 조륭을 노려봤다.

"……장주, 지금 그게 무슨 말이오?"

"서로 싸움 없이 해결하려고 하는 데 뭐 문제가 있는 거요?"

조륭이 모른다는 듯이 반문했다.

팽조윤은 화를 참지 못하고 주먹으로 탁자를 내려쳤다.

쾅!

"나랑…… 장난하자는 것이오?"

팽조윤의 화내는 모습에 조륭이 피식 웃었다.

"장난? 내가 장난이나 치는 사람으로 보이시오?"

조륭의 말에 팽조윤이 이토록 화를 내는 것은 당연했다. 흡사 공평하게 한다는 듯이 말하고 있었지만 이건 하북팽가 입장에서는 말도 안 되는 조건이다.

하북팽가가 북쪽에 있는 반면 섬서성은 중앙에 위치하고 있다.

지금 조륭이 말하는 대로 한다면 백하궁은 하북팽가에

비해 열 배가 넘는 커다란 시장을 가지게 된다. 이건 말만 나눠 가지라는 것이지 실상 그 모든 힘을 백하궁에게 실어 준다는 말과 무엇이 다르단 말인가.

분위기가 급속도로 냉랭하게 변하자 조륭의 뒤편에서 무엇인가 인기척이 느껴졌다. 조륭을 지키는 호위무사들이 모습을 감춘 채로 상황을 예의 주시하고 있는 것이다.

당장에라도 이 자리를 박차고 나가고 싶었지만 팽조윤은 화를 꾹꾹 내리눌렀다.

'대체 무슨 생각인 게냐, 조륭!'

여유 가득한 얼굴로 앉아 있는 조륭의 속내를 모르겠다. 비록 가까운 사이는 아니라지만 그래도 오랜 기간 연을 맺어 왔다.

그런데 그런 조륭이 자신의 뒤통수를 쳤다. 팽조윤은 그를 이해할 수가 없었다.

이럴 거라면 왜 백하궁의 거래를 압박하고, 또 자신들을 불러서 이 같은 자리를 만든단 말인가. 하북팽가를 돕기 위해 그 같은 일을 벌였던 것이라 생각했거늘 상황은 예기치 못하게 그 반대로 흘러가고 있었다.

조륭이 차마 말을 잇지 못하고 있는 팽조윤을 바라보며 말했다.

"내가 하고자 하는 말은 다 했소. 그러니 이 제안에 대해 따를지 말지는 며칠간 말미를 줄 테니 각자 생각해서 전해 주셨으면 하오."

말을 마친 조륭은 자신의 앞에 놓여 있는 서책을 들어 올렸다.

그 모습은 흡사 더는 할 이야기가 없다는 속내를 내비치는 것만 같았다.

팽조윤은 길게 숨을 내쉬었다.

화가 머리끝까지 치민다.

'감히 네놈이 이렇게 나오겠다? 그렇다면 좋다. 나 또한 이대로 당하지는 않는다.'

고작 돈 좀 있다는 걸로 하늘 무서운 줄 모르고 까부는 이 조륭이라는 작자에게 본때를 보여 주고야 말리라.

더는 이곳에 있을 필요성을 느끼지 못했는지 팽조윤이 자리에서 일어났다. 팽조윤과 마찬가지로 당황스러운 표정을 짓고 있는 하북팽가 무인들의 시선이 그에게로 쏠렸다.

팽조윤이 애써 감정을 억누르며 웃어 보였다.

"장주의 뜻은 잘 알았소. 생각할 시간이 필요할 것 같으니 며칠 후에 우리의 뜻을 전하리다."

"그래 주시겠소? 그럼 그때 다시 자리를 만들면 될 듯하오."

"그럼 우리는 이만."

말을 마친 팽조윤이 몸을 휙 돌리며 뒤편에 있는 수하들을 향해 짧게 말했다.

"가자."

"예, 아버님."

팽현이 고개를 끄덕이며 팽조윤의 뒤를 쫓아 걸었다. 그렇게 하북팽가의 무인들이 순식간에 조륭의 거처에서 빠져나갔을 때였다.

아직까지 지금 돌아가는 상황이 이해가 가지 않았던 월하린이 서책을 보고 있는 조륭을 향해 물었다.

"무슨 생각이신지 여쭈어 봐도 될까요?"

"뭐가 말이오?"

"사실 이런 결과, 생각도 못 해 봐서요. 두가장은 하북팽가의 편이라 생각했거든요."

"틀린 말은 아니오."

"그런데…… 어째서죠?"

"양측의 조건이 같았다면 난 하북팽가의 편을 들었을 거요. 다만 그 어느 부분을 봐도 난 백하궁에게서 더 가능성을 봤소. 여태까지 연이 있었다고 하나 하북팽가와 우리 사이는 단순한 거래 상대에 불과했소."

오랜 시간의 거래로 인한 신용은 있었으나, 그것은 일에 관련된 것이다. 그보다 좋은 조건이 있다면 옮기는 것은 당연지사다.

조륭이 말을 이었다.

"내가 어떻게 이렇게 많은 재물을 지킬 수 있었는지 아시오? 자그마한 인연보다는 득에 따라 움직이는 거요. 그게 바로 거부의 첫 번째 조건이기도 하지. 하북팽가보다 백하궁이 우리에게 더 큰 득을 안겨 줄 수 있다 판단했소이다. 그뿐이오."

말을 마친 조륭이 가볍게 웃어 보였다.

월하린은 그런 그를 말없이 바라봤다. 그냥 그렇게만 판단하기에는 뭔가 미심쩍은 부분이 없잖아 있었지만 지금의 조건 자체가 백하궁에게 나쁜 건 아니었다.

며칠 후 다시금 하북팽가와의 자리를 만들어 이 일을 매듭지을 것이다.

그때까지 월하린 또한 이런저런 정황들에 대해 고민할 시간이 있었다.

그녀가 자리에서 일어나며 포권을 취했다.

"그럼 저희들도 이만 가 볼게요. 며칠 후에 다시 뵙죠."

"그럽시다, 궁주."

조륭 또한 자리에서 일어나며 월하린에게 인사를 건넸다. 말을 끝마치고 백하궁의 인원들이 몸을 돌려 걸어 나갈 때였다.

조륭이 입을 열었다.

"백호라고 하던가?"

백호가 힐끔 시선을 돌려 조륭을 바라봤다.

미소를 머금은 조륭이 백호를 향해 나지막이 말했다.

"요새 내 딸이 자네를 좀 따라다니는 것 같던데."

대답하기 귀찮았는지 백호는 가볍게 어깨를 으쓱했다. 그런 그를 향해 조륭이 웃는 얼굴과는 전혀 다른 경고를 남겼다.

"다 좋아. 허나 하나 경고하지. 내 딸에게 상처를 주지 말게. 내가 다른 건 다 냉정하게 판단이 가능한데 말이야…… 이상하게 그 아이 일에는 그게 안 되거든."

말을 마친 조륭은 몸을 돌렸다.

애초부터 대답을 원했던 것도 아니었다. 그런 조륭을 향해 백호 또한 뚱한 표정만 지어 보였다. 그 이름도 기억하지 못하는 인간 여자의 이야기를 할 생각조차 백호에겐 없기 때문이다.

백호는 옷깃을 잡아끄는 월하린에게 이끌려 바깥으로 걸어 나갔다.

하북팽가에 이어 백하궁의 인원들 모두 방에서 사라졌을 때다. 몸을 돌리고 서 있던 조륭이 입을 열었다.

"이것이면 되겠습니까?"

조릉의 목소리에 벽 뒤편 호위무사들이 숨어 있는 장소에서 여인의 목소리가 들려왔다.

"부탁을 들어줘서 고마워요."

"아닙니다. 다른 이도 아닌 아가씨의 부탁인데 어찌 거절할 수 있겠습니까."

"조릉, 당신에게 전혀 피해는 가지 않을 겁니다. 제가 반드시 그렇게 만들어 주죠."

"아가씨의 선택이시니 분명 그것이 정답이겠지요."

다른 이들을 대할 때와는 달리 조릉의 어투는 무척이나 공손했다. 그리 나이가 많아 보이지 않는 여인의 목소리임에도 불구하고 조릉은 그 정체불명인의 말을 전적으로 믿는 듯했다.

이번 백하궁과 하북팽가의 일.

이 모든 사건의·전말 또한 모습을 감추고 있는 여인으로 인해 정해진 것이다. 그녀가 백하궁을 도우라 명했다. 그랬기에 조릉은 이유조차 묻지 않고 그들의 손을 들었다.

적어도 이 뒤에 숨어 있는 여인은 그런 힘이 있는 존재였다.

"일이 끝났으니 이만 가 봐야겠군요."

"벌써 가십니까?"

"해야 할 일이 많아서 오래 자리를 비워 둘 수가 없거든요."

"그럼 다음에 뵐 때까지 몸조심하십시오, 아가씨."

"조릉 당신도요."

그 말이 끝이었다.

굳게 닫혀 있던 조릉의 뒤편 창문이 열리며 누군가가 번개처럼 사라졌다. 정체불명의 여인이 사라지자 조릉이 자신의 의자에 걸터앉았다.

"백하궁이라……."

오랜 시간 무림에 뿌리내린 하북팽가와, 신생문파 백하궁의 싸움.

그 누가 봐도 하북팽가 쪽이 유리하다 생각할 만한 상황이거늘 그녀가 손을 들어준 건 다름 아닌 백하궁이었다.

의외의 판단이긴 했으나 그녀가 결단을 내렸다.

그렇다면 그것이 바로 정답이다.

더는 생각할 필요도 없다 생각했는지 조릉은 하북팽가와 백하궁의 일을 머리에서 지웠다.

대신 그는 옆에 목석처럼 아무런 기척 없이 서 있는 내당 총관 심여원에게 말을 걸었다.

"심 총관."

"예, 장주님."

"그 녀석은 아직도 그러고 있느냐?"

심여원은 조룡의 질문에 일순 입을 닫았다.

그가 지금 물어보는 이의 정체가 다름 아닌 조비연이라는 것을 잘 알기 때문이다. 심여원이 잠시 머뭇거리다 답했다.

"예. 아무래도 관심을 보인 사내가 자신을 없는 사람 취급하니 화병이라도 걸리신 것 같습니다."

"어휴, 그 녀석은 대체 누굴 닮아서 이러는 건지."

조룡은 고개를 절레절레 저었다. 이렇게 쓸데없는 일로 속을 태우는 딸에게 큰소리라도 치고 싶었지만 그건 자신의 생각 안에서만 가능한 일이었다.

실제로 조룡은 조비연만 보면 자신도 모르게 약해지는 딸 바보였으니까. 괴로워하고 있는 조룡을 바라보던 심여원이 잠시 고민하다가 이내 입을 열었다.

"저…… 장주님."

"뭔가?"

"아가씨께서 정 안 되면 돈으로라도 저자를 사 달라고……."

"뭐, 뭐야? 내 이 녀석을 확!"

조룡의 두통이 깊어져 갔다.

제8장. 부정
— 대체 이게 무슨 일이오

두가장의 장주 조륭과의 만남이 있은 직후 거처로 돌아온 팽조윤이 탁자 위에 놓여 있는 찻잔을 거칠게 쓸어버렸다.

와장창.

위에 놓여 있던 찻잔을 부순 팽조윤은 아직도 분이 가시지 않는지 거칠게 숨을 몰아쉬었다. 그런 팽조윤에게 다가온 팽현이 걱정스러운 목소리로 말했다.

"아버님, 진정하시지요."

"감히…… 제깟 놈이 나를 우롱해? 이곳까지 우리를 불러 놓고 뭐? 우리에겐 변두리의 상권이나 가지고, 백하궁

놈들에게는 알토란 같은 노른자를 다 주자고?"

기가 막힐 일이 아닌가.

설마 그런 말도 안 되는 조건을 자신들이 받아들일 거라고 생각한 것일까? 분명 그건 아닐 게다. 그렇다면 조룡이 말하고자 하는 건 하나.

하북팽가의 의사 따위는 상관없다는 소리다.

그 상황이 팽조윤으로서는 더욱 기가 막힐 수밖에 없었다.

'대체 뭘 믿고 이렇게 나오는 것인지 모르겠군.'

이해가 가지 않는다.

허나, 지금 조룡의 행동에 대해 이해하고 말고가 중요한 게 아니다. 바로 그가 지금 하북팽가로서는 받아들일 수 없는 일을 벌이고 있다는 게 중요했다.

가만히 서 있는 팽조윤을 향해 팽현이 물었다.

"아버님 어떻게 해야 할까요? 차라리 이 기회에 두가장 놈들을 혼쭐을 내주시는 것이······."

"쯧쯧, 네놈은 그게 문제다."

팽현의 무공 실력은 무척이나 뛰어나다.

허나 그는 그만큼 다혈질적이고, 생각하기보다는 몸으로 먼저 행동하려는 경향이 있다. 물론 그런 부분이 장점으로 부각될 수도 있지만 지금은 아니다.

두가장이 단순히 돈 많은 부호의 거처라 생각한다면 오산이다.

돈이 있는 곳에는 무인이 꼬인다.

두가장 장주 조륭의 휘하에는 무시할 수 없는 고수들이 즐비하다.

팽조윤은 허리에 찬 도를 만지작거렸다.

힘으로 상대할 수도 없고, 그렇다고 해서 무시할 수도 없는 자다.

조륭이 그런 식으로 하라고 해서 반드시 그 뜻을 따를 필요는 없다. 조륭이 돕지 않는다 해도 하북팽가는 여태까지처럼 말과 붓을 전국으로 유통할 수 있다.

다만 섬서성의 상인들을 쥐고 있는 조륭과 척을 진다면 유통 과정에서 지금보다 더 많은 금액이 들 것이 분명하다.

가뜩이나 거리적 불리함으로 지금도 백하궁에 비해 밀리는 자신들이다. 조륭까지 적으로 돌린다면 어찌어찌 장사는 할지언정 결코 이윤을 남길 수 없다.

팽조윤의 눈동자에서 살기가 번뜩였다.

'결국…… 최악의 수를 던져야겠군.'

이번 거래가 조륭의 말대로 된다면 하북팽가의 규모는 지금과는 비교도 할 수 없이 축소되고야 만다. 하북팽가의 몰락만큼은 어떻게든 막아야만 했다.

설령 옳지 못한 일을 해서라도.

"현아."

"예, 아버님."

"은밀하게 다녀와야 할 곳이 있다. 채비하거라."

"조룡을 다시 만나러 가시려는 겁니까?"

"놈을 만나서 무엇 하려고? 어차피 놈은 마음을 정한 상태다. 우리가 무슨 말을 하든 조룡 그자는 백하궁의 편에 설 게야. 그리고 우리가 고개를 숙이고 이렇게 찾아왔는데 또 그럴 수는 없는 노릇 아니더냐."

"그게 무슨……."

"이제 그놈이 우리에게 굽히고 들어오게 만들겠다는 말이다."

"비책이 있으신 겁니까?"

팽현이 두 눈을 빛내며 물었다.

그러자 팽조윤은 고개를 끄덕이며 피식 웃어 보였다. 그가 확신에 찬 목소리로 말했다.

"물론이지. 그놈에겐 치명적인 약점이 하나 있거든."

"그게 뭡니까?"

"조비연, 그 빌어먹을 놈의 딸. 그게 바로…… 놈의 약점이지."

　　　　　*　　　*　　　*

　조비연은 울화통이 터졌다.

　그날 고작 당과에 밀려서 자존심에 상처를 받은 이후에
도 무려 세 차례나 더 백호를 찾아간 그녀다. 어떻게든 백
호와 밥이라도 한 끼 먹어 보려고 별의별 짓을 다 해 봤지
만 그 모든 것이 수포로 돌아갔다.

　조비연은 자신의 앞에 놓인 술잔을 연거푸 퍼마시며 이
를 갈았다. 그녀는 제 옆에 우두커니 서 있는 시비 상아에
게 불만 어린 목소리로 말했다.

　"그 월하린인가 뭔가 하는 여자 생긴 건 순해 빠져 가지
고 하는 짓 보면 완전 여우라니까? 너도 봤지? 내가 가기
만 하면 두 눈에 힘을 주고 자꾸 백호를 옆으로 빼돌려 대
는 거."

　조비연은 기분 나쁘다는 듯이 말하고 있었지만 상아에게
중요한 건 그게 아니었다.

　그녀는 걱정스러운 얼굴로 조비연을 재촉했다.

　"아씨, 이렇게 나와서 술 드신 거 장주님께서 아시면 어
쩌시려고요."

　"흥, 알면 좋지 뭐."

조비연이 퉁명스레 말했다.

돈으로라도 백호를 사 달라는 말도 안 되는 소리로 조룡을 졸라 댔지만 그게 가능할 리가 없었다. 애초부터 불가능에 가까운 부탁이라는 건 알았지만 그것마저 안 된다고 하니 내심 기분이 상했던 조비연이다.

그랬기에 조비연은 늦은 저녁 조룡 몰래 두가장을 빠져나와 인근 객잔의 방 하나를 잡고 계속 술을 퍼마시고 있었던 것이다.

조비연의 옆에는 언제나 붙어 다니는 시비 상아와, 그런 그녀를 호위하는 무사 하나가 전부였다.

아무런 말 없이 뒤편에 서 있는 무사에게서는 제법 고수의 풍모가 풍겼다.

술기운이 살짝 오르자 조비연이 뒤로 휙 고개를 돌려 호위무사에게 말했다.

"아저씨, 월하린이라고 알아?"

"압니다."

무뚝뚝한 목소리로 그가 답했다.

월하린을 안다는 말에 조비연이 조금 더 높아진 목소리로 말했다.

"걔가 그렇게 대단해?"

"어떤 걸 말씀하시는 겁니까."

"아버지가 천하제일인이라매? 그렇다고 자기가 천하제일인인 것도 아니잖아? 근데 뭐가 그렇게 건방져?"

"솔직히 대답합니까?"

"나 마음 넓은 여자야. 솔직하게 대답한다고 화 안 낼게. 어디 한번 말해 봐."

조비연이 자신의 가슴을 주먹으로 쾅쾅 두드리며 호언장담했다. 대답이 떨어지자 호위무사는 기다렸다는 듯이 대답했다.

"건방질 자격이 있는 여인입니다."

"……자격이 있어?"

"물론입니다."

"왜?"

호위무사는 다소 날카롭게 변한 조비연의 말투를 알아차리지 못했다. 원래 거짓말을 잘 못하는 성격인지 그는 조비연의 말을 곧이곧대로 믿고 말을 이어 나갔다.

"그 나이 대에 적수를 찾아보기 힘든 고수라 들었습니다. 그리고 천산일화라는 별호에 어울리게 단아하고 아름다운 외모. 건방져서 안 될 이유가 없지요."

"아저씨……."

"예?"

"눈치가 그렇게 없어 가지고 두가장에서 계속 일할 수

있겠어?"

이를 갈며 협박하는 조비연의 말투를 듣고서야 호위무사
는 자신이 실수를 한 것을 눈치챘다. 그는 황급히 고개를
돌리고 가볍게 기침을 했다.

조비연은 분하다는 듯 발을 동동 굴렀다.

"아아, 분해!"

분한 것이 한두 가지가 아니다.

월하린이 예쁜 것도 분하고, 그녀의 무공 실력이 자신보
다 뛰어난 것도 분하다. 언제나 백호 옆에 있을 수 있다는
것도 화가 나는 요인이었지만 그 무엇보다 조비연을 화나
게 하는 건 따로 있었다.

이름.

처음 만났을 때부터 지금까지 수차례 만났지만 백호는
자신의 이름을 부르지 않았다.

아니, 정확하게 말하자면 기억조차 하지 않는 것일지도
모르겠다. 그의 옆에서 보고 있으면서 안 사실인데 백호는
그 누구에게도 이름을 부르지 않았다.

단 한 명, 월하린을 제하고서는.

백호의 입에서 계속해서 그 여자의 이름만 나오자 처음
엔 별 생각 없던 것이 이제는 점점 짜증이 나기 시작했다.

그 하나만으로도 월하린이라는 여인이 백호에게 무엇인

가 특별한 의미가 있는 존재로 느껴지는 탓이다.

기분이 더러워졌는지 조비연은 탁자 위에 있는 술을 다시금 들이켰다.

그런 그녀를 옆에 두고 상아가 어쩔 줄 몰라 하고 있을 때였다.

조비연이 잔을 탁 내려놓으며 그녀에게 말했다.

"야. 넌 들어가서 마차나 가지고 와."

"마차요?"

"그래. 오늘 술 진탕 마시고 기절해서 들어가 버릴 테니까 미리 마차라도 준비해 놔야지."

"아씨, 제발 그냥 지금이라도……."

"너 자꾸 토 달 거야?"

조비연이 쏘아붙이자 상아는 결국 고개를 끄덕일 수밖에 없었다. 그녀는 걱정스러운 얼굴로 호위무사를 한 번 바라봤다.

조비연을 부탁한다는 상아의 시선에 호위무사 또한 아무런 말 없이 고개를 끄덕였다. 상아가 들리지 않은 작은 한숨과 함께 말했다.

"그럼 아가씨 바로 다녀올게요. 제발 술 조금만 드시고 계세요."

걱정스러운 말과 함께 상아가 객잔 방을 벗어났다.

허나 그런 상아의 걱정이 무색하게 조비연은 연신 술잔에 든 술을 마셔 댔다. 그녀의 얼굴이 술기운으로 붉게 물들었다.

"하, 취한다."

그녀가 의자에 몸을 기대어 앉으며 창 바깥을 바라봤다. 삼 층 높이의 객잔이었기에 주변의 전경이 눈에 들어왔다. 어두운 밤, 주변을 잔뜩 빛내는 화려한 불빛들을 보며 조비연이 다시금 술잔에 손을 가져다 댔을 때였다.

"어? 비연이 아니냐?"

아래에서 들려온 목소리에 조비연의 시선이 그쪽으로 향했다. 그리고 그곳에는 커다란 도를 허리에 차고 있는 무인 하나가 있었다.

하북팽가 가주의 아들 팽현이었다.

팽현을 발견한 조비연의 얼굴에 미소가 걸렸다.

"어라? 오라버니?"

"이거 숙녀가 다 됐구나. 못 알아볼 뻔했어."

길거리에 선 채로 객잔을 올려다보고 있는 팽현의 얼굴에도 오랜만에 만난 지인을 향한 반가움이 가득했다.

조비연이 그런 그를 내려다보며 말했다.

"왔다는 말은 들었는데 깜빡했네."

"알긴 했냐?"

"물론이지."

"그런데 거기서 뭐 해?"

"나? 객잔에서 뭐 하겠어."

말을 마친 조비연이 창밖으로 술잔을 내보이며 가볍게 흔들었다. 그런 조비연의 모습에 팽현이 피식 웃어 보이고는 말했다.

"나 혼잔데 올라가도 돼?"

"정말? 마침 혼자 술잔 기울이느라 적적했는데 그래 주면 나야 고맙지."

조비연이 두 눈을 빛내며 말하자 팽현이 기다리라는 듯이 손짓했다.

"알았어. 곧바로 올라갈게."

말을 마친 팽현은 곧바로 객잔 안으로 걸어 들어왔다. 객잔에 들어선 그는 곧바로 조비연이 있는 방에 도착할 수 있었다.

드르륵.

문을 열고 팽현이 들어섰을 때다.

호위무사가 조심스럽게 조비연과 거리를 좁혔다. 그러자 그녀가 괜찮다는 듯 손을 휘저으며 말했다.

"방금 전에 내가 올라오라고 한 사람이야. 걱정 안 해도 돼, 아저씨."

"알겠습니다."

호위무사는 그대로 다시금 두 걸음쯤 뒤로 물러섰다. 그를 물린 조비연이 팽현을 반갑게 맞이했다.

"오라버니, 이게 얼마 만이지?"

".글쎄. 한 삼 년은 된 것 같은데."

씩 웃으며 팽현이 조비연의 건너편에 앉았다. 그러고는 이내 위에 놓여 있는 적지 않은 술병을 보며 놀란 듯이 중얼거렸다.

"이게 대체 몇 병이야."

"기분이 울적해서 조금 마셨지."

"취한 거 아냐?"

"취했나? 호호!"

조비연이 입을 살짝 가리며 웃었다.

팽현과 조비연은 어릴 적부터 종종 봐 왔던 나름 안면 있는 사이였다. 그렇게 가까운 사이는 아니었지만 조비연은 같이 술잔을 기울여 줄 사람이 필요했던 모양이다.

"자, 오라버니도 한 잔 해."

그녀가 술잔에 술을 채우더니 그걸 팽현에게 권했다. 팽현은 술잔을 받아 들고는 곧바로 비워 버렸다. 독한 술기운이 목구멍을 타고 넘어갔다.

팽현은 소매로 입 부분을 닦아 내며 조비연에게 술 한

잔을 따랐다. 그가 의미심장한 한마디를 전했다.

"호위무사 한 명만 데리고 나온 거야?"

"응, 원래 방금 전까지 시비도 하나 있었는데 잠깐 두가장으로 돌려보냈어."

"그래?"

조비연의 말을 전해 들은 팽현의 눈동자가 슬그머니 빛났다.

팽현은 빠르게 술잔을 주고받으며 말을 건넸다.

"그런데 무슨 일 있어? 뭔가 기분이 안 좋아 보이는데."

"조금?"

자세한 이야기는 하고 싶지 않았는지 조비연은 그 정도에서 말을 얼버무렸다. 그리고 팽현 또한 조비연이 뭐 때문에 기분이 나쁜지 전혀 궁금하지도 않았다.

조비연이 다시금 술잔에 손을 가져다 댔을 때였다.

팽현이 뒤쪽에 있는 호위무사를 향해 전음을 날렸다.

『많이 취한 것 같은데 그냥 두실 생각입니까?』

『몇 차례 말렸지만 요지부동이십니다.』

자신에게 날아든 전음에 호위무사 또한 마찬가지로 화답했다. 팽현이 짐짓 걱정스럽다는 듯이 조비연을 바라보다가 다시금 전음을 날렸다.

『아무래도 그만 먹이는 게 좋겠군요. 제가 간단하게 손

좀 쓰도록 하죠.』

　말을 마친 팽현이 조심스레 그녀의 목 뒤로 손을 뻗었다. 평소였다면 긴장했을 호위무사도 상대의 정체를 알고, 미리 주고받은 전음이 있었던 탓인지 아무런 의심 없이 상황을 바라보고 있었다.

　그리고 그 순간 팽현이 조비연의 혈도를 가볍게 두드렸다.

　새빨개진 얼굴로 술잔을 들어 올리던 그녀가 푹 하고 쓰러졌다. 그리고 쓰러지는 조비연을 빠르게 받아 챈 팽현이 그녀를 안아 든 채로 호위무사를 향해 다가갔다.

　호위무사는 다가오는 팽현을 향해 감사의 인사를 건넸다.

　"신세를 졌습니다."

　"신세는요. 됐으니 이 아이나 좀 받아주시지요."

　혈도를 제압당해 혼절한 조비연을 들이밀자 호위무사는 아무런 의심 없이 그녀를 건네받았다. 양손으로 막 조비연을 안아 올리는 그 짧은 순간이었다.

　푸슈슉!

　팽현의 소매 속에 있던 무엇인가가 기괴한 소리를 토해냈다. 소리와 함께 쏟아져 나온 얇은 비침들이 순식간에 호위무사의 배와 가슴을 관통했다.

탁탁탁.

호위무사의 몸을 관통한 비침들이 객잔 벽에 틀어박혔다. 수십 개의 구멍이 생겨 버린 호위무사의 몸에서 일순 피가 쏟아져 나왔다.

"이, 이……."

채 무엇인가 방비도 하기 전이었다.

호위무사가 부상을 당한 상황에서도 어떻게든 지키려 하는 조비연을 한 손으로 빼앗아 낸 팽현이 소매를 호위무사의 얼굴로 가져다 댔다.

드르르륵.

무엇인가 맞물리는 소리가 울려 퍼졌다.

그리고…….

픽픽픽!

다시금 쏟아져 나온 비침이 호위무사 사내의 머리에 틀어박혔다. 버티고 섰던 그는 곧바로 숨을 거두고 뒤로 쓰러져 버렸다.

단번에 호위무사를 죽인 팽현이 슬쩍 주변을 둘러보았다.

자신과 관련된 그 어떠한 흔적도 보이지 않는다.

하북팽가가 의심받을 일이 없게 상대를 죽일 때도 도가 아닌 암기를 사용했다. 죽여야 했던 호위무사의 실력은 팽현과 비교해도 크게 차이가 나는 자가 아니었다.

그럼에도 불구하고 이토록 쉽게 죽일 수 있었던 것은 역시나 그자에게서 방심을 유도했기 때문이다.

그 누구에게도 들키지 않고 원했던 목표인 조비연을 손에 넣을 수 있었다.

팽현이 만족스럽게 웃고 있을 때였다.

다가닥다가닥.

말발굽 소리에 살짝 창밖을 내려다보자 두가장의 마차가 모습을 드러내고 있었다.

'서둘러야겠군.'

자신이 이 일에 개입되었다는 걸 결코 조륭이 알아서는 안 된다.

조비연을 들쳐 업은 팽현이 곧바로 뒤편에 있는 조그마한 창을 통해 지붕 위로 모습을 감췄다. 그리고 그렇게 팽현이 조비연을 데리고 사라진 지 얼마 되지 않았을 무렵 마차를 가지러 떠났던 상아가 계단을 올라와 문 앞에 섰다.

"아씨."

조심스럽게 불러보았지만 조비연의 목소리가 들릴 리 없었다. 기다리다 지쳤는지 상아가 재차 말했다.

"아씨, 저 들어갑니다!"

말을 마치자마자 문을 확 열어 젖혔던 상아의 얼굴이 잔뜩 굳어졌다.

문을 열기가 무섭게 밀려 나오는 진한 피 냄새.

그리고 고슴도치처럼 얼굴에 침이 잔뜩 박힌 채로 죽어 있는 호위무사를 보는 순간 상아는 그 자리에서 털썩 주저앉아 버렸다.

*　　　*　　　*

두가장이 발칵 뒤집혔다.

여식인 조비연의 실종을 전해 들은 조륭에게서 한기가 몰아쳤다. 그의 몸 주변에서는 말로 형용하기 힘든 분노가 느껴졌다. 조륭은 자리에 앉지도 못하고 연신 방 안을 서성였다.

걱정에 가득 찬 그는 몸을 부들부들 떨며 안절부절못하고 있었다.

조륭의 거처에 중년의 무인 하나가 모습을 드러냈다. 외당 총관인 장패(張覇)라는 자다. 그가 황급히 방에 들어서자 조륭이 기다렸다는 듯이 물었다.

"어떻게 됐는가!"

"그것이…… 아무런 정보도 얻지 못했습니다."

"그게 말이 되는가!"

버럭 소리친 조륭이 화를 참지 못하고 책상을 뒤집어엎어 버렸다.

어찌 이런 일이 있을 수 있단 말인가.

그리 늦지도 않은 밤, 다른 곳도 아닌 두가장의 앞마당과 다름없는 동천에서 여식이 납치되었다. 그것도 조륭의 금지옥엽 외동딸인 조비연이.

장패가 분노를 토해 내는 조륭을 향해 황급히 말했다.

"알아봤지만 그 시간에 객잔에 있던 이들 중 누구도 싸우는 소리를 듣지 못했답니다. 그리고 또 아가씨와 비슷한 분을 데리고 나가는 이도 보지 못했다 합니다."

조륭이 화를 내는 것도 이해하지만 장패 또한 답답한 것은 매한가지였다. 놀랍게도 주변을 뒤져 봐도 수상할 만한 흔적 같은 건 전혀 보이지 않았다.

더군다나 조비연을 지켰던 자는 나름 뛰어난 실력의 고수였다. 그런 그가 지켰는데 아무런 소란도 없이 조비연을 납치하는 게 가능한 이가 과연 얼마나 될 것인가?

두가장이 알아낸 것은 단 두 가지뿐이었다.

상대는 암기를 사용하는 자고, 또 조비연을 지키는 호위 무사를 소리도 없이 죽일 수 있는 고수라는 것.

뭔가 다른 단서를 알아오게 하기 위해 장패를 움직였지만 돌아오는 건 아무것도 없었다. 그러한 사실에 조륭이 갑갑한 마음을 토해 내고 있을 때였다.

바깥에 있던 내당 총관 심여원이 들어섰다.

"장주님."

"무슨 일인가."

"하북팽가에서 장주님을 뵙고 싶다며 찾아오셨는데……."

"그자들은 지금 상황을 모른단 말인가?"

조륭의 목소리에는 짜증이 잔뜩 묻어났다.

조비연이 사라진 지금 하북팽가 측에서 만나자는 연락을 취해 오자 조륭은 짜증을 넘어선 분노까지 치밀었다.

조륭의 반응에 심여원이 조심스레 대답했다.

"저 또한 그런 이유였다면 장주님께 전하지 않았을 것입니다."

"하면?"

"그들이 장주님께 전할 말이 있다고 하는데, 제가 봤을 때는 이번 일과 관련된 것 같습니다."

"이번 일과?"

"예, 저희 측 호위무사가 암살되었다는 말에 그들이 시체를 보고 싶다고 하여 함께 가서 잠시 상황을 살폈습니다. 그러고는 이내 뭔가를 수군거리기 시작하더니 곧 장주님을 뵙고 싶다고 했습니다. 정황상 그들이 말하고자 하는 건 아마도 이번 일과 관련되었을 공산이 큽니다."

심여원의 말에 조릉의 눈동자가 크게 일렁였다.

아무런 단서도 없는 현재 조릉은 썩은 동아줄이라도 잡고 싶은 심정이었다. 그것이 아무리 작은 것이라 할지라도 지금 조릉은 무척이나 다급했다.

"그, 그들에게 당장 들라 하게!"

조릉의 외침에 심여원은 곧바로 바깥으로 빠져나갔다. 처음부터 그들을 이곳 조릉의 거처와 그리 멀지 않은 곳까지 데리고 왔던 탓에, 하북팽가의 가주인 팽조윤과 그의 아들 팽현이 빠르게 방 안에 들어섰다.

맞잡은 손을 비비며 그들을 기다리던 조릉이 두 사람을 반겼다.

"팽 가주!"

"이야기는 들었소. 심려가 크시겠소이다, 장주."

"아니오. 그보다 내 딸의 사건과 관련된 뭔가를 알아차린 것 같다던데 그게 사실이오?"

조릉의 질문에 팽조윤과 팽현은 슬쩍 눈을 맞췄다.

다급하게 물어 오는 조릉의 말투에서 그의 속내가 여실히 드러났다.

'애간장이 타나 보구나, 건방진 자식.'

팽조윤은 속으로 비웃음을 흘렸다.

지금 눈앞에 있는 자신들이 조비연을 납치했다는 사실도 모르고 이토록 반갑게 맞는 꼬락서니가 우습기까지 하다.

조릉을 더욱 달아오르게 만들려는 팽조윤의 계략은 그대로 맞아 떨어졌다. 대답하지 않는 그들을 향해 조릉이 참지 못하고 닦달했다.

"거 답답합니다. 무슨 말을 좀 해 보시오."

팽조윤이 수심 가득한 얼굴로 입을 열었다.

"우리는 무림인이오. 그래서 이번 사건에 쓰인 암기나 그와 관련된 일에 대해서는 아무래도 조 장주보다 많은 정보를 가지고 있소이다."

"암기의 정체를 알아내신 것이오?"

"그렇소. 두가장의 무사를 죽인 암기는 바로 비산통파(飛散桶破)요."

"비산통파?"

너무나 생소한 이름이었기에 조릉이 되물었다.

비산통파는 잘 알려지지 않은 암기다. 비스듬히 자른 대나무와 흡사한 속이 빈 통에다가 수십 개의 암기를 일렬로 밀어 넣는다. 간단한 조작을 통해 한 번에 수십 개의 비침들을 쏟아낼 수 있고, 휴대하기도 간편한 물건이다.

팽조윤이 간단하게 설명했다.

"조그마한 통에서 암기를 쏟아 내는 물건이요. 사파 쪽

에서 종종 쓰이는 놈이라고 들었는데…… 여기서 볼 줄이
야."

"사파? 그럼 이 일이 사파의 소행이라는 것이오?"

"비산통파를 사용했으니 그럴 공산이 크다고 볼 수 있
소. 구하기 힘든 물건을 사용한 걸 보니 상대는 그리 만만
한 자들이 아닐 게요."

팽조윤은 최대한 걱정스럽다는 듯이 말했다.

그리고 예상대로 팽조윤의 말을 전해 들은 조륭의 안색
은 더욱 새파랗게 질려 버렸다. 애초에 두가장의 호위무사
를 죽였을 때부터 보통 놈은 아닐 거라 생각했지만 그의 말
을 들으니 상대는 더욱 고수인 듯싶었다.

어찌해야 할지 갈피를 못 잡고 있는 조륭을 향해 팽조윤
이 웃음을 삼키며 말을 걸었다.

"장주께서 괜찮다면…… 우리가 도와도 되겠소? 아무래
도 무림인과 관련된 것이라면 두가장보다야 하북팽가가 더
낫지 않겠소이까."

"무, 물론이오! 내 딸을 찾는 걸 도와주신다는데 내 어찌
거절하겠소."

"알겠소. 그럼 우리는 비산통파를 중점으로 해서 근방
에서 그만한 물건을 쓸 법한 놈들을 찾아보도록 하겠소이
다."

조룡은 자신도 모르게 팽조윤의 손을 덥석 잡았다.

그의 얼굴에는 고마움이 가득했다. 평소답지 않게 조룡은 몇 번이고 고개를 숙이며 감사를 표했다.

"고맙소, 정말 고맙소이다. 내 이 은혜는 반드시 갚겠소."

그 말을 듣는 순간 팽조윤은 너무 기쁜 나머지 실소를 흘릴 뻔했다. 그토록 듣고 싶었던 말이 바로 이것이 아니었던가.

은혜는 갚는다라. 과연 어떻게 갚을지는 두고 보면 알 것이다.

최대한 인자한 미소를 지어 보이며 팽조윤이 화답했다.

"우리는 동료가 아니오. 장주의 여식의 일이라면 의당 이렇게 나서는 게 당연한 일 아니겠소. 여식의 일로 심려가 크겠지만 이럴 때일수록 더 마음을 굳건히 다잡으셔야 하오."

사람 좋아 보이는 미소를 흘리고 있는 팽조윤에게 조룡은 아무것도 모른 채 고개만 조아렸다.

조비연의 실종 사실을 전해 들은 건 비단 하북팽가뿐만이 아니었다. 마찬가지로 두가장에서 기다리고 있던 백하궁에게도 그 소식이 날아들었다.

오늘내일하며 두가장의 주인인 조륭과 만날 날만 기다리던 백하궁의 입장에서도 이건 좋은 일이 아니었다.

늦은 밤, 월하린의 거처에 백호와 그녀만 덩그러니 남아 있었다.

월하린은 촛불을 켠 채로 무엇인가 서책을 한 권 읽고 있었고, 그런 그녀의 뒤편에 놓여 있는 침상에 백호는 편안한 자세로 드러누워 있었다.

혼자 누워 있는 백호는 무척이나 심심했다.

그는 월하린이 돌아봤으면 했는지 일부러 부스럭거리며 그녀의 관심을 끌어 댔다. 그리고 그런 백호의 노력이 통해 서책에만 시선을 두고 있던 월하린이 뒤로 고개를 돌리며 웃었다.

그런 월하린의 웃음에 속내를 들켰다 생각했는지 백호는 괜스레 퉁명스레 말했다.

"왜?"

"무슨 하고 싶은 말이 있나 해서요."

"내가? 전혀."

"그래요? 엄청 심심해 보이는데."

"뭐…… 심심하긴 심심하지."

백호가 히죽 웃어 보였다.

그로서는 금방 끝날 거라 생각했던 이번 여정이 길어지

자 내심 불만이었다. 무공 수련도 게을리하고 있지는 않았지만 아무래도 이곳은 외지다. 백하궁에서처럼 마음 놓고 무공 훈련에 열중할 수도 없다.

더군다나 반찬은 백호의 입맛과는 맞지 않는 나물 음식들이 대부분이고, 당과를 사러 다니는 것도 번거롭다.

"심심하면 책이나 볼래요?"

"책?"

백호가 힐끔 월하린의 손에 들린 서책을 바라봤다. 아까부터 뭐가 그리도 재미있는지 월하린은 서책에 열중하고 있었다. 줘 보라는 듯 백호가 손을 쭉 내밀었다.

자리에서 일어난 월하린이 다가와 백호의 옆에 앉으며 서책을 건네줬다.

서책을 받은 백호가 슬쩍 안의 내용을 살폈다.

하지만 그것도 잠시.

"이걸 대체 무슨 재미로 보냐?"

침대에 누운 듯이 기대어 있던 백호가 옆에 자리하고 있는 월하린을 올려다보며 물었다. 그가 보기에는 전혀 재미라고는 찾아볼 수도 없는 책이거늘 이런 걸 종일 붙잡고 있는 게 신기할 따름이다.

사실 여인만 있는 방에서 이렇게 침상에 누워 있는 것 자체가 어찌 보면 오해를 살 만한 일이었지만, 요괴인 백호에게는 그런 관념 자체가 없었다. 그리고 월하린 또한 그런 백호의 행동이 싫지만은 않았다.

침상에 나란히 앉은 채로 두 사람은 서로의 얼굴을 바라보며 도란도란 이야기를 나눴다.

"그나저나 그 인간 여자애는 어떻게 됐대?"

"장주님의 딸이요?"

"응. 며칠 안 보인다 싶더니만 갑자기 실종이라니."

"아직도 못 찾았다고 들었어요. 그나저나 이상해요. 다른 이도 아닌 두가장 장주의 여식을 납치하다니 무슨 속셈을 가진 자들인지 모르겠어요."

조룡의 재력이라면 엔간한 자들로서는 고개조차 들이밀지 못했을 것이다. 무슨 목적으로 이 같은 일을 벌인 것인지 월하린은 선뜻 이해가 가지 않았다.

월하린이 걱정스럽게 말을 이었다.

"그나저나 장주님께서 조 소저의 실종 이후 정신을 못 차릴 정도라고 하더라고요."

"그래?"

"당연하죠. 자기 자식이 사라졌는데 어떻게 걱정하지 않을 수 있겠어요. 심려가 크실 것 같아 염려스럽네요."

월하린은 사실 조비연이 마음에 들지는 않았다.

연신 이곳에 찾아와 백호에게 치근대는 모습을 볼 때마

다 이유를 알 수 없는 화가 솟아났다. 평소에 화를 잘 안 내는 자신의 그 묘한 감정이 당황스러웠고, 그건 분명 유쾌한 것이 아니었다.

허나 조비연의 실종 이야기를 듣자 월하린은 걱정이 들었다. 소중한 가족을 잃은 사람의 마음을 누구보다 잘 알기 때문이다.

월하린 그녀 또한 아버지인 월천후가 실종되지 않았던가.

그날 이후 아버지에 대한 걱정으로 잠도 제대로 자지 못했고, 식사도 챙기기 힘들 정도였다.

그랬기에 그녀는 지금 조륭이 얼마나 힘들고 괴로울지 너무나 잘 알고 있었다.

월하린이 걱정스럽게 말했지만 백호는 별반 대수롭지 않은 표정이었다. 백호에게 다른 인간의 일은 전혀 관심 밖의 일이었다.

백호는 물끄러미 월하린을 바라봤다.

'이상하단 말이야.'

누군가가 납치되고 생사가 불분명한 상황에도 아무런 감정적 동요도 일지 않는다. 그런데 대체 왜일까? 눈앞에 있는 이 여자에게 아주 조그마한 일만 생겨도 화가 치솟고 감정을 억제를 못 하겠다.

그 이유를 모르겠어서 백호는 두 손으로 머리를 감싸 쥐었다.

"끄응."

"왜 그래요?"

백호의 행동에 월하린이 의아해하자, 그가 고개를 저었다. 괜히 고민해 봐도 답도 안 나올 걸 더는 머리에 두고 싶지 않다.

그렇게 머리를 감싸 쥔 손을 풀던 백호의 귀가 쫑긋했다.

"소리 못 들었어?"

"소리요?"

"응. 뭔가가 날아든 것 같은데."

"날아들다니 뭐가요?"

월하린이 전혀 모르겠다는 듯이 물었고 백호가 침상에서 벌떡 일어났다. 아주 미세한 소리였지만 분명 뭔가 귀에 걸리는 소리가 있었다.

"글쎄. 인간은 아닌 것 같은데."

"고양이 같은 거 아니에요?"

"소리가 좀 달라. 확인해 보면 알겠지."

말을 마친 백호가 막 거처를 빠져나가려다가 멈칫했다. 그가 고개를 돌려 침상에 앉아 멀뚱멀뚱 자신을 바라보는 월하린을 쳐다봤다.

가만히 월하린을 보던 백호가 이내 입을 열었다.

"따라와."

"저도요?"

"여기 혼자 있다가 무슨 일 있으면 어쩔라고?"

백호는 혹시 모를 상황이 걱정된 것이다. 그런 백호의 마음을 알았는지 월하린이 기분 좋게 웃으며 자리에서 일어났다.

"그것도 그러네요. 괜히 또 걱정 안 시키게 같이 가요."

백호의 옆에 딱 와서 붙으며 월하린이 말했다.

그런 그녀를 힐끔 쳐다본 채 백호는 소리가 들려온 곳으로 걸음을 옮겼다. 소리가 들린 곳은 거처에서 그리 멀지 않은 곳이었다.

몇 개의 조그마한 건물들을 지나 막 외곽으로 들어섰을 때다.

"어? 저게 뭐죠?"

백호의 옆에 서 있던 월하린이 뭔가를 발견하고는 두 눈을 크게 떴다. 두 사람의 시선에 들어온 것은 바로 벽에 박혀 있는 화살이었다.

그리고 그 화살의 뒤편에는 붉은색 종이가 달려 있었다.

월하린이 화살을 향해 다가가 뽑으려고 할 때였다.

"야! 조심 좀 안 해?"

백호가 버럭 소리치더니 월하린의 뒤를 막아섰다. 혹시 모를 기습에 대비라도 하려는 듯 백호는 두 눈을 부라리며 주변을 둘러봤다.

그러고는 이내 고개를 휙 돌려 화살을 뽑으려고 했던 월하린에게 잔소리를 늘어놨다.

"너 아무거나 막 손대고 그럴 거야? 그러다가 위험해지면 어쩌려고? 이런 건 내가 할 테니 넌 비켜 있어."

말을 마친 백호는 그대로 벽에 박혀 있는 화살을 확 하고 뽑아냈다. 화살 뒤편에 걸려 있는 종이를 천천히 풀어내자 안에는 무엇인가 글씨가 적혀 있었다.

"뭐라고 적혀 있어요?"

백호가 워낙 키가 큰 탓에 월하린은 종이의 내용을 살피기 위해 까치발까지 들며 몸을 위로 올렸지만, 그럼에도 불구하고 글자를 확인하기는 어려웠다.

백호가 그런 그녀를 위해 종이를 아래로 내렸다.

월하린의 시선이 붉은 종이에 적힌 글자로 향했다.

종이 안의 내용을 살피던 두 사람의 얼굴 표정이 돌변했다.

"이게 무슨 말이냐?"

"잠시만요. 정말 이게 사실일까요?"

종이 안에는 믿을 수 없는 내용이 적혀 있었다.

놀랍게도 서찰 안에는 이번 조비연의 실종과 관련된 이야기가 적혀 있었다. 서찰 안에는 이것저것이 적혀 있었지만 가장 중요한 것은 단 한 줄로 요약 가능했다.

—두가장주 여식의 실종 사건 범인은 하북팽가

서찰을 가만히 들고 서 있는 백호, 그리고 그런 그의 옆에 있던 월하린이 중얼거렸다.

"대체 이거…… 누가 보낸 거죠?"

누군가 이번 사건에 대해 알고 있다.

제9장. 나비의 주인
— 도저히 모르겠어요

늦은 밤 날아든 의문의 서찰.

새빨간 종이에 적힌 글자들은 월하린에게 놀라운 것들을 전했다. 서찰 안에 적혀 있는 건 조비연의 납치에 하북팽 가가 관련되었다는 것과, 몇 가지 조그마한 단서들이었다.

종이 안에 적혀 있는 것들은 엄청난 것들이었지만, 문제 는 바로 이걸 믿을 수 있느냐 하는 거였다.

화살에 매달려 날아든 서찰을 곧이곧대로 믿을 수는 없 는 노릇. 서찰에는 이걸 보낸 자의 정체를 유추할 수 있는 것은 아무런 것도 없었다.

단 하나, 서찰의 끝에 박혀 있는 새카만 나비 문양만이

유일한 단서였다.

"누굴까요?"

월하린이 자신의 방에 모여 있는 이들을 한 번 둘러보며 물었다. 서찰을 전해 받은 전우신과 아운은 둘 다 고개를 저었다.

"이런 나비 모양은 처음 봅니다."

"저도 이런 문양을 쓰는 자에 대해서는 들어 본 적이 없는데요."

나름 정파의 대표로 있는 전우신과, 사파의 아운이다. 그런 둘 모두 모르는 것도 그렇고, 이런 식으로 은밀하니 서찰을 보낸 방법만으로도 이자는 자신의 정체를 숨기려고 하는 게 분명했다.

그랬기에 월하린은 고민했다.

"믿어도 될까요?"

"알아보는 게 좋지 않을까 싶은데요."

아운이 고개를 끄덕이며 대답했다.

만약 서찰 안에 적힌 내용이 사실이라면 이건 천인공노할 일이다.

서찰 안에는 놀랍게도 조룡과, 하북팽가 가주인 팽조윤과의 만남에 대해서도 적혀 있었다. 그리고 그곳에서 오간 대화의 일부분에 관해서도 말이다.

아운은 서찰의 내용을 살피며 나지막이 중얼거렸다.

"더러운 정파 새끼들."

"거짓일 가능성이 크다. 아무리 상황이 그렇다고 해도 명문정파인 하북팽가가 이런 일을 벌일 거라고는 생각되지 않아."

"또 그놈의 알량한 정파에 대한 자부심."

아운이 맘에 안 든다는 듯 전우신을 쏘아붙였다. 하지만 지고 있을 전우신이 아니었다. 그 또한 곧바로 아운에게 받아쳤다.

"확실하지도 않은 상황에서 무조건적인 모함도 옳지 않다고 보는데? 모함하는 건 사파의 특징인가?"

"뭐 임마?"

"조용!"

백호가 버럭 소리쳤다.

지금은 둘의 시시껄렁한 말다툼이나 듣고 있을 때가 아니었다.

백호의 외침에 커졌던 아운의 목소리는 사그라졌지만 아직 불만은 가시지 않은 모양이다. 아운이 짜증을 참지 못하고 다시금 말을 이었다.

"증거가 생긴다면 어쩔 건데? 뭐 같은 정파니 또 아닐 거라고 떠들어 대겠지."

정파에 대한 자부심으로 똘똘 뭉친 전우신이다.

그랬기에 그런 그의 생각이 바뀔 거라 생각하지 않은 것이었다. 허나 전우신의 입에서는 그런 아운의 생각과는 전혀 다른 말이 터져 나왔다.

"만약 이 일이 정말로 하북팽가가 벌인 일이 맞다면…… 내가 앞장서서 놈들을 베어 넘길 것이다."

"같은 무림맹 소속인데 네가 그러겠다고?"

"물론이다."

전우신의 대답에는 한 치의 망설임도 없었다.

그런 전우신의 행동에 아운이 멍하니 그를 바라볼 때였다.

전우신이 확신 어린 목소리로 말을 이었다.

"옳지 않은 행동을 했다면 그 누구라 할지라도 나에겐 다 똑같다. 설령 그것이 화산파라 해도 마찬가지다."

"……훌륭한 군자 나셨네."

빈정거리는 듯이 말했지만, 그런 말과는 달리 아운의 표정은 뭔가 딱딱하게 굳어 있었다. 수많은 감정이 내포되어 있는 그 묘한 표정을 보며 전우신이 왜 그러나 고개를 갸웃할 때였다.

"우선 아운 소협의 말대로 하는 게 좋겠어요. 알아봐서 나쁠 건 없죠."

"그보다는 먼저 이곳 우두머리한테 말하는 게 낫지 않겠냐?"

"아뇨. 그건 조금 알아보고 정하는 게 나을 것 같아요."

백호의 물음에 월하린이 고개를 저으며 답했다.

만약 서찰의 내용이 모두 사실이라면 이번 일을 벌임으로써 하북팽가가 어떠한 이득을 취하려는 것인지는 너무나 뻔했다.

그걸 방지하기 위해서라도, 그리고 딸에 대한 걱정으로 가득한 조룡을 위해서라도 말해 주는 게 나을지도 모른다.

허나 그 모든 것에는 증거가 있어야 한다.

아무런 증거도 없이 하북팽가가 이런 일을 벌였다고 한다면 누가 믿을 수 있겠는가.

그리고 다행스럽게도 이 같은 일을 조사하는 데 있어 백하궁만큼 든든한 지원군을 가진 이들 또한 흔치 않았다.

그건 바로 하오문이었다.

"이 서찰의 내용을 가지고 확인을 해 봐야겠어요. 우선은 하오문과 접촉을 시도해 볼게요. 그들을 만나 사건이 벌어진 날에 그 근방에서 팽현을 본 자가 있는지부터 확인하는 게 순서일 것 같아요. 그리고 간 김에 이 나비 문양에 대해서도 한번 알아봐야겠어요."

"그 비산통파라는 암기에 대해서는 제가 조사해 보죠.

아무래도 사파 쪽의 암기니 이쪽이 더 유리할 것 같습니다."

아운의 말에 월하린이 고개를 끄덕였다.

어찌어찌 그날의 일에 대해서는 조사해 보겠지만 역시나 제일 중요한 건 하북팽가의 움직임이다. 그리고 그들을 가장 은밀하게 감시할 수 있는 건 역시나 단 한 명뿐이었다.

"백호, 은밀히 혼자서 해 줘야 할 게 있는데 괜찮겠어요?"

여태까지 별말 없이 월하린의 말을 들으며 당과만 물고 있던 백호가 귀찮다는 듯이 전우신을 가리키며 말했다.

"난 그냥 너 따라다니고 그건 저 매화 놈이 하면 안 돼? 매화는 딱히 하는 것도 없잖아."

"전 소협이 가능하다면 그렇게 했죠. 근데 이건 백호 당신밖에 못하는 특별한 일이거든요."

"나밖에 못하는 일?"

특별하다는 말에 혹했는지 백호가 귀를 쫑긋 세웠다. 백호를 다루는 월하린의 모습에 전우신과 아운이 놀랍다는 듯이 그녀를 바라보고 있을 때였다.

월하린이 고개를 끄덕이며 말했다.

"당신의 그 귀와 발이 필요할 거 같거든요."

                        *   *   *

　하북팽가의 무인들이 밀집해 있는 화련각의 경비는 무척
이나 삼엄했다.

　입구에서부터 하북팽가의 무인들이 지키고 선 이곳은 두
가장이 아닌, 하북에 있는 그들의 거점과도 같은 느낌을
풍겼다.

　커다란 담장, 그리고 그 안에 있는 또 다른 입구를 통해
서나 들어올 수 있는 조그마한 방에 팽조윤과 팽현이 마주
하고 있었다.

　그들은 김이 모락모락 올라오는 찻잔을 마주한 채로 연
신 웃고 있었다.

　"껄껄, 조룡 그놈 무척이나 애가 타는 모양이야."

　"그러게나 말입니다, 아버님. 오늘도 몇 번이나 찾아오
고, 수시로 연통을 넣고 아주 난리도 아닙니다."

　"애가 타겠지. 제 딸년이 그렇게 사라졌으니 어찌 발 편
히 뻗고 잘 수 있을꼬."

　재미있다는 듯이 말하는 팽조윤의 얼굴에는 연신 미소가
걸렸다.

　해선 안 될 짓을 했다는 죄책감보다 건방지게 굴었던 조
룡을 자신 앞에 무릎 꿇렸고, 또 말과 붓에 대한 상권을 자

신들이 쥘 수 있을 거라는 생각이 그를 즐겁게 만들었다.

웃고 있는 팽조윤을 향해 팽현이 물었다.

"앞으로 어쩌실 생각입니까?"

"애를 태우는 게 재미있긴 하지만…… 너무 조이기만 하면 숨을 못 쉬는 법 아니겠느냐. 슬슬 단서를 한두 가지씩 던져 주며 숨통을 좀 트이게 만들어 줘야지."

"헌데……."

팽현의 얼굴에 슬쩍 걱정스러운 듯한 표정이 스치고 지나갔다. 그걸 본 팽조윤이 물었다.

"왜 그러느냐?"

"아시지 않습니까. 조비연이 제 얼굴을 봤습니다."

"후후, 알고 있다."

가장 좋은 건 팽현이 나서지 않고 조비연을 납치하는 것이었다. 허나 그것은 힘든 일이다. 이곳은 두가장의 영역이고, 이런 데서 조비연에게 손을 댄다는 것은 그만큼 위험 부담이 따랐다.

조그마한 소란이라도 일면 아마도 주변에 그날 일에 대해 소문이 파다하게 퍼질 것이다. 더군다나 조비연 옆에 있던 자는 만만한 자가 아니었다.

그런 고수를 채 반항도 하지 못하게 죽이는 방법은 하나뿐이었다.

방심이다.

일면식이 있는 상대가 접근하여 기회를 엿보다 그를 죽여야만 했다. 그리고 그게 가능한 것은 팽현뿐이었다.

계획대로 팽현은 어릴 때부터 알고 지냈던 조비연에게 아무런 문제 없이 접근해서 이 모든 계획을 칼같이 해냈다.

다만 문제는 이후였다.

조비연은 팽현이 그 자리에 왔던 사실을 알고 있다.

그녀가 그 사실을 말한다면 당시에 있었던 일에 하북팽가가 개입되어 있다는 건 바보가 아니고서도 알 수 있는 일이다.

여유 있게 웃는 팽조윤의 모습에 팽현이 안심한 듯이 말했다.

"비책을 생각해 두신 거군요."

"당연하지. 그것도 생각하지 않고 일을 벌일 정도로 어수룩해 보이더냐."

"조비연을 죽이실 생각이십니까?"

팽현이 담담하게 물었다.

허나 그런 그의 질문에 팽조윤은 고개를 저었다.

"아니. 그런 계집은 살려 둬야 가치가 더 있는 법 아니겠느냐."

"하지만 살아 있다면 분명 이 일에 대해 발설을 할 터인데……."

"살려 둔다고 했지 멀쩡히 돌려보낸다고는 하지 않았는데."

"예?"

팽현이 당황한 듯 되물었다.

그리고 팽조윤은 김이 올라오는 찻잔을 입에 가져다 대곤 입술을 축였다. 그의 얼굴에 잔인한 미소가 걸렸다.

"평생 아무것도 발설하지 못하게 눈과 혀를 뽑고, 손목을 잘라낸 후 귀까지 안 들리게 만들면 그만 아니더냐. 그게 번거로우면 내력을 통해 머리에 있는 뇌를 아예 엉망이 되게 만드는 것도 방법이겠군. 멀쩡한 인간 구실이 평생 불가능하게 말이야."

너무나 잔인한 말을 아무렇지 않게 내뱉는 팽조윤. 그리고 그런 그의 말을 끝까지 들은 팽현이 감탄한 듯이 말했다.

"좋은 비책이십니다."

"뭐 어떤 방법을 택할지는 조금 생각해 보지. 조류의 입장에서는 사지 멀쩡한 바보가 나을지도 모르겠군그래. 하하하!"

팽조윤이 크게 웃다가 천천히 찻잔을 내려놨다.

이 모든 계획은 이곳에 있는 둘만이 알아야 하는 비밀이다.

팽조윤이 물었다.

"우리 대신 죄를 뒤집어쓸 놈들은?"

"아버님이 명하신 대로 이미 구해 뒀습니다. 조비연도 그곳에 있으니 조만간 계획대로 하면 될 것 같습니다."

팽현의 말에 팽조윤은 만족스러운 표정을 지어 보였다.

자신들이 벌인 이 일이 만약 바깥으로 새어 나간다면 하북팽가는 많은 이들의 지탄을 피하지 못할 게다. 허나 걱정은 없다.

그 누가 이 일을 알 수 있단 말인가.

설령 누가 의심은 할 수 있을지 모르나, 그것은 심증일 뿐이다. 정확한 상황도 알지 못하는 이상 이번 일의 배후를 알아차리는 건 불가능하다.

팽조윤이 힘을 주어 말했다.

"잊지 말거라 아들아. 이번 일에 우리 하북팽가의 미래가 걸렸다."

"알고 있습니다."

"결코 그 누구도 이번 일에 대해서는 알지 못하게 해야 한다. 이건 우리 둘만의 비밀이다. 알겠느냐?"

"예, 아버님."

팽조윤의 말에 팽현이 힘차게 고개를 끄덕였다.

두 사람의 얼굴은 이번 계획이 완벽하게 성공할 거라는 믿음으로 가득했다. 증인도 남기지 않았고, 둘만이 아는 비밀이니 결코 새어 나갈 거라 생각하지 않았기 때문이다.

하지만 과연 이들은 알았을까?

이 방에서 무려 백여 장도 더 떨어진 곳에 있는 누군가가 이 이야기를 엿듣는 게 가능하다는 것을.

이들이 머물고 있던 화련각에서도 엄청나게 거리가 떨어져 있는 바로 그곳.

커다란 나뭇가지에 걸터앉아 있던 백호가 길게 하품을 했다.

천천히 나뭇가지에서 일어난 백호가 멀리에 있는 화련각을 바라봤다.

백호가 히죽 웃으며 중얼거렸다.

"어쩌냐? 그 비밀을 아는 게 이제 세 명인데."

〈다음 권에 계속〉

양경 신무협 장편소설

ORIENTAL FANTASYSTORY & ADVENTURE

무당신마

『화산검선』,『악공무림』의 작가 양경!
그가 선보이는 또 다른 신무협의 세계!

『무당신마(武當神魔)』

도가의 성지 무당파에서 새로운 마(魔)가 태동한다!

dream
books
드림북스

무당전생

정원 신무협 장편소설

ORIENTAL FANTASY STORY & ANTI

문피아 골든 베스트 1위, 소문난 명품 무협!

환생은 했지만 재능도, 기연도 없다.
폭력과 죽음이 난무하는 무림에서 믿을 건 오직 전생의 기억.

무당파 사대제자 진양. 그가 가는 길을 주목하라!

drea
boo
드림

사도연 신무협 장편소설

ORIENTAL FANTASY STORY & ADVENTURE

『천마본기』의 작가! 사도연 신무협 장편소설!

〈용을 삼긴 검〉

네이버 N스토어 에서 미리 만나보세요.

dream
books
드림북스

魔劍王

마검왕

『죽지 않는 무림지존』, 『천지를 먹다』
베스트 셀러 작가 나민채의 스펙터클한 퓨전 무협
『마검왕』을 가장 빠르게 보는 방법!

나민채 무전드구협 장편소설

Dream Books

'스마트폰으로 접속!'

KakaoPage 마검왕을 제일 먼저 만나보세요!

dream books
드림북스

DREAMBOOKS ★

DREAMBOOKS★

DREAMBOOKS ★

DREAMBOOKS★